KB032452

데이트 어 라이브 13 니아 크리에이션
DATE A LIVE Creation NIA

"에헤헤, 좋아좋아~.
소년은 혹시 다리 파야?"
제9의 정령— 니아

"아키하바라여! 내가 돌아왔다!"
"니아는 뭐랄까…… 완전무장을 했네."
고교생— 이츠카 시도

"……괜찮아. 이 정도는 수정 가능해."
정령— 토비이치 오리가미
"동요. 잉크가 자 뒷면에 묻었어요."
정령— 야마이 유즈루

"괜찮아……. 그러니까……."
정령— 나츠미
"크…… 칠흑의 눈물이 순백의 성지에?!"
정령— 야마이 카구야

동A-20.5
라타토스크
"여러분, 항상 응원해주셔서 고마워요."
정령— 미쿠
"—승부는 이제부터야."
〈라타토스크〉 사령관— 이츠카 코토리
사령관

"조금 부끄럽지만……
열심히 해볼게요……!"
정령— 요시노
"오오, 어서 와라!"
정령— 토카
A-20.5
라타토스크
첫 참가예요!
잘 부탁합니다!
¥500
라타토스크
창작 코믹

CONTENTS

DATE
데이트

A
어

LIVE
라이브

13

글 : 타치바나 코우시
그림 : 츠나코
옮긴이 : 이승원

THE SPIRIT
정령(精靈)
인계(隣界)에 존재하는 특수 재해 지정 생명체. 발생 요인, 존재 이유 둘 다 불명.
이쪽 세계에 모습을 드러낼 때, 공간진(空間震)을 발생시켜 주위에 심각한 피해를 끼친다.
또한, 엄청난 전투 능력을 보유하고 있음.
WAYS OF COPING1
대처법1
무력을 통한 섬멸.
단, 위에서 말했듯 매우 강대한 전투 능력을 보유하고 있기 때문에 달성 가능성이 극도로 낮음.
WAYS OF COPING2
대처법2
——데이트를 해서, 반하게 만든다.
니아 크리에이션
Creation NIA
SpiritNo.2
AstralDress-SisterType Weapon-BookType[Rasiel]

서장 그리고 무엇보다— 시간이 모자라

—오전 세 시.

평소 같으면 다들 잠이 들었을 시간. 하지만 이츠카 가(家)의 옆집인 정령 맨션의 어느 한 방에는 여전히 불이 켜져 있었다.

"좋아……. 15페이지…… 완성됐어!"

눈 밑에 다크서클이 생기고, 이마에 졸음을 쫓기 위한 냉각시트를 붙인 시도가 머리를 꾸벅거리면서도 그렇게 외치더니, 펜선 작업이 끝난 원고를 들어보였다.

그러자 주위에 있는 책상 쪽에서도 목소리가 들려왔다.

"……나도, 열여섯 번째 페이지 끝냈어."

"크, 크큭…… 느려. 정말 느리구나, 시도……. 구풍(颶風)의 왕녀인 나는 이미 다음 페이지에 돌입했느니라."

"회, 수……. 그럼 유즈루의 원고와 함께 스캔해서 데이터화

할 테니, 주세요……."

오리가미, 카구야, 유즈루가 차례차례 그렇게 말했다. 다들 평소보다 목소리에 패기가 없고, 피로의 기색이 완연하게 묻어났다.

하지만 그것도 무리는 아니었다. 유즈루에게 원고를 건넨 시도는 의자에서 일어나 몸을 뒤쪽으로 젖히면서 기지개를 켰다. 그러자 그의 허리에서는 남자 고등학생에게서는 그다지 나지 않을 듯한 우두둑하는 소리가 났다.

"아야야야……."

시도는 허리를 문지르면서 방안을 둘러보았다.

넓은 방안에는 커다란 작업용 책상이 여러 개 줄지어 놓여 있었고, 그 위에는 잉크와 펜, 자 같은 각종 작화도구들이 놓여 있었다.

그리고 그 책상 앞에는 시도와 마찬가지로 졸려 죽을 것 같은 얼굴을 한 정령들이 앉아 있었다.

이곳은 마치— 만화가의 작업실 같았다.

"하암……."

시도는 입에서 흘러나오려는 하품을 참았다. 눈을 비비면서 냉장고 쪽으로 걸어가더니, 냉장고 안에 가득 들어있는 영양 드링크를 두 개 꺼냈다.

그리고 그 중 하나를 열어서 단숨에 들이켠 후, 남은 하나는 가장 안쪽 책상에서 작업하고 있는 정령에게 가져다줬다. —아마 지금 이 방에 있는 이들 중 가장 극한 상태일 소녀에게 말이다.

“……나츠미. 잠시 눈이라도 붙이는 게 어때?”

“………….”

귀기서린 표정으로 펜을 계속 놀리고 있는 나츠미에게 그렇게 말했지만, 그녀는 아무런 반응도 보이지 않았다. 그저 원고를 쳐다보며 정확하게 선만 긋고 있었다.

“……어이~. 나츠미~.”

“………….”

역시 반응이 없었다. 시도는 시험 삼아 영양 드링크의 뚜껑을 연 후, 가는 빨대를 꽂아서 나츠미의 입가를 향해 내밀었다.

“……쪼옥.”

그러자 나츠미는 원고에서 눈곱만큼도 시선을 떼지 않은 채 빨대를 물고 영양 드링크를 빨아마셨다.

그리고 병 안의 내용물을 전부 마신 후에야 빨대에서 입을 떼더니 다시 작업에 몰두했다.

정말 엄청난 집중력이었다. 시도는 쓴웃음을 지으면서 자신의 책상으로 돌아갔다.

“자, 그럼…… 다음 페이지 작업을 시작해볼까…….”

그렇게 또 펜을 쥐고 밑그림이 그려진 원고를 쳐다보았다.

그러자 다른 정령들도 다시 작업을 시작했다.

그렇다. 시도 일행은 현재 하나의 목적을 위해 일치단결해서 작업에 임하고 있었다.

—『만화를 완성시킨다』라는 목적을 달성하기 위해서 말이다.

제1장 당황하지 마라. 이건 정령의 함정이다

부르르르르르르르…… 하고 낮은 구동음을 내면서 침대가 거대한 검사기계 안으로 빨려 들어갔다.

"으……."

그 침대에 누워있던 이츠카 시도는 미간을 약간 찌푸리면서 눈을 감았다.

전에도 이 검사를 받은 적이 몇 번 있었지만, 그래도 기분이 좋지는 않았다. 거대한 생물에게 통째로 삼켜지는 듯한, 그런 생물의 마음속 깊은 곳에 존재하는 원시적인 공포가 엄습했기 때문이다.

시도의 몸이 기계에 쏙 빨려 들어가자 빛으로 된 선이 시도의 몸을 몇 번 훑고 지나갔다.

그리고 몇 분 후, 기계는 시도가 누워있는 침대를 토해냈다.

"—이제 끝났어, 시도."

"으음……."

위쪽에서 누군가의 목소리가 들려와서 시도는 감고 있던 눈을 천천히 떴다.

침대 옆에는 체구가 조그마한 소녀가 서있었다. 검은색 리본을 이용해 양 갈래로 묶은 머리카락과 동글동글한 눈, 그리고 입에 물고 있는 막대사탕. 그런 특징만 보자면 그녀는 귀여운 여자아이 같았다.

하지만 몸에 걸친 진홍색 군복과 초연한 표정이 그녀의 앳된 용모에 불가사의한 위엄을 가져다줬다.

그것도 무리는 아니었다. 이 소녀는 바로 시도의 여동생이자 〈라타토스크〉의 사령관인 이츠카 코토리인 것이다.

"몸은 어때?"

"딱히 문제없어. 그런데…… 이건 언제까지 하는 거야? 이미 보름 넘게 한 것 같은데……."

시도는 쓴웃음을 지으면서 몸을 일으켰다. 그렇다. 지금까지 정령의 영력을 봉인한 후에는 이렇게 신체검사를 받았지만, 이번에는 왠지 평소보다 검사 기간이 긴 것 같은 느낌이 들었다.

시도는 방금까지 자신을 삼키고 있던 기계를 힐끔 쳐다보았다. 거대한 원통이 옆으로 누워있는 듯한 이 기기는 MRI장치와 비슷하게 생겼다. 겉모습만 보면 마치 커다란 뱀이 입을 쩍 벌리고 있는 것 같았다.

그런 시도의 모습을 본 코토리는 하아, 하고 한숨을 내쉬었다.

"저기 말이야……. 시도, 내가 전에 설명했지? 너는 자기 몸이 어떤 상태인지 제대로 알고 있는 거야?"

"윽……."

시도는 그 말을 듣더니 말문이 막혔다.

이달 초, 시도와 정령들 사이에 존재하는 파이프가 좁아진 탓에 영력의 순환이 저해됐다. 그 결과, 시도는 자신의 몸 안에 있는 영력을 폭주시키고 말았다.

정령들 덕분에 어찌어찌 사태는 해결됐지만, 그 후로 코토리는 예전보다 더 시도의 몸에 신경을 쓰게 됐다.

"미, 미안해……. 당시의 기억이 워낙 애매해서 실감이 나지 않거든……."

시도가 미안해하면서 그렇게 말하자, 코토리는 「으……」 하고 낮은 신음을 흘리며 고개를 돌렸다.

"……흥. 그러고 보니 그랬지. 알 리가 없네. 미안해."

"아, 저기, 그런 뜻으로 한 말이 아니라……."

코토리의 반응을 본 시도는 머리를 긁적였다.

그렇게 몇 초 동안 대화가 끊겼다.

평소의 코토리라면 잔소리를 하거나 빈정거렸을 것이다. 하지만 그녀는 이 일에 대해 책임감을 느끼고 있는지 침울한 표정을 짓고 있었다.

"아……."

시도는 왠지 좀 거북했다. 딱히 코토리에게 혼나는 취미가 있는 건 아니지만, 기운이 없는 코토리를 보니 오빠로서 매우 힘들었다.

시도는 침대 위에서 몸을 돌리더니 그대로 자연스럽게 코토리를 꼭 끌어안았다.

"왜 그래~. 삐치지 말라고~. 네가 이러면 이 오빠는 쓸쓸하단 말이야~."

"뭐……?! 자, 잠깐, 뭐하는 거야?!"

"알았지~? 코토리~."

"아아, 정말! 들러붙지 마!"

코토리가 얼굴을 새빨갛게 붉히고 시도의 정수리를 향해 손날을 날렸다. 왠지 평소의 코토리로 돌아온 것 같아 시도는 머리를 감싸 쥐면서 슬며시 웃었다.

"……뭐야, 기분 나쁘게. 역시 좀 이상해진 것 아냐?"

"아니, 방금 그 일격 덕분에 정신을 차렸어. 고마워, 코토리."

시도가 그렇게 말하자, 코토리는 뭔가를 눈치챈 것처럼 볼을 붉히면서 고개를 휙 돌렸다. 그런 코토리가 귀여워 보인 시도는 그녀의 머리를 쓰다듬어줬다. 그러자 코토리는 놀랐는지 어깨를 살짝 떨었다. 하지만 시도의 손을 쳐내지는 않고 그대로 가만히 있었다.

바로 그때, 엣헴 하고 작은 헛기침 소리가 들려왔다.

"……미안하지만 남매간의 오붓한 시간을 방해 좀 할게."

"—읏!"

그 목소리를 듣고 화들짝 놀란 코토리가 부리나케 시도의 손을 쳐냈다.

"레, 레레, 레이네, 빨리 왔네. 결과가 벌써 나온 거야?"

그녀는 조금 동요한 표정으로 목소리가 들려온 방향을 쳐다보았다. 시도도 코토리를 따라 그쪽을 향해 고개를 돌렸다.

그곳에는 〈라타토스크〉의 제복을 입은 여성이 서있었다. 대충 모아 묶은 긴 머리카락, 진한 다크서클이 내려앉은 눈가. 그리고 가슴 호주머니에는 상처투성이 곰 인형이 고개를 쏙 내밀고 있었지만, 그녀의 풍만한 가슴에 압박당하고 있는 탓에 왠지 갑갑해 보였다.

무라사메 레이네. 〈라타토스크〉의 해석관이자 코토리의 친구다.

"……응. 〈프락시너스〉에 있던 것보다는 성능이 떨어지지만, 이 기기에도 현현장치(리얼라이저)가 탑재되어 있거든."

레이네는 그렇게 말하면서 들고 있던 클립보드에 꽂힌 서류를 넘겼다.

"……검사 결과상으로 볼 때, 신에게서 뿜어져 나오는 영파 반응은 기준치 이하에서 안정돼 있어. 이 정도 설비로 시간을 들여 철저하게 조사하지 않는 한 감지하는 것조차 어려운 수준이야. 정령들과 신 사이에 존재하는 파이프의 상태도 정상이야. ……이제 예전처럼 정기검진만 받아도 문제는 없을 것 같네."

"정말이에요? 휴우, 다행이다."

그렇게 말한 시도는 몸을 젖히면서 기지개를 켰다.

현재 시도는 〈라타토스크〉가 보유한 지하 시설에 있었다.

공중함 〈프락시너스〉가 수리 중이기 때문에 검사를 받기 위해 매번 이곳까지 와야 하는 것이다.

게다가 벌써 12월 말이다. 학교는 겨울 방학에 돌입했지만 연말연시에는 여러모로 바빠질 게 뻔했다. 지금까지 정기적으로 빼앗겼던 시간을 자유롭게 쓸 수 있게 되는 것은 집안의 살림을 책임지고 있는 시도로서는 매우 반가운 일이었다.

하지만 레이네는 그런 시도의 의도를 눈치챈 것처럼 「……하지만」 하고 말을 이었다.

"……그건 어디까지나 네 몸에 한해서야."

"예……?"

시도는 그 불온한 말을 듣고 무심코 표정을 굳혔다.

"그, 그게 무슨…… 설마 정령 중 누군가한테 문제라도 발생한 건가요?!"

"……아, 그런 건 아냐. ……네가 컨디션이 나쁜 상태에서 받았던 신체측정 기록과 오버히트 상태에서 작업을 걸었던 아이, 마이, 미이와 오카미네 선생님에 대한 대응이 완료되지 않았거든."

"쿨럭!"

시도는 레이네의 말에 저도 모르게 기침을 했다.

그렇다. 시도는 파이프가 좁아진 탓에 의식이 몽롱해진 사이, 무의식적으로 평소에 취하지 않을 행동을 취했다는 이야기를 들었다.

"……신체측정 부분은 현재 대응 중이야. 50미터 달리기 기록이 좀 골치 아프지만…… 강렬한 순풍 형상, 혹은 당시에 먹은 감기약이 개인수입품인데 그 안에 도핑검사에 걸릴 만한 성분이 들어있었다, 같은 식으로 둘러댈 생각이야."

"그것도 좀 문제가 있을 것 같은데……."

하지만 정령에 관한 것이 알려지는 것보다는 훨씬 낫다. 시도는 동의한다는 듯이 고개를 끄덕였다.

하지만 후자가 더 문제였다. 레이네도 그건 인지하고 있는지 바로 말을 이었다.

"……아이, 마이, 미이 쪽은 농담이었던 걸로 둘러대면 되겠지. 다음에 만났을 때 변명을 하도록 해. 문제는 오카미네 선생님이야. 일단 결혼식장 예약은 취소했는데……."

"쿨럭!"

레이네의 뜻밖의 말에 시도는 또 기침을 했다.

"겨, 결혼식장 예약……?!"

"……그래. 일단 세세한 부분은 얼버무리면서 자초지종을 설명해두기는 했지만, 역시 최종적으로는 네가 직접 실수였다고 밝히는 수밖에 없어. 나중에 자리를 만들 테니 겨울 방학 동안에 결판을 내도록 해."

"……폐, 폐를 끼쳐서 죄송합니다……."

이마에 땀방울이 맺힌 시도는 고개를 숙였다.

바로 그때, 레이네가 걸친 군복의 호주머니에서 삐삐삐 하고 알람 소리 같은 게 흘러나왔다.

"……아, 벌써 시간이 이렇게 됐네."

"무슨 일 있나요?"

"……응. 오늘은 다른 일정이 있거든."

"그런가요. 그럼 제가 빨리 돌아가는 편이 좋겠네요."

시도가 그렇게 말하자, 레이네는 그 말에 동의하듯 고개를 끄덕였고, 코토리는 손을 흔들었다.

"……응. 그래주면 고맙겠어."

"나도 아마 저녁 식사 때까지는 돌아갈 수 있을 거야. —차를 준비해줄까?"

"으음, 오늘은 됐어. 장을 좀 보고 돌아갈 거거든."

"그래? 그럼 나중에 봐."

"응."

시도는 가볍게 손을 흔들면서 방을 나섰다.

그리고 방 옆에 설치되어 있는 탈의실에서 입고 있던 환자복을 벗고 사복으로 갈아입은 후, 어깨를 가볍게 풀면서 복도로 나왔다.

도중에 핸드폰을 꺼내 현재 시간을 확인해보니, 지금은 오후 두 시였다.

"으음…… 아직 두 시밖에 안 됐네. 오늘 저녁은 뭐로 할까……."

시도는 머릿속으로 저녁 메뉴를 생각하면서 걸음을 옮겼다.

바로 그때, 앞쪽에서 발소리가 들려왔다.

"오오, 시도 군. 돌아가는 길입니까?"

"검사가 벌써 끝났나요?"

풍채가 좋고 안경을 쓴 남자, 그리고 긴 앞 머리카락이 인상적인 여성이 시도에게 말을 걸었다. 〈라타토스크〉 기관원인 나카츠가와 무네치카와 시이자키 히나코였다. 두 사람은 뭔가를 사오는 길인지 흰색 비닐봉지를 들고 있었다.

"예. 수치가 정상으로 돌아온 덕분에 드디어 해방됐어요."

"하하, 그거 다행이군요. 몸은 재산이니까요."

"맞아요. 그러니까 소중히 해야죠."

"하하…… 그럴게요. 두 분은 쇼핑이라도 갔다 오시는 건가요?"

"예. 〈프락시너스〉에서는 외출이 힘들었지만, 여기서는 간단히 지상으로 갈 수 있거든요."

"아, 그건 그러네요."

시도는 그 말에 수긍했다. 이 시설의 출구는 텐구 시에 있는 빌딩 안에 있기 때문에 비교적 수월하게 밖으로 나갈 수 있다.

물론 일반시민에게 〈라타토스크〉에 대해 알려지는 것은 피해야 하기 때문에, 빌딩에는 일반 회사가 들어서 있는 것으로 되어 있다. 나카츠가와와 시이자키도 〈라타토스크〉의 제복이 아닌 회사원 느낌이 물씬 나는 정장 위에 코트를 걸쳤으며, 목에는 사원증을 걸고 있었다. 이 모습을 보고 그들이 비밀조직의 일원이라고 생각하는 이는 아마 없으리라.

"하지만 좀 쓸쓸하기는 하군요. 역시 남자에게 있어 하늘을 나는 기동전함에서 임무를 수행한다는 긍지는 그야말로 최고니까요! 〈프락시너스〉가 한시라도 빨리 전선에 복귀해줬으면 합니다!"

손가락이 드러나는 글러브를 낀 손을 말아 쥔 나카츠가와가 안경 너머의 눈을 반짝였다. 시도는 그 뜨거운 시선을 보며 쓴웃음을 지었지만…… 그도 남자이기에 그 심정은 이해가 됐다.

"그런데…… 두 분은 뭘 사온 거죠?"

시도가 그렇게 묻자, 두 사람은 고개를 끄덕이면서 손에 든 비닐봉지를 내밀었다.

"저는 제가 먹을 과자와 사령관님이 부탁하신 걸 사왔어요."

"막대사탕인가요?"

"아, 맞아요."

시도가 그렇게 말하자, 시이자키는 「역시 오빠네요」라고 말하면서 웃었다.

"저도 저장해둘 과자와― 이걸 사왔지요."

나카츠가와는 비닐봉지 안에서 책 한 권을 꺼냈다.

B5사이즈의 소년만화 잡지였다. 표지에는 검을 든 소년이 그려져 있고, 그 위에는 『주간 소년 블래스트』라는 로고가 적혀 있었다.

"응? 이건…… 블래스트?"

"그렇습니다. 오늘 발매된 최신호죠. 시도 군도 본 적이 있습니까?"

"아, 예. 제 또래 중에 그걸 한 번도 본 적이 없는 사람은 거의 없을 걸요?"

그런데 왜 그런 걸 묻는 거냐고 묻듯이 시도가 고개를 갸웃거리자, 나카츠가와는 씨익, 하고 웃으면서 표지의 왼쪽 아래 부분을 손가락으로 가리켰다.

"거기에 뭐가…… 어, 라?"

나카츠가와가 가리키는 부분을 쳐다본 시도는— 눈을 동그랗게 떴다.

그 모습을 본 나카츠가와는 만족스러운 표정을 지으며 고개를 끄덕였다.

"그렇습니다. 오랫동안 휴재했던 혼쬬 소지의 『SILVER BULLET(실버 불릿)』이 오래간만에 연재를 재개했습니다!"

"아, 진짜네요. 저도 읽은 적 있어요. 그러고 보니 몇 년 전에 느닷없이 휴재를 한 후 계속 깜깜 무소식이었죠?"

"그렇습니다! 작가와 편집부가 싸웠다, 작가가 병에 걸렸다, 요통이 심하다 같은 이유로 휴재를 하고 있지만 실은 게임에 빠진 거 아냐?! 일하라고, 혼쬬! 같은 그럴 듯한 소문이 돌았지요……. 사실 저도 『SILVER BULLET』의 뒷내용을 볼 수 있을 거라고는 꿈에도 생각 못했습니다……!"

"우와~, 진짜로 반갑네요."

시도와 나카츠가와가 시끌벅적하게 떠들고 있을 때, 시이자키의 눈썹이 갑자기 꿈틀거렸다. 그리고 호주머니에서 휴대용 단말을 꺼내더니 귀에 댔다.

"—예, 시이자키입니다. ……아, 예. 알겠습니다. 금방 가겠습니다."

아무래도 급한 볼일이 생긴 것 같았다. 시이자키는 통화를 끝내더니 미안한 눈길로 시도를 쳐다보면서 말했다.

"죄송한데 이걸 사령관님에게 전해주시지 않겠어요? 지금 다른 곳에 가봐야 하거든요."

시이자키가 그렇게 말하면서 비닐봉지를 내밀자, 시도는 주저 없이 고개를 끄덕였다.

"그럴게요. 제가 전해줄 테니 걱정 마세요."

"고마워요. 그럼……."

시도를 향해 고개를 푹 숙인 시이자키는 종종걸음으로 복도 너머로 사라졌다. 그녀의 등을 쳐다보던 나카츠가와도 손을 들었다.

"그럼 저도 이만 가보겠습니다. 휴식 시간이 끝나기 전에 『실불』을 읽어야 하니까요!"

"하하…… 그럼 다음에 봐요."

시도가 그렇게 인사하자, 나카츠가와는 시이자키와는 반대 방향으로 걸어갔다.

"자— 그럼 서둘러 심부름을 끝마쳐야지."

시도는 시이자키에게서 건네받은 비닐봉지를 가볍게 흔들면서 왔던 길을 돌아가 방문을 열었다.

"어이, 코토리. 시이자키 씨가 이걸 너한테…… 어—."

바로 그 순간, 시도는 그 자리에서 딱딱하게 굳어버렸다.

왜냐하면 방안에는 코토리와 레이네 외에도 아담한 체구의 소녀가 한 명 더 있었는데…… 침대 위에 있는 코토리가 거친 숨을 내쉬면서 그 소녀가 입은 환자복을 벗기고 있었던 것이다.

"꺄아~! 꺄아아아아앗!"

"이게—! 얌전히 있어……! 벗기기 힘들잖아!"

"코, 코토리……?"

눈앞에서 펼쳐지는 비밀의 화원을 본 시도가 망연자실한 목소리로 그렇게 말한 순간, 그제야 그가 방에 들어왔다는 사실을 눈치챈 코토리가 화들짝 놀라서 어깨를 부르르 떨었다.

"시, 시도?! 돌아갔던 거 아니었어?!"

"그, 그게, 방금 시이자키 씨가 이걸 너한테 전해달라고 해서……."

시도는 거북한지 고개를 돌렸다.

"저기, 뭐랄까…… 미안해. 그래도 억지로 하는 건 좋지 않다고 생각해……."

"이상한 착각하고 있는 거 맞지?! 그렇지?!"

코토리는 새된 목소리로 그렇게 외치더니, 자신이 누르고 있던 소녀에게 옷을 입혀준 후 그녀의 손을 잡아당겨서 일으켰다.

코토리와 키가 비슷한 그 소녀는 머리카락을 하나로 모아서 묶었으며, 왼쪽 눈 밑에 눈물점이 있었다. 그녀는 아까 전의 시도처럼 환자복을 입고 있었지만, 왜 그런 걸 입고 있는 것인지 이해가 안 될 만큼 안색이 건강해 보였다.

그녀를 본 시도는 무심코 눈을 동그랗게 떴다.

"마나?!"

"어……? 오, 오라버니!"

시도가 이름을 부르자, 그녀는 깜짝 놀란 목소리로 그렇게 말했다.

그렇다. 그녀는 바로 시도의 친동생을 자처하는 소녀, 타카미야 마나였다.

"그래, 맞아. 지금까지 엄청 무리를 했잖아. 이번에야말로 정밀 검사를 해볼 생각인데, 이 애가 완강하게 거부해."

"그, 그러니까, 마나는 이상한 데가 없다고요! 완전 팔팔하단 말이에요!"

"…………."

코토리가 마나를 무시무시한 눈길로 노려보았다. 그러자 마나는 식은땀을 흘리면서 쓴웃음을 지었다.

그 모습을 보던 시도는 문득 어떤 생각이 떠올랐다. 시도의 몸 안에 봉인된 영력이 폭주했을 때, 그걸 노리며 쳐들어온 DEM을 마나가 막아줬다고 했다.

"그래……. 너도 나를 구해줬구나. 고마워, 마나."

"오라버니……."

시도가 그렇게 말하자 마나는 씨익 웃었다. 그리고 그녀는 침대에서 몸을 일으켰다.

"왜 그런 소리를 해버리는 거예요. 마나가 오라버니를 돕는 건 당연한 거잖아요!"

"하하…… 그랬지."

시도도 볼을 긁적이면서 덩달아 웃었다.

그 모습을 본 마나가 갑자기 진지한 표정을 짓고 천천히 걸음을 내딛더니, 시도의 눈을 지그시 응시했다.

"그것보다 오라버니. 오라버니를 만나면 꼭 물어보려던 게 있었는데요……."

"응? 뭔데? 말해 봐."

"예. 일전에 오라버니가 말했던—."

마나가 말을 이으려던 순간, 코토리는 「흐흐흐……」 하고 의미심장한 웃음을 흘리면서 마나의 어깨에 손을 얹었다.

"마~나~? 왜 시도와 이야기를 하면서 나와 거리를 두는 거야~?"

"예?! 아, 딱히 도망치려던 게 아니라……."

코토리가 지극히 프렌들리하면서도 듣는 이들을 오싹하게 만드는 목소리로 그렇게 말하자, 마나의 얼굴이 창백해졌다. 시도의 위치에서는 잘 보이지 않지만, 코토리가 꽤나 무시무시한 표정을 짓고 있다는 건 충분히 상상이 되었다.

하지만 코토리는 하아, 하고 한숨을 내쉬면서 말을 이었다.

"—착각하지 마. 나는 화를 내는 게 아냐. 이번에도 네가 없었으면 위험했을 거잖아. 진심으로 고맙게 생각하고 있어."

"코토리 씨……."

코토리가 상냥한 목소리로 그렇게 말하자, 이제 위기에서 벗어났다고 생각한 마나가 약간 굳어 있던 표정을 풀었다.

바로 그때, 코토리는 마나의 어깨에 올려둔 손에 힘을 줬다.

"그러니까 너무 무서워하지 마. 네가 자신의 몸을 전혀 아끼지 않는다든가, 앞뒤 가리지 않고 리얼라이저를 펑펑 써댄다든가, 전혀 연락이 안 된다든가, 레이네에게는 몰래 연락처를 줬다든가 같은 건 눈꼬오오오오옵만큼도 신경 쓰지 않아."

"히, 히이이이익?!"

코토리의 손가락이 마나의 어깨에 깊숙하게 박혔다. 눈가에 눈물이 맺힌 마나가 고개를 좌우로 세차게 저었다.

"어, 어이, 코토리……. 너무 무모한 짓은 하지 마."

시도가 그렇게 말하자, 코토리가 그를 노려보았다.

"대체 뭐가 무모하다는 건지 모르겠네. 그리고 나는 너희 남매만큼 무모한 짓을 하는 사람을 본 적이 없거든?"

"으……."

"그건……."

시도와 마나는 식은땀을 뻘뻘 흘리면서 말끝을 흐렸다. 솔직히 말해 반박을 할 수가 없었다.

코토리는 그런 두 사람을 보며 하아 하고 한숨을 내쉬더니, 다시 마나를 쳐다보았다.

"아무튼 이번에는 절대 놓치지 않을 거야. 철저하게 검사한 후에 적절한 조치를 할 거라구. 각오해. 네 몸 구석구석까지 철저하게 조사해줄 테니까 말이야."

"꺄아~! 꺄아아아아~!"

코토리는 그렇게 말하면서 마나의 어깨를 움켜잡았다. 그러자 마나는 발을 동동 굴리면서 비명을 질러댔다.

"오라버니이이이~! 살~려~줘~요~!"

"다 너를 생각해서 검사하는 거니까 순순히 받도록 해. ……그럼 나중에 보자."

시도는 마나의 비통한 외침을 들으면서 아까 시이자키에게서 받은 비닐봉지를 근처에 내려놓은 후, 검사실을 나섰다.

그리고 한동안 나아간 시도는 엘리베이터를 타고 위로 올라갔다. 그리고 엄중한 보안장치가 달린 전자 문 세 개를 통과하여 빌딩 내부로 나왔다. 아까까지의 그 비밀기지 같은 공간과는 달리 이곳은 매우 평범했다. 시도는 왠지 귀신에게 홀린 듯한 느낌이 들었다.

"자, 그럼……."

시도는 이 근처의 지리를 떠올리면서 걸음을 내디뎠다.

빌딩과 상점가는 꽤 가까웠다. 10분 정도 이동하자, 눈에 익은 거리가 모습을 드러냈다.

아니— 정확하게 말하자면 눈앞에 존재하는 상점가의 풍경은 며칠 전과 미묘하게 달랐다.

크리스마스가 지나고 딱 하루가 흘렀을 뿐인데, 마을 안의 풍경은 서양식에서 동양식으로 완전히 탈바꿈했다. 크리스마스트리가 줄지어 놓여 있었던 가게 앞에는 새해를 알리는 장식용 소나무가 놓여 있었고, 꽃 장식은 금줄로 변모했다. 그렇게 맹위를 떨치던 산타클로스와 루돌프도 거의 보이지 않았으며, 그나마 남아 있는 것들도 어제 팔다 남은 케이크 패키지 위에서 주눅이 들어 있었다.

절개라고는 눈곱만큼도 느껴지지 않는 이 광경은 매년 봐왔던 것이었지만, 이제 와서 생각해보니 꽤나 흥미로운 현상이었다. 그도 그럴 것이, 그렇게 고요한 밤 거룩한 밤 하고 외쳐대던 사람들이 며칠 자고 나니 새해 모드에 돌입한 것이다. 일본인은 축제에 있어서만큼은 종교 및 국적을 따지지 않지만, 이렇게 커다란 이벤트가 약 일주일 사이에 연속해서 벌어지니 꽤나 정신이 없었다. 눈코 뜰 새 없다는 말이 절로 생각날 지경이었다.

시도는 연말의 활기로 가득 찬 상점가를 둘러보면서 휴우, 하고 한숨을 내쉬었다.

"해마다 벌어지는 일이기는 하지만…… 순식간에 바뀌네. 이게 장사꾼 정신이라는 걸까?"

하지만 시도는 별말 할 생각은 없었다. 아니, 엄밀히 따지자면 환영했다.

마을에 활기가 도는 것은 좋은 일이며, 무엇보다 이런 시기에는 평소 잘 취급하지 않는 호화로운 식재료가 가게 앞에 줄지어 놓여 있는데다 특별 할인도 했다. 그냥 구경만 해도 즐겁고, 한 가정의 요리 담당으로서도 행복했다.

"하지만 오늘은 어떻게 하지……."

시도는 턱에 손을 댄 채 생각에 잠겼다.

어제는 크리스마스여서 꽤 성대한 저녁 식사를 준비했었고, 며칠 후에는 섣달 그믐날&정월이다. 정령들의 식비는 〈라타토스크〉가 부담해준다고 해도, 매끼마다 진수성찬을 먹어대면 몸에 좋지는 않을 것이다.

오늘은 화려하지 않으면서도 맛있는 음식을 만들자고 시도는 결심했다.

"그럼 일본식으로 갈까……. 그러고 보니 요즘 생선을 안 먹었네."

시도는 혼잣말을 하듯 그렇게 중얼거리면서 고개를 끄덕였다.

현재 시각은 오후 두 시 반. 아직 해가 높이 떠있었지만, 12월 말이라 그런지 기온이 꽤 낮았다. 여름 때처럼 상하기 쉬운 생선을 가장 마지막에 사지 않아도 된다는 점은 꽤 좋았다. 시도는 단골가게들을 들려서 필요한 것들을 장만했다.

"—좋아. 얼추 다 샀네."

그리고 약 30분 후. 저녁 식재료를 다 산 시도는 상점가를 빠져나와 집으로 향했다.

—바로 그때였다.

"……어?"

길모퉁이를 돌던 시도는 갑자기 걸음을 멈췄다.

그의 눈앞에 한 소녀가 엎드린 채 쓰러져 있었던 것이다.

"앗……?!"

뜻밖의 사태에 직면한 시도는 어깨를 부르르 떨었다.

"괘, 괜찮아요?!"

허둥지둥 그녀를 향해 뛰어간 시도는 장바구니를 지면에 내려놓은 후 소녀를 안아 일으키려 했다.

하지만 시도는 갑자기 움직임을 멈췄다. 길에 쓰러져 있는 사람을 발견하더라도 함부로 일으키지 않는 편이 좋다는 이야기를 들은 적이 있기 때문이다. 만약 교통사고 같은 걸 당해 머리에 충격을 받았을 경우에는 자세를 바꾸기만 해도 목숨을 잃을 수 있다고 했다.

시도가 어떻게 할지 고민하고 있을 때, 갑자기 소녀의 손가락 끝이 살짝 움직였다.

그리고 그녀는 후들거리면서 머리를 치켜들었다. 그러자 지면과 키스를 하고 있던 소녀의 외모가 눈에 들어왔다.

나이는 시도보다 한두 살 연상으로 보였다. 살짝 올라간 눈초리와 얇은 입술, 오똑한 콧대로 구성된 단정한 외모를 지녔지만, 그 얼굴에는 피로의 기색이 진하게 어려 있었다. 핼쑥한 볼과 진한 다크서클을 보아하니, 차에 치였다기보다는 과로로 쓰러진 것에 가까워 보였다.

하지만 의식이 있는 것은 다행이었다. 시도는 소녀의 어깨를 부축하듯 안고 그녀가 몸을 일으키는 걸 도왔다.

등만 봤을 때는 몰랐지만, 아무래도 이 소녀는 실내복 위에 코트만 걸치고 있는 것 같았다. 이 추운 날씨에 양말도 신지 않고 샌들을 신고 있었던 것이다. 그녀가 이 패션에 과도한 집착을 가지고 있는 게 아니라면 아마 이 근처에 사는 사람일 것이다. 시도 또한 한밤중에 집 근처 편의점에 갈 때 비슷한 복장을 한 적이 있었다.

시도가 소녀와 눈의 초점을 맞추려는 것처럼 쳐다보자, 소녀의 말라비틀어진 입술이 움직이더니 모기 소리만한 목소리가 그녀의 입에서 흘러나왔다.

"—배, —파……."

"예? 바, 방금 뭐라고 했어요?"

시도가 되묻자, 소녀는 똑같은 말을 한 번 더 했다.

"……배, 고파……."

"…………예?"

시도가 그 말을 듣고 어안이 벙벙한 표정을 짓자, 그녀의 배에서 꼬르르륵…… 하는 소리가 흘러나왔다.

그로부터 몇 분 후. 지면에 쓰러져 있던 소녀를 업은 시도는 그녀의 안내에 따라 길을 나아갔다.

"……으음~. 소년, 미안해……."

시도에게 업힌 소녀는 패기가 느껴지지 않는 목소리로 그렇게 말했다.

결국 시도는 의식이 있기는 했지만 배가 너무 고파서 움직일 수 없다고 주장하는 그녀를 집에 데려다주기로 했다.

"아뇨……. 그것보다 진짜로 병원에 안 가도 괜찮겠어요?"

"아~, 괜찮아~. 딱히 병에 걸린 건 아니거든. 그리고 그런 데 가봤자 시간만 빼앗길 뿐이잖아?"

그녀는 그렇게 말하면서 손을 내저었다.

"그리고 존댓말 할 필요 없어~. 그런 딱딱한 태도는 싫어한단 말이야~."

"하아…… 그래요?"

"아~, 또 존댓말~."

"그…… 그래?"

그녀가 가벼운 어조로 그렇게 말하자, 시도는 볼을 긁적이며 대답했다.

선이 가는 외모와 달리 꽤 호탕하다고나 할까, 사소한 것은 신경 쓰지 않는 듯한 소녀였다.

먹을 게 넘쳐나는 현대 일본에서 배가 고파 길바닥에 쓰러져 있다는 것 자체가 비정상적이었다. 너무 뜻밖의 광경을 보고 놀란 나머지 아직도 자초지종을 물어보지 못했지만, 대체 어쩌다 이렇게 되어버린 걸까.

"아, 저 맨션 쪽으로 가줘."

시도가 그런 생각을 하고 있을 때, 그의 등에 업힌 소녀가 오른손을 들어서 앞쪽을 가리켰다.

소녀가 가리킨 곳을 쳐다본 시도는— 무심코 눈을 치켜떴다.

그곳에는 높이가 주위 건물의 곱절은 되어 보이는 고층 맨션이 있었다.

"어? 저기?"

"응~. 그래. ……아, 혹시 낡은 아파트에 살 줄 알았어?"

"아, 아니, 딱히 그런 건 아닌데……."

시도는 무심코 말끝을 흐렸다. 사실 정곡을 찔린 것이다.

맨션이라는 것은 기본적으로 건물이 높을수록 비싸다. 이 소녀의 지나치게 서민적인 스타일이 눈앞에 존재하는 고급 맨션과 매치가 안 되는 것이 사실이었다.

"에헤헤. 괜찮아~. 뭐라고 하더라? 아, 갭이라는 거야. 남자들은 그런 거에 약하다면서?"

"……아, 그게, 잘 모르겠어."

시도는 미간을 찌푸리면서 대답했다. ……뭐랄까, 갭이라는 걸 모르겠다는 게 아니라 이 소녀의 성격을 종잡을 수가 없었다.

"—아, 소년. 미안하지만 방까지 데려다주지 않겠어? 뭐랄까~, 어찌된 영문인지 다리가 움직이지 않네~. 역시 안 쓰면 퇴화하는 걸까~?"

"하아. 뭐, 그건 상관없는데…… 진짜로 병원에 안 가봐도 괜찮겠어?"

시도는 바쁜 볼일이 있지는 않기에 그 정도는 해줄 수 있었다. 게다가 이 소녀를 내팽개쳤다가 만에 하나 또 쓰러지기라도 하면 입맛이 씁쓸할 것이다. ……솔직히 말해 말도 안 되는 일이기는 하지만, 상대는 배가 고파서 쓰러진다는 만화 같은 시추에이션을 일으킨 소녀인 것이다. 방심할 수 없었다.

시도는 소녀를 다시 고쳐 업은 후, 맨션 입구를 향해 걸어갔다. 하지만 곧 오토 록이 달린 문 앞에서 멈춰 섰다.

"아……."

이 정도 수준의 맨션이라면 오토 록 정도는 당연히 설치되어 있을 것이다. 하지만 비밀번호를 입력해야 하는 이 맨션의 주민은 현재 시도에게 업힌 상태로 패널을 조작할 수밖에 없는 상황이었다.

보안상 좋지는 않겠지만 상황이 상황인 만큼 시도는 자신에게 업힌 소녀에게 말을 걸었다.

"나는 눈을 감고 있을 테니까 그 사이에—."

"아, 집은 1801호고, 비밀번호는 1234야."

"보안은 엿 바꿔 먹은 거냐?!"

소녀가 태연한 어조로 말하자, 시도는 무심코 그렇게 외치고 말았다.

"아. 방금 그 샤우팅, 엄청 재미있다. 한 번 더 해봐. 응?"

"중요한 건 그게 아니잖아! 그런 걸 나한테 가르쳐주면 어떻게 하냐고!"

"뭐? 왜?"

그녀는 의외라는 듯이 그렇게 말했다. 시도는 머리를 쥐어뜯고 싶은 심정으로 말을 이었다.

"그러니까 보안상 문제가 되잖아! 이 맨션의 주민이 아닌 사람이 번호를 알면 멋대로 맨션에 들어올지도 모른다고! 일단 우리는 초면인데다 나는 남자란 말이다!"

시도가 설교를 하는 듯한 어조로 그렇게 말하자, 그녀는 「어머나」 라고 말하면서 손으로 입을 가렸다.

"소년은 그런 짓도 하는 거야? 와아, 뜻밖이네."

"나는 안 하지만! 일반론적인 이야기를 하는 거야!"

"……아~, 오호라. 초식계 같지만 실은 육식계…… 이런 게 요즘 인기 있는 갭이구나. 나, 한층 더 똑똑해졌어."

"사람 말 좀 들어!"

"듣고 있어~. 귀 기울이고 있다구. ……아, 참고삼아 묻는 건데, 소년은 여자 방에 침입하면 우선 어떤 짓을 할 거야?"

"안 듣고 있잖아!"

그녀의 말을 듣고 무심코 고함을 지른 시도는 갑자기 누군가의 시선을 느꼈다.

"어……?"

그리고 시선이 느껴지는 곳을 향해 고개를 돌린 순간…… 그는 그 자리에서 딱딱하게 굳어버렸다.

그곳에는 한 여성이 있었다. 이 맨션의 관리인…… 아니, 맨션 컨시어지(concierge)라는 것이리라. 맨션 로비에 있는 그 여성은 입구 쪽에서 시끄럽게 떠들어대는 시도 일행을 미심쩍은 눈길로 쳐다보고 있었다. 게다가 언제든 경찰에게 연락할 수 있도록 전화기에 손을 얹고 있었다.

"아, 아하하……."

시도는 헛웃음을 흘리면서 방금 자신에게 업힌 소녀가 가르쳐준 방 번호와 비밀번호를 입력했고, 곧바로 자동문이 열렸다.

"……들어갈게."

"옛썰~."

그녀는 가벼운 어조로 그렇게 말했다. 시도는 하아~ 하고 한숨을 내쉰 후, 컨시어지를 향해 억지 미소를 지으며 복도를 걸었다.

그대로 엘리베이터에 탄 그는 호화로운 내부 복도를 지나 그녀가 알려준 방으로 향했다.
"……자, 도착했어. 여기 맞지?"
"으응~, 고마워. 하지만 소년이 나를 여기에 두고 가면 그대로 현관 앞에서 쓰러져버리고 말 거야."
"하아……. 그럼 내가 열어줄 테니까 열쇠 줘봐."
"그렇게 나와야지~. 아, 열쇠는 내 바지 뒷주머니에 들어있으니까 상냥~하게 꺼내줘."
"왜 그런 곳에 넣어두는 건데?!"
시도가 고함을 지르자, 그녀는 시도의 목에 팔을 두른 채 말을 이었다.
"얼뜨기 같은 질문 하지 마. 길에 쓰러져 있는 나를 구해준 데 대한 답례니까 시원시원하게 넘어가라구. 실수로 옷 안으로 손을 집어넣어도, 팬티를 만지는 것까지는 봐줄게."
"너 지금 무슨 소리를 하는 거야?!"
"응~? 이야~ 답례 삼아서 업혀 있는 동안 쭉『비벼댔는데』전혀 반응이 없잖아~. 아, 혹시 엉덩이 파? 라고 생각했어."
"배려가 지나치게 외설적인 거 아냐?!"
"아, 혹시 소년은 글래머 원리주의자? 80센티미터 이하는 가슴으로 인정하지 않는 파? 그럼 미안해~. 하지만 그것만은 어떻게 할 방법이 없네~."
"사람을 멋대로 이상한 파벌에 집어넣지 말아 줄래?!"
시도는 한동안 고함을 지른 후, 또 땅이 꺼져라 한숨을 내쉬었다.

"이상한 소리 하지 말고 열쇠나 내놔. 안 그러면 확 내팽개칠 거야."

"정말, 어쩔 수 없지~."

소녀는 그렇게 말하더니 뒷주머니에 손을 집어넣었다.

"아……, 그렇게 갑자기…… 꺄아……."

"남의 등 뒤에서 이상한 소리 좀 내지 말아주겠습니까……."

"정말, 매정하네."

소녀는 입술을 삐죽 내밀더니 열쇠를 건넸다. 시도는 문을 열고 안으로 들어갔다.

"실례하겠습니다."

"실례하세요~."

"…………."

"어라, 이제는 태클도 안 거는 거야?"

시도는 그녀의 말을 무시하면서 신발을 벗고 안으로 들어갔다.

현관에서 보이는 것은 쭉 뻗은 복도, 그리고 복도 곳곳에 존재하는 잡지와 만화책으로 이뤄진 산이었다.

"그런데 침실은 어디 있어?"

"저쪽이야~."

시도는 그녀가 가리킨 방 안으로 들어갔다.

아니나 다를까, 그녀의 침실은 엄청난 양의 만화책으로 가득 차 있었다. 대부분의 벽이 책장으로 되어 있는데도 수납공간이 부족한지, 방 곳곳에 책이 잔뜩 쌓여 있었다.

침대 쪽은 상황이 더 심각했다. 커다란 침대 한복판에는 사람 한 명이 누울 정도의 공간만 있고, 그 주위는 책들로 가득 차 있었다. 마치 생전에 책을 너무나도 사랑했던 고인을 위해 준비한 특제 관 같아보였다.

"영차."

그녀는 시도가 침대 앞에 선 순간, 그릇에서 쏟아져 나온 슬라임처럼 침대로 이동하더니 퍼즐조각이 맞춰지듯 빈 침대 공간에 쏘옥 들어갔다.

"으음, 역시 마음이 진정돼~."

"하아……."

소녀를 내려놓고 한숨을 돌린 시도는 그제야 방 안쪽에 있는 무언가를 발견했다.

"이건……."

타인의— 그것도 초면인 소녀의 방을 힐끔거리는 것은 실례라고 생각하지만, 그 생각보다 호기심이 더 컸다. 그쪽으로 걸음을 옮긴 시도는 거기에 있는 것을 뚫어져라 쳐다보았다.

그것은 커다란 작업용 책상이었다. 각종 작화도구가 가득 놓여 있었고, 커다란 형광등이 책상 전체를 비추듯 설치되어 있었다.

그리고 책상의 중앙에는 B4사이즈의 두꺼운 종이가 한 장 놓여 있었다.

컷 분할이 되어 있는 그 종이에는 캐릭터와 배경, 그리고 대사가 들어갈 말풍선이 그려져 있었다. 펜선 작업은 끝난 것 같지만, 아직 연필선이 남아 있었다.

이것은— 시도도 실제로 보는 건 처음이지만, 아마 틀림없으리라.

책상 위에 놓여 있는 것은 바로 미완성 만화 원고라는 것이었다.

"어? 혹시 만화 그려?"

시도가 묻자, 편안히 잠든 시체처럼 침대에 누워있던 소녀가 한 손을 겨우겨우 들어 올리면서 말했다.

"응~? 맞아~. 일단은 프로야. ……작업에 너무 열중한 나머지 밥 먹는 걸 깜빡했거든~. 어쩔 수 없이 근처 편의점이나 슈퍼에 가려고 집을 나섰다가, 지구의 중력이 의외로 강하다는 걸 깨달았지 뭐야."

그녀는 그렇게 말하면서 들어 올린 팔을 털썩 소리가 나게 침대에 떨어뜨렸다. 시도는 그 말을 듣고 쓴웃음을 지었다.

"그, 그렇구나……. 하지만 프로라면 어시스턴트가 있지 않아?"

"으음~. 보통은 그렇지만, 나는 혼자서 싹 다하는 편이야~. 뭐, 혼자 하는 게 편하거든. 때때로 죽을 것 같기는 하지만 말이야."

"그건 치명적인 단점 같은데……."

그렇게 말한 시도는 볼을 긁적이면서 책상 위에 있는 만화 원고를 쳐다보았다.

딱히 만화 잡지란 만화 잡지는 전부 다 볼 만큼 열광적인 마니아는 아니지만, 시도도 고등학생이기에 남들만큼은 만화를 보며, 마음에 든 작품의 단행본도 산다. 그렇기에 태어나서 처음으로 진짜 만화 원고를 보고 약간 흥분했다.

그림체로 볼 때, 아무래도 소년만화 같았다. 아직 완성되지는 않았지만, 역시 프로답게 박력이—.

"……어?"

순간, 시도는 미간을 찌푸리고 몸을 앞으로 굽히듯 원고를 향해 얼굴을 내밀었다.

아직 완성이 되지 않았기 때문에 바로 알아보지는 못했지만, 그림체가 눈에 익었기 때문이다.

"……잠깐만. 이거 혹시 『SILVER BULLET』?!"

시도는 무심코 소리를 질렀다. 그렇다. 그것은 바로 아까 시도가 나카츠가와와 이야기했던 만화, 『SILVER BULLET』의 원고였다.

"어? 알아봤구나. 혹시 내 작품의 독자야? 항상 응원해줘서 고마워~."

그녀는 또 손을 내저었다. 하지만 시도는 그것보다 더 신경 쓰이는 점이 있었다. 그는 그녀를 향해 돌아서면서 말을 이었다.

"잠깐만 있어봐. 혹시 네가 혼죠 소지야……?"

"응~, 맞아~."

"나, 남자가 아니었어?!"

"아~ 그거? 펜네임이야, 펜네임~. 내 본명은 니아야. 혼죠 니아. 잘 부탁해~."

그렇게 말한 소녀— 니아는 씨익 웃으면서 말을 이었다.

"실은 말이야, 남성 펜네임으로 소년만화 그리는 여성 작가는 꽤 많아. 『아더 페이크』의 타카죠 씨도 실은 여자야."

"뭐?! 저, 정말?!"

시도는 충격적인 정보를 듣고 눈을 치켜떴지만 바로 마음을 진정시켰다.

성별 운운 이전에 더 이상한 점이 있는 것이다.

"자, 잠깐만…… 아무리 생각해도 이상해. 『SILVER BULLET』은 내가 초등학생 때부터 연재되던 만화거든? 그리고 혼죠 소지는 그 전에 데뷔했다고……."

시도는 고함이라도 지르고 싶은 심정으로 그렇게 말하면서 니아를 다시 쳐다보았나.

겉보기에는 열여덟, 열아홉…… 아무리 외모 관리를 잘 했더라도 20대 초반 이상으로는 도저히 보이지 않았다. 저 얼굴로 실제 연령이 30대라면 미용 관련 회사와 방송국에서 젊음의 비결을 배우고 싶다면서 몰려들었을 것이다.

차라리 과거에 연재를 하던 혼죠 소지를 대신해, 그림체를 완벽하게 이어받은 딸이 2대 혼죠 소지가 되었다……는 편이 설득력이 있었다.

하지만 니아는 시도가 무슨 상상을 하고 있는지 꿰뚫어본 것처럼 어깨를 으쓱했다.

"유감스럽게도 혼죠 소지는 예전부터 지금까지 나 한 사람이었어. 참고로 데뷔는 얼추 10년 전 쯤에 했었나?"

"시, 10년……."

니아가 태연한 어조로 믿기지 않는 소리를 하자, 시도는 미심쩍은 표정을 지었다.

평범하게 생각하면 말도 안 된다. 지금도 전부 니아가 꾸민 거창한 거짓말일 가능성이 압도적으로 컸다.

하지만 작업용 책상 위에 놓인 원고는 혼죠 소지의 그림체가 틀림없었다. 물론 그림체를 베꼈을 가능성도 충분히 있지만, 만약 이 만화가 나중에 나올 『블래스트』에 실린다면 적어도 그녀가 그린 원고가 공식적으로 취급되고 있다는 증거가 될 것이다.

시도가 그런 생각을 하고 있을 때, 니아는 하아~ 하고 한숨을 내쉬었다.

"으음…… **예상**했던 것과 순서가 달라지기는 했지만 괜찮겠지. —내 비밀을 가르쳐줄게."

"뭐……?"

니아가 그렇게 말하자, 시도는 어깨를 희미하게 떨었다.

확실히 그게 뭔지 궁금하기는 하지만…… 그런 걸 생판 모르는 사람인 시도에게 가르쳐줘도 되는 걸까, 같은 생각이 머릿속에 떠오른 것이다.

"실은—."

하지만 다음 순간…….

꼬…… 꼬르르르르르르륵…….

니아의 배에서 아까보다 더 큰 비명 소리가 흘러나왔다.

게다가 진지한 이야기를 하려고 굳은 표정을 짓고 있었기에 더 어이가 없었다.

“소, 소년…….”

니아는 축 늘어지면서 힘없는 목소리로 시도를 불렀다. 시도는 맥이 풀린 표정을 짓고 한숨을 내쉬면서 머리를 긁적였다.

“하아…… 부엌 좀 빌릴게.”

“응…….”

시도는 방을 나서려다 니아 쪽을 돌아보았다.

“……혹시나 해서 묻는 건데, 평범한 음식도 괜찮지? 젊음을 유지하기 위해 생피 같은 걸 빨아먹는 건 아니지?”

“응? 빨아먹어도 돼?”

니아는 육식동물 흉내를 내듯 양손의 손가락을 구부리더니, 「크앙~」 하고 이빨을 드러냈다. 하지만 체력이 떨어졌는지 박력이 눈곱만큼도 느껴지지 않았다.

“……그런 소리를 할 힘이 있는 걸 보면 한동안은 괜찮겠네.”

반쯤 뜬 눈으로 그녀를 쳐다본 시도는 방에서 나와 부엌으로 향했다.

니아의 방을 보아하니 싱크대는 설거지 거리로 가득 차 있을 것 같았지만, 의외로 주방은 깔끔하게 정리가 되어 있었다. 방치된 식기는 하나도 없었으며, 싱크대 한편에 있는 음식 쓰레기 수거통도 깨끗했다.

“흐음. 의외네…… 같은 소리를 하면 실례겠지만, 그래도 꽤 깨끗하잖아.”

하지만 다음 순간, 시도는 생각을 바꾸기로 했다. 조리대에 희미하게 쌓여 있는 먼지를 본 것이다.

즉, 니아는 제대로 정리를 한 게 아니라, 부엌 그 자체를 쓰지 않은 것이다. 분명 외식과 편의점 도시락, 인스턴트식품만으로 식사를 해결한 것이리라.

"……."

시도는 아무 말 없이 이마에 손을 댄 후, 젖은 행주를 힘껏 짜서 조리대 위를 닦았다.

"그럼……."

먼지로 범벅이 된 행주를 빤 후, 시도는 부엌 안쪽에 있는 냉장고의 문을 열었다.

혹시 쓸 만한 게 하나라도 있을까 싶어서 열어봤지만, 그 희망은 무참히도 짓밟혔다. —냉장고 안에는 맥주 캔이 밀집진형(팰렁스)을 취하고 있었던 것이다.

"……수, 술뿐이잖아……?"

볼에 경련이 일어난 시도는 채소 보관용 서랍을 꺼내봤다.

그 안에는 일본주 병 몇 개가 드러누워 있었다.

"……."

시도는 조용히 냉장고를 닫은 후, 현관으로 향했다. 그리고 자신의 시장바구니 안에서 식재료를 적당히 고른 후 부엌으로 돌아왔다. 원래 정령들의 저녁 식사가 될 예정인 식재료였지만…… 평소보다 많이 샀으니 어찌어찌 될 것이다. 게다가 눈앞에서 니아가 굶어죽기라도 하면 곤란했다.

시도는 손을 씻은 후, 익숙한 손놀림으로 요리를 시작했다.

하지만 이 집에 있는 문방구보다도 라인업이 빈약할 것 같은 조리도구만으로는 공들인 요리를 만드는 건 불가능했다. 아니, 조리에 시간이 걸리는 요리를 만드느라 니아를 기다리게 하는 것도 좋지 않으리라.

그렇게 판단한 시도는 부엌에 유일하게 존재하던 조그마한 냄비에 물을 담은 후, 거기에 생쌀을 투입했다. 그리고 쌀이 어느 정도 불었을 즈음 불 위에 얹었다.

어느 정도 가열이 되었을 즈음 파를 넣고, 된장과 냉장고 안에 있던 일본주로 간을 했다. 그리고 달걀을 넣자, 간단한 죽이 완성됐다.

죽은 밥을 짓는 것보다 조리시간이 적게 걸리는데다, 길가에 쓰러져 있었을 만큼 배가 고픈 상태인 니아에게는 일반 요리보다는 위에 부담이 덜한 요리가 나을 거라고 시도는 판단했다.

"좋아. 다 됐어."

시도는 그렇게 말하고 죽을 그릇에 담은 후, 그것을 들고 니아가 있는 방으로 돌아갔다.

"자, 다 됐어. 뜨거우니까 조심해서 먹어."

"와우! 잘 먹겠습니다~!"

시도가 침대 옆에 있는 탁상에 죽이 담긴 그릇을 놓자, 니아는 팡! 소리가 나게 손뼉을 친 후 죽을 입안에 가득 집어넣었다.

"아뜨뜨뜨뜨!"

아니나 다를까 죽이 뜨거웠던 것 같았다. 니아는 온몸을 부르르 떨었다.

"거봐. 내가 뜨거울 거라고 했잖아……."

"후우~, 후우~."

방금 일을 통해 교훈을 얻은 니아는 수저에 뜬 죽을 불어서 식힌 후 입에 넣었다.

그리고 죽을 맛보듯 오물오물한 후 꿀꺽 삼켰다.

"아아~."

니아는 마치 온천에 들어간 아저씨처럼 깊은 한숨을 토하더니, 감격한 것처럼 눈물을 글썽거리면서 수저를 놀렸다.

"하아~ 잘 먹었어. 우와~ 진짜 맛있었다니깐. 따뜻한 밥을 먹은 건 거의 일주일만이야."

"일주일……."

시도는 쓴웃음을 지으면서 식기를 챙긴 후, 부엌으로 가기 위해 몸을 돌렸다.

"그럼 이거 설거지하고 나는 돌아갈게. 앞으로는 안 쓰러지게 밥은 챙겨먹고 살라고."

"아~, 잠깐만 기다려."

시도가 방을 나서려 한 순간, 니아가 그의 등을 쳐다보며 말했다.

"부족해? 미안하지만 그 죽의 재료는 우리 집 저녁 식사 때 쓸 재료로 만든 거야. 아직 배가 안 찼으면 배달음식이라도 시켜 먹어."

"아~, 그런 게 아냐."

니아는 손을 붕붕 흔들더니, 오른손 엄지로 책상 위— 그리다 만 원고를 가리켰다.

"아까 말했다시피 나는 어시스턴트를 고용하지 않거든. 간단한 작업만이라도 좋으니까 도와주지 않을래? 부탁이야! 급료뿐만 아니라 보너스도 줄게."

"……뭐?"

시도는 뜻밖의 제안을 듣고 눈을 동그랗게 떴다.

하지만 곧 니아의 요구가 말도 안 된다는 사실을 이해했다.

"자, 잠깐만. 느닷없이 무슨 소리를 하는 거야? 그런 건 무리라고."

"에이~ 좀 도와달라구~. 혹시 다른 볼일이라도 있어?"

"아, 그런 건 아닌데…… 나는 프로의 원고를 오늘 처음 봤다고. 혹시 망치기라도 하면 책임 못 진단 말이야."

"괜찮아~. 지우개질만 해주면 되거든. 그거, 의외로 체력이 필요해."

"그렇지만……."

"제발, 부탁이야~! 나 지금 진짜로 일손이 부족하거든~. 이대로 가다간 다음 원고를 펑크 낼 것 같다구……."

니아가 애원하자, 시도는 땅이 꺼져라 한숨을 내쉬었다.

"……하아. 알았어. 대신 간단한 작업만 할 거야."

시도가 체념한 투로 그렇게 말하자, 니아는 환한 미소를 지었다.

"오케이~ 오케이~. 그럼 작업방으로 이동하자. 이 방은 두 명이서 작업하기에는 좁거든~."

니아는 그렇게 말하면서 침대에서 나오더니, 으응…… 하고 신음을 하며 기지개를 켰다. 아까까지만 해도 해롱거렸는데 지금은 멀쩡해 보였다. 에너지 흡수 속도가 꽤 빠른 소녀 같았다.

"작업방……. 그런 방도 있는 거야?"

"응. 작업을 하다 죽을 것 같을 때 그대로 뻗을 수 있는 기능성을 추구하다보니 이렇게 되기는 했지만, 실은 작업실이 따로 있어~."

"으음, 마치 당연한 소리를 하는 것 같지만 그것도 꽤나 이상한 소리 아냐?"

시도가 눈을 반쯤 뜨면서 그렇게 말했지만 니아는 개의치 않았다. 그리고 그녀는 시도를 데리고 다른 방으로 들어갔다.

"자, 들어와."

"우와……."

니아가 가리킨 방에 들어간 시도는 그 방 안의 광경을 보자마자 무심코 눈을 크게 떴다.

방 안에는 커다란 작업용 책상이 배치되어 있고, 그 위에는 각종 문방구가 놓여 있었다. 벽 쪽은 아까 있었던 방과 마찬가지로 책장으로 가득 차 있었지만, 책장에 꽂힌 것은 작화자료로 보이는 화집과 사진집 같은 것이었다.

엉망이기는 하지만, 일종의 금욕적인 분위기가 느껴졌다.

그야말로 장인의 작업실다운 느낌이었다.

"자, 그럼 이 책상을 써."

"저, 정말 괜찮은 거야? 왠지 장인의 성스러운 공간 같은데……."

"괜찮아, 괜찮아~. 아, 혹시 침실의 책상을 쓰고 싶은 거야? 내 체취에 감싸인 채 일하고 싶다든가?"

"아, 이 책상을 쓰겠습니다."

시도가 딱 잘라 그렇게 말하자, 그녀는 불만을 표시하듯 입술을 쑥 내밀었다.

"그런데, 나는 어느 원고에 지우개질을 하면 되는 거야?"

"아, 이거야."

시도가 그렇게 묻자, 니아는 책상 위에 있던 안경을 쓴 후 펜선 작업이 끝난 원고 몇 장을 내밀었다.

"이 원고의 밑그림을 지운 후에 ×표시가 된 곳을 잉크로 칠해줘."

"뭐……?"

시도는 니아가 태연한 어조로 한 말을 듣고 고개를 갸웃하며 당황했다.

"자, 잠깐만! 지우개질만 하면 되는 거 아니었어?! 아무리 단순한 먹칠 작업이라도 나 같은 아마추어한테……!"

"괜찮아~ 괜찮아~. 손재주가 좋으면 아무나 할 수 있어. 그냥 검은색으로 칠하기만 하면 되니까, 도구는 아무거나 써도 돼. 세세한 부분과 가장자리는 얇은 펜으로 선을 딴 후,

안쪽을 화끈하게 칠해버리라구."

"어이, 내 말 듣고 있는 거야?!"

"듣고 있어~. 하지만 그쯤은 할 수 있을걸? 소년도 작화도구를 써본 적 있잖아?"

"뭐……? 가, 갑자기 무슨 소리를 하는 거야……?"

시도는 느닷없이 그런 소리를 듣고 당혹스러워했다.

니아는 입술 가장자리를 말아 올리면서 말을 이었다.

"소년, 그거 알아? 만화에 대해 아는 게 없는 사람은 연필로 그린 밑그림을 지우개로 지우는 걸 『지우개질』이라고 하거나, 잉크로 칠하는 걸 『먹칠』이라고 부르지 않아."

"……윽!"

니아가 속삭이는 목소리로 그렇게 말하자, 시도는 숨을 삼켰다.

"그, 그게, 그러니까……."

"뭐, 중학생 때 오리지널 캐릭터의 설정을 만들면서 일러스트 같은 것도 그려봤겠지. 아~ 어떻게 된 건지 얼추 상상이 돼. 처음에는 공책에 연필로 끄적거려봤는데, 어느 날 대형 문구점 같은 데에서 만화용 펜이나 잉크 같은 걸 발견하고 도전해봤지?"

"윽?! 아, 아니, 나는……."

"그리고 스크린 톤도 써보고 싶지만, 「말도 안 돼. 한 번 쓰면 끝인 건데 한 장에 뭐가 이렇게 비싸?!」 같은 상황에 직면해서 단념한 거잖아."

"으, 으윽……."

"그 후에는 컴퓨터로 작화를 하는 방법이 있다는 걸 알고, 「뭐야, 그럼 얼마든지 그릴 수 있겠네!」라고 생각했지만, 결국 페인트 프로그램과 태블릿의 가격을 알고 눈알이 튀어나올 뻔 했겠지."

"아, 아아아아아아아아아……!"

시도는 온몸을 부들부들 떨면서 머리를 감싸 쥐었다.

"그리고……."

"……오케이. 알았어. 열심히 할 테니까 더는 아무 말도 하지 마. 부탁드립니다."

"그럼 나는 저 방에서 작업하고 있을 테니까, 잘 부탁해. 소년."

시도가 원망 섞인 어조로 그렇게 말하자, 니아는 씨익 웃으면서 엄지를 치켜든 후 침실로 돌아갔다.

"하아……."

고개를 절레절레 저으면서 한숨을 내쉬었다.

하지만 이렇게 됐으니 어쩔 수 없다. 좋아, 하고 팔을 걷어붙인 시도는 의자에 앉아 지우개로 연필선을 신중하게 지웠다.

그리고 지우개질을 끝낸 후, 펜꽂이에 있던 붓펜으로 먹칠 작업을 시작했다.

붓펜 끝으로 ×표시가 된 곳의 가장자리를 범위에서 벗어나지 않게 칠한 후, 안쪽에 잉크 칠을 했다.

작업 자체는 그것을 반복하기만 하면 되지만, 먹칠을 하는 부위의 형태와 범위가 제각각인데다, 프로의 원고를 더럽히면 안 된다는 압박감이 시도에게 엄청난 긴장감을 안겨줬다.

신중하게, 하지만 가능한 한 빠르게 작업을 해나갔다.

그렇게 얼마나 시간이 흘렀을까. 시도는 맡은 원고의 먹칠을 끝낸 후, 다시 니아를 찾아갔다.

"아, 끝났어? 흐음~ 잘하네."

"……응. 어찌어찌 끝냈어. 하아, 이렇게 집중한 건 오랜만이야."

시도는 휴우~ 하고 한숨을 내쉰 후, 계속 같은 자세를 취하고 있느라 굳은 몸을 풀기 위해 어깨를 돌렸다.

그러면서 고개를 든 시도는 무심코 어깨를 부르르 떨었다.

"윽……?!"

그도 그럴 것이, 아까까지만 해도 실내복을 입고 있던 니아가 지금은 노출이 심한 메이드복을 걸치고 있었던 것이다. 치마는 묘하게 짧았고, 가슴 쪽이 깊숙이 파였다. 그 선정적인 모습을 본 시도는 마른 침을 꿀꺽 삼켰다.

"오, 옷이 그게 뭐야……."

"응? 아, 이거? 옛날에 자료용으로 샀는데, 소년을 위한 응원과 서비스를 겸해서 입어봤어. 아까 급료 외에 보너스도 줄 거라고 했잖아. 어때? 나, 가슴은 작지만 스타일은 나쁘지 않은 편 아냐?"

"보너스라는 건 이런 걸 말하는 게 아니거든?!"

시도는 허리를 배배 꼬는 니아를 향해 고함을 질렀다. 그러자 니아는 들고 있던 봉투를 흔들었다.

"농담이야, 농담. 이건 진짜로 단순한 서비스라구. 자, 급료 받아."

니아는 그렇게 말하면서 시도에게 봉투를 건네려다, 뭔가가 생각난 것처럼 눈을 반짝였다.

그리고 장난기어린 미소를 지으면서 메이드복 앞섶을 벌리더니, 그 안에 봉투를 집어넣었다.

"자, 소년. 급·료·받·아♪"

"잠깐…… 뭐, 뭐하는 거야?!"

"뭘 그렇게 당황하고 그래~. 자, 빨리 꺼내가라구~."

니아는 그렇게 말하면서 가슴 쪽을 강조하듯 어깨를 움츠리며 다가왔다.

바로 그 순간, 옷자락에서 봉투가 쑤욱 흘러나왔다.

"…………."

"아……."

시도가 낮은 신음을 터트리자, 니아는 충격이라도 받은 것처럼 그 자리에 무너지듯 주저앉았다.

"크윽……. 저, 절벽가슴은 죄인 거야……?!"

"……으음, 나는 이만 가볼게."

볼에 식은땀이 맺힌 시도는 돌아갈 준비를 했다. 이러고 있다간 영원히 집에 돌아가지 못할 것 같은 느낌이 든 것이다.

"어? 급료 안 받아가?"

"급료는 됐어. 덕분에 나도 귀중한 체험을 했잖아."

“뭐~? 그럴 수는 없어~. 자, 이걸로 맛있는 거라도 사먹으라구.”

“니아는 맛없는 거라도 괜찮으니까 먹을 것 좀 챙겨먹어.”

시도가 눈을 반쯤 뜨면서 그렇게 말하자, 니아는 눈을 동그랗게 떴다.

“우와. 왠지 한 방 먹은 듯한 기분이야.”

“딱히 한 방 먹일 생각은 없었는데……. 아무튼 이만 가볼게. 앞으로는 길바닥에 쓰러지지 않게 조심해.”

시도가 손을 흔들면서 방을 나서려 하자, 니아는 허둥지둥 그의 옷을 잡아당겼다.

“자, 자자, 잠깐만. 이래서는 내가 너무 미안하단 말이야.”

“그래도…….”

시도는 난처한 표정을 지으면서 볼을 긁적였다. 그러자 니아는 손뼉을 치고 입을 열었다.

“아, 그럼 이렇게 하자. 소년, 이번 주 토요일에 한가해?”

“응……? 갑자기 무슨 소리를 하는 거야?”

“나, 이 원고를 끝내면 하루 정도 시간이 비거든. 그때 데이트하자. 아, 물론 비용은 내가 부담할게.”

“뭐……?”

시도는 뜻밖의 말을 듣고 눈을 동그랗게 떴다. 이런 제안을 들을 거라고는 꿈에도 생각하지 못했던 것이다.

“아, 대신 장소는 내가 정할래. 요즘 쇼핑을 전혀 못했거든. 오랜만에 아키하바라에 가보고 싶어~.”

니아는 느긋한 목소리로 그렇게 말하더니 씨익 웃었다. 시도는 땅이 꺼져라 한숨을 내쉬면서 머리를 긁적였다.

"……나를 짐꾼으로 부려먹으려는 거 아냐?"

"뜨끔."

니아는 과장스럽게 놀란 포즈를 취했다. 참고로 시도는 「뜨끔」이라는 말을 자기 입으로 하는 사람을 태어나서 처음 보았다.

"하아……. 미안하지만 딴 사람을 찾아봐. 친구한테 부탁하는 건 어때?"

"……."

시도가 그렇게 말한 순간, 니아의 표정이 갑자기 어두워졌다.

하지만 곧 방금까지와 별반 다르지 않은 표정을 지으며 머리를 긁적였다.

"아하하~. 나, 실은 친구가 없어~."

니아는 그렇게 말하더니 눈을 가늘게 떴다.

"—그보다 너야말로, 정말 그래도 괜찮겠어?"

"뭐?"

니아가 의미심장한 어조로 그렇게 말하자, 시도는 미간을 찌푸렸다. 그 모습을 본 니아는 씨익 웃으면서 말을 이었다.

"—정령을 반하게 만드는 게 네 일이잖아, 소년.

아니…… 이츠카 시도 군?"

"뭐……?"

니아가 한 말을 바로 이해하지 못한 시도는 얼빠진 목소리로 그렇게 내뱉었다.

제2장 아키하바라여. 내가 돌아왔다

딱딱, 하고 작은 소리를 내고 있는 것이 자신의 어금니라는 사실을 깨닫는 데는 그렇게 긴 시간이 걸리지 않았다.

하지만 이 장소의 기온은 이가 떨릴 정도로 낮지 않았다. 확실히 밖은 12월에 걸맞게 춥지만, 두꺼운 유리에 뒤덮인 집무실은 난방이 잘 되고 있기 때문에 사람이 지내기에 최적인 온도를 유지하고 있었다.

그런데도 녹스의 몸은 쉴 새 없이 떨렸다. 붕대와 파스로 뒤덮인 손발이 희미하게 떨리더니, 숨 쉬는 것도 점점 힘들어졌다.

하지만 그것은 녹스에게만 일어나고 있는 현상이 아니었다. 녹스와 마찬가지로 온몸에 붕대가 감긴 채 옆에 서있는 남자 — 부하인 버튼 또한 얼굴이 긴장으로 가득 차 있었다.

그 이유는 단순했다.

"……흠."

두 사람의 눈앞에 앉아 있는 남자가 들고 있던 서류를 쳐다보며 낮은 신음을 흘렸다.

"……윽!"

"——큭!"

남자가 낮은 신음을 흘렸을 뿐인데도, 녹스와 버튼의 얼굴에 땀방울이 맺혔다.

그는 녹이 슨 것처럼 칙칙한 애시블론드가 인상적인 백인 남성이었다. 얼굴에 날붙이로 칼자국을 내서 만든 것 같은 눈꺼풀 너머에는 어둠을 담은 듯한 빛깔을 지닌 눈동자가 조용히 자리하고 있었다.

겉으로 보기에는 젊었다. 많아봤자 30대 중반 정도이리라. 하지만 젊은 외모에 어울리지 않는 노련한 분위기가 그를 나이에 걸맞게 보이는 걸 방해하고 있었다. 사실 올해로 마흔여덟 살인 녹스도 그를 자신보다 연하라고 생각할 수 없었다.

하지만 그것도 당연하다면 당연할지도 모른다. 이 남자는 평범한 사람이 아닌 것이다. 세계적으로 유명한 DEM인더스트리를 만들어낸 천재이자 재계의 괴물, Sir 아이작 레이 펠럼 웨스트코트인 것이다.

애초에 일개 조종사에 지나지 않는 녹스와 버튼이 만날 수 있는 상대가 아니다. 하지만 그들이 지금 이 자리에 있는 것에는 그에 걸맞은 이유가 있었다.

"……녹스 씨. 우리는 이제……."

버튼이 기어들어가는 목소리로 말했다. 녹스는 고개를 돌리지 않은 채, 웨스트코트에게 들리지 않을 만큼 작은 목소리로 대답했다.

"……쉿. 입 다물고 있어."

"…………."

녹스가 그렇게 말하자, 버튼은 다시 침묵을 지켰다.

버튼이 어떤 불안을 느끼고 있을지는 충분히 상상이 되었다. 하지만 이 자리에서 시시덕거린다고 상황이 개선될 리가 없다. 오히려 안 그래도 좋지 않은 상황이 더욱 악화될 가능성마저 있었다. 지금 그들이 할 수 있는 것은 돌처럼 입을 다문 채 이 상황이 끝나기를 기다리는 것뿐이다.

그렇다. 녹스와 버튼이 이 방에 불려온 이유는 바로 두 사람이 세운 공을 치하하기 위해서가 아니라— 그들이 저지른 치명적인 과실에 대해 추궁을 당하기 위해서다.

녹스와 버튼, 두 사람은 며칠 전에 태평양 네릴 섬의 실험시설에 있던 『자재A』— 과거에 DEM사가 포획한 정령을 수송하고 있었다. 하지만 도중에 정체불명의 공격을 받고 그 정령을 놓치고 말았다.

물론 녹스와 버튼도 좋아서 정령을 놓친 것은 아니다. 그것은 각종 사고와 변칙이 겹친 끝에 벌어진 사고였다.

하지만 웨스트코트가 정령에게 얼마나 집착하고 있는지 안다면, 이 사태의 원인이 어디에 있느냐는 두 사람의 처분과 크게 관련이 없다는 것 정도는 쉬이 상상이 될 것이다.

웨스트코트는 농담이 아니라 한 나라의 경제 자체를 좌지우지할 수 있는 남자였다. 그가 마음만 먹으면 녹스와 버튼을 길바닥에 나앉게 만드는 것 정도는 식은 죽 먹기일 것이다.

아니— 녹스는 그 생각을 부정했다. 최악의 경우를 생각해야 하는데도 불구하고, 그는 지나치게 물러터진 상상만 하고 있었다.

"……."

녹스는 아무 말 없이 웨스트코트의 옆쪽을 쳐다보았다.

그곳에는 기나긴 노르딕 블론드 빛깔의 머리카락을 묶어 올린 젊은 소녀가 서있었다.

언뜻 보기에는 평범한 비서 같지만— 그렇지 않다. 그녀야말로 DEM인더스트리 제2집행부를 이끄는 마술사(위저드), 엘렌 메이저스인 것이다.

강대한 힘을 지닌 정령과 대등하게 싸우는, 인간의 영역을 뛰어넘은 인간. 웨스트코트가 지시만 내린다면, 그녀는 한 치의 주저도 없이 녹스와 버튼의 목을 벨 것이다.

벽에 걸린 시계에서 나는 째깍 째깍 하는 소리가 집무실에 울려 퍼졌다. 녹스에게는 그것이 교수대로 이어지는 계단을 오르는 발소리처럼 들렸다.

"—흐음."

웨스트코트는 보고서에서 눈을 뗐다. 검고 탁한 눈동자가 녹스와 버튼을 향했다.

"……으, 윽."

마치 시선이 물리적인 힘을 지녀 몸을 옥죄는 듯한 느낌이 들었다. 녹스는 말로 형용할 수 없는 불쾌감을 느낀 나머지, 무심코 미간을 찌푸렸다.

하지만 웨스트코트는 전혀 개의치 않으며 보고서를 책상을 향해 가볍게 던졌다. 그리고 자리에서 일어나더니 두 사람을 향해 걸어갔다.

두 사람 앞에 도착한 그는 천천히 입을 열었다.

—징계인가, 해고 통지인가. 아니면 이 쓸모없는 놈들을 처리하라고 엘렌에게 지시를 내릴 것인가.

웨스트코트의 입에서 나올 말을 상상한 녹스는 이금니를 깨물면서 눈을 감았다.

하지만—.

"두 사람 다 수고했어. 상처는 리얼라이저를 사용하면 금방 치유되겠지. 충분히 휴식을 취한 후, 다시 업무에 복귀하도록."

녹스의 고막을 뒤흔든 말은 그야말로 뜻밖이었다.

"……예?"

"그, 그게…… 다입니까?"

녹스와 버튼은 서로를 쳐다본 후, 얼빠진 목소리로 말했다.

그러자 웨스트코트는 두 사람의 말을 이해하지 못한 표정을 지었다.

하지만 곧 그는 납득한 것처럼 고개를 끄덕였다.

"아, 그래. 물론 산재 처리를 할 테니 안심—."

"아, 그런 게 아니라……!"

조용히 물러났으면 좋았겠지만, 웨스트코트가 너무나도 뜻밖의 반응을 보인 탓에 녹스는 무심코 입을 열고 말았다.

"저희는 『자재A』를 놓치고 말았습니다. 그에 대한 처분은……."

"음? 하지만 보고서를 보아하니 자네들의 책임이라고 보기는 어려울 것 같군. 오히려 〈나이트메어〉에게 습격을 당했을 때 보여줬던 냉정한 판단력을 나는 높이 사지. 개인적인 감정으로 유능한 인재를 잃는 건 바보짓이 아닐까?"

"그, 그렇습니까……."

녹스가 식은땀을 흘리며 그렇게 말하자, 웨스트코트는 「게다가」 하고 덧붙여 말했다.

"『자재A』는 머지않아 풀어줄 생각이었어. 더불어 한동안은 멋대로 하게 놔둘 생각이었거든. 괜한 연출을 하지 않아도 되는 만큼, 자네들에게는 고마워해야 할 것 같군."

"예—?"

웨스트코트가 뜻밖의 말을 하자, 녹스는 무심코 눈을 동그랗게 떴다.

—이 남자는 『자재A』를…… 겨우 잡은 정령을 놓아줄 생각으로 이 일본까지 옮긴 것일까.

"사장님. 당신은 대체—."

말을 이으려던 녹스는 버튼이 옷자락을 잡아당긴 바람에 말을 멈췄다.

고개를 돌려보니, 버튼이 새파랗게 질린 얼굴로 고개를 젓고 있었다.

그 얼굴을 보고서야 자신이 괜한 질문을 할 뻔 했다는 사실을 깨달은 녹스는 허둥지둥 자세를 바로하며 말했다.

"그렇습니까. 그럼 저희는 이만 실례하겠습니다……."

"그래."

웨스트코트는 가벼운 어조로 그렇게 말하며 손을 들었다. 녹스는 버튼과 함께 집무실을 빠져나왔다.

문을 열고 방을 나설 때까지도, 등 뒤에서 목소리가 들려오지는 않을까 싶어 긴장했지만…… 아무 말도 들리지 않았다.

그대로 복도를 걸어간 그들은 집무실 안에 자신들의 목소리가 전해지지 않을 곳까지 이동한 후에야 크게 숨을 내쉬었다. 마치 방금까지 물속에 있어서 숨을 쉬지 못했던 것처럼 말이다.

"대체…… 뭐가 어떻게 된 거죠?"

버튼은 이마에 맺힌 진땀을 소매로 닦으면서 입을 열었다. 녹스 또한 같은 동작을 취하면서 말했다.

"……몰라. 아마 저 사람은 우리와 머릿속의 구조가 다를 거야. 억지로 이해하려고 해봤자 소용없어. 아니, 애초부터……."

"애초부터, 뭐죠?"

"……아무 것도 아냐."

버튼이 묻자, 녹스는 말끝을 흐렸다.

이곳은 DEM인더스트리의 사옥이다. 누가 엿듣고 있을지 알 수 없는 공간에서 방금 머릿속에 떠오른 말을 입에 담을 수는 없었다.

—저 자를 자신과 같은 인간이라 생각할 수가 없다, 같은 말을 말이다.

아니, 정확하게 말하자면— 저 남자야말로 녹스나 버튼을 같은 생물로 인식하고 있지 않을지도 모른다.

파충류나 곤충 같은, 자신과는 전혀 다른 생물을 보는 듯한 그의 눈을 떠올린 녹스는 무심코 몸을 부르르 떨었다.

"버튼, 가자."

"아……, 예."

녹스는 버튼을 데리고 복도를 걸었다.

머릿속으로 이직할 만한 직장이 없는지 생각하면서 말이다.

◇

"방금, 뭐라고—."

시도는 망연자실한 표정으로 눈앞에 있는 소녀를 쳐다보았다.

—혼죠 니아. 만화가 혼죠 소지를 자처하는 소녀.

무심코 되묻기는 했지만, 시도가 그녀가 한 말을 제대로 못 들은 것은 아니었다. 그저 그 내용이 믿기지 않았기 때문에 망연자실한 표정을 지은 것이다.

그렇다. 방금 이 소녀는 입에 담았다. —『정령』이라는 단어를 말이다.

그것은 이 세상을 좀먹는 재해, 공간진의 발생원인인 생명체다.

하지만 정령이라는 존재에 대한 것은 비밀시되고 있으며, 국가기관과 군사기업의 상층부 같은 일부 인간을 제외하고는 아무도 알지 못했다.

게다가 그것뿐만이 아니다.

그녀는 정령이라는 존재뿐만 아니라 시도의 이름, 그리고 시도가 그 문제를 평화적으로 해결하려 하고 있다는 사실조차도 알고 있는 것이다.

"니아……, 네가 어떻게 그런 걸 아는 거야?"

시도는 경계심 어린 표정을 지으면서 물었다.

"흐음?"

그러자 니아는 작업을 하기 위해 쓰고 있던 안경을 벗고 느른한 듯이 앞 머리카락을 쓸어 올렸다.

"글쎄. 어째서일까? 정말 불가사의하네~."

"시, 시치미 떼지 마! 너는 대체 정체가 뭐야?!"

시도가 언성을 높이면서 그렇게 외치자, 니아는 장난치듯 손을 가볍게 흔들었다.

"가르쳐줄 테니까 그렇게 고함치지 말라구~."

그리고 그녀는 느긋한 어조로 그 이름을 입에 담았다.

"—〈신위영장(요드) 2번〉."

"뭐……?!"

시도는 숨을 삼켰다.

니아가 그 이름을 중얼거린 순간, 주위의 빛이 소용돌이치면서 니아의 몸을 감싼 것이다.

"이건……!"

시도는 느닷없이 뿜어져 나온 빛에 눈을 가늘게 뜨면서도 그렇게 외쳤다.

틀림없다. 이건 분명—.

"영장……?!"

그렇다. 정령이 두르는 절대적인 갑옷이자 성(城). 농밀한 영력으로 만들어진, 찬란하게 빛나는 옷이다.

—이윽고 빛이 잦아들더니, 메이드복과는 전혀 다른 옷을 걸친 니아가 눈에 들어왔다.

그녀는 몽환적인 빛을 희미하게 뿜고 있는 법의(法衣) 같은 영장을 입고 있었다. 곳곳에 달린 십자가 장식과 머리에 쓴 두건이 수녀를 연상케 했다.

"이제 이해했어?"

니아는 어깨를 으쓱하면서 미소를 지었다.

시도는 니아의 머리끝에서 발끝까지 살펴본 후, 떨리는 목소리로 입을 열었다.

"니아, 너, 정령……이야?"

"응. —뭐, 이런 짓이 가능한 생물이 또 있다면 그쪽일지도 모르지만 말이야."

니아는 농담을 하듯 그렇게 말하면서 웃었다.

하지만 여전히 경악과 전율로 가득 찬 표정을 짓고 있는 시도를 보더니 불만을 표시하듯 허리에 양손을 대면서 말했다.

"뭐야~. 리액션 좀 하면 어디 덧나기라도 하는 거야? 이러니까 왠지 뜸을 잔뜩 들여가면서 변신한 내가 바보 같잖아."

"……뭐?"

니아가 방금까지와 변함없는 어조로 그렇게 말하자, 시도는 볼을 긁적였다. 방안을 가득 채운 긴장감이 순식간에 사라지는 게 느껴졌다.

"뭐랄까, 『뭐, 뭐라고~?!』 같은 반응을 보인다든가 말이야. 혹은 패턴을 바꿔서 느닷없이 변모한 여자애의 모습을 보고 가슴이 콩닥콩닥거린다든가~. 봐봐, 이 영장, 꽤 에로틱하다고 생각하지 않아? 치마가 이렇게 깊숙한 곳까지 트였다구~. 게다가 반투명한 불가사의한 소재로 되어 있어서 몸매가 희미하게 드러나~."

니아는 그렇게 말하면서 왼발을 근처에 있는 의자 위에 올렸다. 그러자 대담할 정도로 깊숙하게 트인 치마 부분을 통해 그녀의 새하얀 허벅지가 모습을 드러냈다. 그 모습을 본 시도는 얼굴을 붉히면서 고개를 돌렸다.

"……윽!"

"오! 그거야, 그거! 그런 걸 원했다구! 에헤헤, 좋아좋아~. 소년은 혹시 다리 파야? 그렇구나~. 아직 젊으니까 좀 더 탐욕적이더라도 괜찮을 것 같은데 말이야~."

니아가 유혹이라도 하듯 손을 꼼지락거리며 그렇게 말했다. 겉모습만 보면 정숙한 수녀 같았지만, 실은 정반대라고 해도 과언이 아니었다.

"……하아."

시도는 짜증을 내듯 머리카락을 긁적인 후, 다시 니아를 향해 고개를 돌렸다.

“놀리지 마. 그리고 상황 파악이 안 되어서 약간 혼란스러운 것뿐이야. ……니아, 네가 정령이라는 건 이해했어. 그런데 어떻게 나를 아는 거야? 내가— 그, 정령과 대화를 하고 있다는 것까지 말이야.”

“아, 그거 말이야?”

시도가 질문을 던지자, 니아는 의자에 올려뒀던 발을 내리더니 한 손을 천천히 앞으로 내밀었다.

“직업상 스포일러를 하는 건 좋아하지 않지만, 특별히 가르쳐줄게.”

그리고 그 동작에 맞춰 입을 열더니— 그 이름을 입에 담았다.

라지엘
“〈섭고편질(囁告篇帙)〉.”

다음 순간, 니아의 손 언저리에 존재하는 공간이 휘어지는가 싶더니 그와 동시에 책 한 권이 모습을 드러냈다.

성서를 연상케 하는 거대한 책이었다. 표지는 가죽도, 금속도 아닌 불가사의한 소재로 되어 있으며, 니아의 영장과 마찬가지로 커다란 십자가가 새겨져 있었다.

“그건…… 천사?!”

“그래. 내 천사, 〈라지엘〉. —이 세상 모든 것을 내다보는 전지(全知)의 천사야.”

“뭐…….”

시도는 니아의 말을 듣고 미간을 찌푸렸다.

"전지……? 그게 뭐야?"

"뭐긴 뭐겠어~. 말 그대로의 뜻이야. 〈라지엘〉은 삼라만상 전부를 나에게 가르쳐줘. 지금 이 세상의 어디에서 무슨 일이 벌어지고 있는지, 누가 뭘 하고 있는지도 말이야. 예를 들자면 — 아까 네가 장을 다 본 후 그 길을 지날 거라는 사실도 가르쳐줬어."

"뭐—."

니아가 그렇게 말한 순간, 시도의 얼굴이 전율에 휩싸였다.

니아가 그런 그를 재미있다는 듯이 쳐다보며 웃음을 흘렸다.

"—설마 진짜로 우연이라고 생각한 거야? 길에 쓰러져 있는 여자애를 우연히 발견해서 도와줬는데, 그 애가 우연찮게도 정령이었다고 생각했어? 에이, 말도 안 되잖아. 적어도 나라면 스토리 도입부를 그런 식으로는 안 짤 거야."

"……즉, 내가 너를 도와줄 거라고 생각했기 때문에 일부러 거기에 쓰러져 있었던 거야?"

"뭐, 맞아."

니아는 고개를 끄덕이면서 그렇게 대답했다. 긴장한 시도는 마른 침을 삼켰다.

"……그럼 나한테 원고 작업을 돕게 한 것도 다른 의도가 있어서—."

"아, 그건 진짜로 발등에 불이 떨어져서 도와달라고 한 거야."

"다른 의도는 없는 거야?!"

시도는 비명에 가까운 목소리로 그렇게 외쳤다. ……뭐, 다른 의도가 있었다면 그것도 무시무시했겠지만, 왠지 저런 말을 들으니 납득이 되지 않았다.

하지만 니아가 처음부터 시도를 알고 있었으며, 일부러 이 집으로 데려왔다는 것은 사실 같았다. 시도는 마음을 진정시키듯 고개를 가볍게 저은 후, 니아에게 말을 걸었다.

"그런데— 니아, 네 목적은 대체 뭐야? 왜…… 나를 여기에 데려온 건데?"

시도가 긴장한 듯한 표정을 지으며 그렇게 묻자, 니아는 여전히 여유로운 표정을 지으며 어깨를 으쓱했다.

"그렇게 긴장할 필요 없어. 딱히 볼일 같은 게 있는 건 아니거든. 굳이 따지자면, 소년을 내 눈으로 직접 보고 싶었던 것뿐이야. 아무리 〈라지엘〉로 너에 대해 알았다고 해도, 그건 어디까지나 정보거든. 실제로 만나보는 것보다는 못하다구."

니아는 공중에 떠있는 〈라지엘〉의 표지를 손가락으로 쓰다듬으면서 말을 이었다.

"그 외에는— 그렇지. 일단 고맙다는 말도 해두고 싶었어."

"뭐……?"

시도는 의아한지 눈썹을 찌푸렸다. 확실히 시도는 쓰러져 있던 니아를 도와줬지만, 그것은 어디까지나 니아가 의도적으로 꾸민 일이니 고맙다는 말을 하는 것은 이상했다.

니아는 시도의 그런 생각을 눈치챘는지 고개를 저었다.

"아, 내가 고맙다는 건 그게 아냐. —이달 초에 네가 나를 구해준 것에 대해서야."

"뭐?"

시도는 어안이 벙벙한 표정을 지었다.

그럴 만도 했다. 시도는 니아와 오늘 처음 만났다. 그뿐만 아니라 이달 초라면 시도와 정령들 사이의 파이프가 좁아져서 영력이 폭주했던 시기다. 즉, 시도가 다른 이들에게 도움을 받았던 시기인 것이다.

"어라, 기억 못하는 거야? 내 목소리를 듣고 수송기를 격추했었잖아. 나, 그 덕분에 탈출했다구."

"목소리…… 잠깐만, 아—."

시도는 그 말을 듣고 어깨를 부르르 떨었다.

당시에 의식이 몽롱했던 탓인지 그때 일은 잘 생각이 나지 않지만, 분명 누군가의 목소리를 듣고 영력을 방출했던 것 같은 기억이 남아있었다.

"설마, 그게 너였어……? 그런데 수송기라니……."

"내가 타고 있던 수송기야. —DEM인더스트리의 수송기지."

"……뭐? DEM?!"

시도는 뜻밖의 이름을 듣고 표정을 굳혔다. DEM— 데우스 엑스 마키나 인더스트리. 영국을 본거지로 삼고 있는 거대 기업이자, 코토리가 소속된 〈라타토스크〉와는 대조적으로 정령을 포획하는 것을 목적으로 삼고 있는 조직이다. 실제로 시도나 다른 정령들과도 몇 번 충돌했었다.

"왜 DEM의 수송기에 니아가……."

미심쩍은 표정을 지은 시도가 희미하게 경계심을 드러내며 묻자, 니아는 태연한 어조로 말을 이었다.

"응~? 그야 내가 그 녀석들에게 잡혔기 때문이야. 이야~ 오랫동안 지하에 갇혀 있었다니깐. 덕분에 몸이 딱딱하게 굳었어. 맡고 있던 연재도 오랫동안 중단해야 했고 말이야. 정말 최악이었어."

니아는 그렇게 말하면서 두건 안쪽으로 손을 집어넣더니 머리를 긁적였다.

그녀의 말투가 너무 태연했기에 시도는 흘려들을 뻔 했지만 — 곧 그 말의 의미를 이해하고 눈을 치켜떴다.

"DEM에게 잡혀있었던 거야—?!"

"응, 그래~. 5년 전 쯤일걸? 그 애 있잖아. 허약체질인 애. 이름이 뭐더라?"

니아는 그렇게 중얼거리면서 왼손가락으로 〈라지엘〉의 표지를 쓰다듬었다.

그러자 〈라지엘〉이 그에 반응하듯 희미하게 떨리더니, 옅은 빛을 뿜으면서 자동적으로 페이지가 넘어갔다.

니아는 펼쳐진 페이지를 보더니 가볍게 손뼉을 쳤다.

"—아, 그래. 엘렌이야. 엘렌 밀라 메이저스. 그 녀석한테 당했어~. 진짜로 두 손 두 발 다 들었다니깐. 몰래 매복하고 있다가 그대로 한 방 제대로 먹이더라구."

"엘렌—."

니아의 말을 들은 순간, 시도의 표정은 더욱 굳었다.

엘렌 밀라 메이저스. DEM인더스트리 제2집행부 부장이자 인류최강의 위저드다. 시도나 〈라타토스크〉와도 인연이 깊은 상대인 것이다. 확실히 그녀의 힘이라면 정령을 잡는 것도 충분히 가능할 것이다.

"괘, 괜찮은…… 거야?"

"으음, 솔직히 말하면 기억이 잘 안 나. 이상한 기계에 계속 연결되어 있어서 짜증났던 건 기억나지만 말이야. —아, 정정할게. 딱 하나, 진짜로 골 때린 게 있었어. 그 녀석들, 만화를 그리지 못하게 하지 뭐야. 정말…… 그렇게 오랫동안 펜을 안 쥐면 감이 둔해진단 말이야. 코믹스의 매상이 떨어지면 책임져줄 거냐구."

니아는 그렇게 말하면서 짜증을 내듯 팔짱을 꼈다. 시도는 그 말을 듣고 한순간 눈썹을 찡그렸다. 본인에게 있어서는 심각한 문제겠지만…… 그 냉혹한 DEM사치고는 꽤나 물러터진 대응인 것 같은 느낌이 들었다.

게다가 신경 쓰이는 점이 하나 더 있었다. 시도는 니아 쪽을 쳐다보면서 물었다.

"그런데 니아. 네 천사는 뭐든 다 알 수 있다면서? 그럼 매복하고 있는 것도……."

시도의 물음에 니아는 시도의 말을 끊듯 손을 내저으면서 말했다.

"아~, 오해했나 보네. 그런 게 아냐."

"그런 게 아니라니……."

"〈라지엘〉은 분명 전지(全知), 즉 모든 것을 다 알고 있는 천사야. 하지만 어디까지나 내가 원하는 정보만 제공해줄 뿐이야. 미래까지 내다볼 수 있는 것도 아니고, 자동적으로 위기를 감지하지도 않거든. ─즉, 내가 생각도 못한 것에 대해서는 전혀 대응할 수 없어. 어떻게 보면 슈퍼 울트라 고성능 검색엔진에 가까울지도 모르겠네."

"그렇……구나."

시도는 마른 침을 삼키면서 볼을 긁적였다.

"엄청난 능력이기는 하지만…… 꽤 제한이 있는 거네."

니아는 그 말을 듣더니 「흐음?」 하고 말하며 눈을 게슴츠레하게 떴다.

"나를 완전 얕잡아 보네. 아무래도 소년은 〈라지엘〉의 힘을 이해하지 못한 것 같은걸."

"뭐……?"

"〈라지엘〉에 적힌 것은 전부 사실이야. 거꾸로 말하자면─."

니아는 자신만만한 미소를 지으면서 왼손을 머리 위로 들어 올리더니, 두건에 달려있던 장식을 쥐고 단숨에 뽑아들었다. 그 장식의 끝부분은 마치 펜 끝 같은 형상을 하고 있었다.

니아는 그 펜을 쥐고는 공중에 정지해 있는 〈라지엘〉에 뭔가를 그리기 시작했다.

"……."

"……."

"……."

"……저기, 뭘 하는 거야?"

몇 분 후, 시도는 여전히 작업을 계속하고 있는 니아에게 말을 걸었다.

"곧 끝나니까 잠시만 기다려."

니아는 진지한 눈길로 그렇게 말한 후, 작업을 계속했다.

그리고 몇 분 후…….

"—자, 이쯤 하면 됐겠지."

니아는 그렇게 말하면서 고개를 들더니, 펜을 원래 위치에 돌려놓으면서 〈라지엘〉을 손가락 끝으로 톡 두드렸다. 그러자 그 동작에 호응하는 것처럼 〈라지엘〉이 옅은 빛을 뿜기 시작했다.

"뭐, 뭐야?"

"곧 알게 될 거야. 자, 슬슬 시작될걸?"

"어? 우, 우왓?!"

시도는 무심코 비명을 질렀다.

하지만 그것도 무리는 아니었다. 자신의 몸이 멋대로 움직이기 시작했으니까 말이다.

"뭐, 뭐가 어떻게 된 거야……?!"

"아~, 그래. 이쪽이야, 이쪽."

니아는 그렇게 말하면서 바닥에 드러누웠다. 그러자 시도가 니아의 몸 위에 올라타더니, 양손으로 그녀의 허리를 주무르기 시작했다.

"아아~. 그래, 거기야. 좋네~."

"자, 잠깐만 있어봐. 뭐가 어떻게 된 거야……?!"

시도가 당혹스러워하고 있을 때, 그의 손은 음흉하게 꿈틀거리면서 니아의 엉덩이를 쓰다듬기 시작했다.

"꺄아~! 소년, 엉큼해!"

"자, 잠깐만, 이건 내가 한 게 아니라—?!"

시도가 고함을 지른 후에야 몸이 다시 자신의 뜻대로 움직이기 시작했다. 허둥지둥 니아에게서 떨어진 시도는 어깨를 들썩이며 하아하아 하고 숨을 내쉬었다.

그 모습을 본 니아가 몸을 일으키고 깔깔 웃었다.

"뭐, 이렇게 된 거야."

그리고 〈라지엘〉의 표지를 가볍게 두드리더니, 한 페이지를 시도에게 보여줬다.

그 페이지에는 방금 니아가 그린 것 같은 만화가 그려져 있었다. 게다가 유심히 보니 그 만화의 등장인물은 시도와 니아를 많이 닮았으며— 그뿐만 아니라 내용 또한 방금 일어났던 일과 똑같았다.

"이, 이건……."

"미래기재(未來記載). 아까 말했다시피, 〈라지엘〉에 기재된 것은 전부 사실이야. —설령 그게 새롭게 추가된 거라도 말이야."

"……윽?! 뭐, 뭐어……?!"

시도는 경악했다. 그것도 무리는 아니었다. 만약 그런 게 가능하다면 니아는 자신이 원하는 미래를 만들 수 있을 것이다. 그것은 무시무시한 정도가 아니라, 신에 필적하는 능력이었다.

하지만 시도는 신경 쓰이는 점이 한 가지 있었다.

"……왜 만화인 거야? 글로 쓰는 게 더 빠르지 않아?"

"으음, 하지만 만화로 그리지 않으면 확 와 닿지가 않는다구. 그리고 겨우 몇 십 초 동안의 상황을 묘사하는데 시간이 꽤 걸리는데다, 이런 걸 그릴 짬이 있으면 일을 해야 하니까, 그렇게 편리하지는 않아."

"……으음."

시도의 볼을 타고 땀이 흘러내렸다. 방금 시도가 본 것은 이 세상의 섭리조차 비틀어버리는 힘이지만…… 니아의 필터를 거치니 왠지 별것 아닌 듯한 느낌이 들었다.

시도가 어떤 생각을 하고 있는지 눈치 챈 니아는 불만 섞인 표정을 지었다.

"아~. 또 나를 얕잡아 보는 듯한 표정을 짓고 있네. 소년이 그런 태도를 취하니 어쩔 수 없지. 이 세상에서 이미 일어난 일을 전부 알고 있다는 것이 얼마나 무시무시한 건지 가르쳐 줄게."

"뭐……?"

시도는 니아의 말을 듣고 미간을 찌푸렸다. 그리고 니아가 아까와 마찬가지로 〈라지엘〉의 표지를 쓰다듬자, 또 책의 페이지가 저절로 넘어갔다.

니아는 펼쳐진 페이지를 읽으면서 턱을 짚었다.

"흠흠……. 오호라. 순섬굉폭파? 흐음, 멋지네."

"커억?!"

니아의 입에서 뜻밖의 말이 흘러나오자, 시도는 그대로 경악했다.

그것은 시도가 예전에 상상했던 오리지널 필살기의 이름이었다.

니아는 입가를 씰룩이면서 옅은 빛을 뿜는 페이지를 계속 쳐다보았다.

"아, 오리지널 캐릭터 발견. 흑의(黑衣)의 투사 리반이구나~. 아~ 이해해. 검은색이 확실히 폼 나기는 하지. 하지만 이 캐릭터를 주인공으로 삼아서 이야기를 진행할 거면, 독자의 공감을 얻고 이야기에 긴장감을 줄 수 있도록 약점을 하나 정도 만드는 편이 좋을 거야. 그리고 당시에는 연령적으로 여자 캐릭터를 만드는 게 부끄러울 시기였을지도 모르지만, 히로인 설정에 좀 더 신경을 써~. 뭐니 뭐니 해도 매상에 직결되는 부분이거든~."

"프로의 관점에서 어드바이스하지 마아아아아앗?!"

시도는 머리를 감싸 쥐며 몸을 배배 꼬았다. 경험자라면 이해할 수 있겠지만, 예전에 만든 서투른 오리지널 설정이 남에게 알려진다는 것은 보이지 않는 나이프로 오장육부가 갈기갈기 찢기는 것에 버금갈 정도로 고통스럽다.

시도는 잠시 동안 그 자리에서 고통에 찬 몸부림을 친 후, 허억허억 하고 거친 숨을 내쉬면서 몸을 일으켰다.

그러자 니아는 잘난 척 하듯 미소를 지었다.

"어때? 〈라지엘〉이 얼마나 무시무시한 천사인지 이해했어?"

"……예. 뼈저리게 이해했습니다. 얕봐서 정말 죄송합니다."

시도가 그렇게 말하면서 고개를 숙이자, 니아는 만족스러운 표정을 지으며 고개를 끄덕였다.

"이해했으면 됐어. —뭐, 내가 할 이야기는 이게 다야. 소년 덕분에 그 녀석들한테서 도망쳐서 연재도 재개할 수 있었으니까, 그 점에 대해서는 진짜로 고맙게 생각하고 있어."

니아는 시도를 쳐다보면서 말했다.

"—하지만 네 입장에서는 「잘 됐네. 그럼 안녕」 하고 말할 수는 없겠지? 〈라타토스크〉…… 맞지? 정령을 너한테 반하게 만들어서 구한다니, 꽤 재미있는 짓을 벌이고 있잖아. 역시 나도 반하게 만들 생각이야?"

"그건……."

—아마 그렇게 될 것이다. 니아는 비교적 인간사회에 적응한 정령 같지만, 언제 공간진을 일으킬지 모르니 〈라타토스크〉의 보호를 받아줬으면 좋겠다는 게 솔직한 심정이다.

게다가 DEM에게 잡힌 적이 있으니 더욱 그랬다. 똑같은 일이 또 벌어질 수도 있으니 그녀가 이렇게 혼자 지내는 것은 지나치게 위험했다.

시도의 표정을 통해 그가 어떤 생각을 하고 있는지 눈치 챈 니아는 고개를 끄덕였다.

"좋아, 좋아~. 그런 것도 재미있을 것 같기는 해. 비밀조직이라는 말만 들어도 가슴이 마구 뛰거든. —게다가 아까도 말했다시피 나는 너한테 고맙게 생각하고 있거든? 그러니까 답례 삼아 찬스를 줄까 해."

"찬스— 아……."

시도는 눈을 크게 떴다. 아까 니아가 했던 말을 떠올린 것이다.

그렇다. 니아는 말했다. 지금 하고 있는 원고가 끝나면 시간이 난다고—.

"하지만 장소는 아키하바라야. 이것만은 양보할 수 없어. 5년 동안 감금되어 있었더니 몸이 2차원을 갈구하고 있다구. 금단증상 때문에 죽겠단 말이야. 그 만화의 다음 권이라든가, 그 작가의 신작 같은 게 보고 싶어서 몸이 덜덜 떨릴 지경이야."

니아는 그렇게 말하면서 자신의 어깨를 끌어안고 몸을 덜덜 떨었다.

"아키하바라 갔다 와서는 다음 일을 시작해야 하고, 연말에는 코믹콜 때문에 바쁘니까 한동안은 시간을 낼 수 없어. 그러니까 잘 부탁해. 나, 이래봬도 잘 나가는 작가거든."

니아가 손가락을 꼿꼿이 세우면서 그렇게 말하자, 시도는 식은땀을 흘렸다.

"코, 코믹콜?"

"코믹콜로세움. 간단히 말해 동인지 즉매회야. 이번에는 부스를 못 잡아서 참가를 못 할 줄 알았는데, 아파서 책을 못 내게 된 사람이 있어서 부스를 빌리기로 했어. 원고는 DEM에 잡히기 전에 그려둔 게 있거든. 이야~ 코믹콜에도 오랜만에 참가하네~."

니아는 팔짱을 끼면서 감격에 젖은 것처럼 고개를 끄덕였다. 그리고 그제야 시도를 내버려두고 있었다는 사실을 깨달았는지 그를 향해 고개를 돌렸다.

"아, 미안해. 아무튼 그렇게 됐어."

니아는 엄지로 자신의 가슴을 가리켰다.

"—찬스는 줄게. 반하게 만들 수 있으면 반하게 만들어봐."

그리고 그 동작에 맞춰 그녀의 입술 가장자리가 말려 올라갔다. 시도는 자신감에 찬 그녀의 말을 듣고 무심코 숨을 삼켰다.

"……읏!"

"물론 너희 쪽 작전회의 같은 것도 훔쳐보지 않을 테니까 걱정하지 마. 나는 스포일러를 하는 것도 싫지만, 당하는 것도 저어어엉말 싫거든. 그러니까 안심하고— 으음."

니아의 시선에 맞춰 〈라지엘〉의 페이지가 휘리릭 넘어갔다.

"아, 그래. 코토리 양. 열네 살 밖에 안 됐는데 사령관이라면서? 대단하네~. 아무튼, 네 여동생과 열심히 작전을 짜봐. —하지만 내 입으로 이런 말을 하는 것도 좀 그렇지만, 나를 공략하는 건 어려울걸? 각오 단단히 하라구~."

니아는 아하하 하고 웃고는 손을 내저었다.

"—그럼 오늘은 이만 돌아가 줄래? 나도 원고를 완성해야 하고, 소년도 다른 사람들에게 밥을 해줘야 하잖아?"

"아, 니아—."

"뭐, 쌓인 이야기는 그때 하자. 시간과 장소는 나중에 알려줄게. —참, 연락처는 내 맘대로 알아봐도 되지?"

"으, 응. 그건 괜찮지만……."

"그래? 땡큐~. 그럼 그날 보자~. 기대하고 있을게~."

멋대로 진행되는 이야기 때문에 시도가 어안이 벙벙해 하고 있는 사이, 니아는 그렇게 말하면서 그를 배웅했다.

◇

"—DEM에 잡혀있던 정령?"

귀가 후. 시도가 지하 시설에 연락해서 아까 발생한 믿기지 않는 일을 이야기하자, 코토리는 즉시 집으로 돌아왔다.

코토리는 시도에게 자세한 이야기를 듣더니, 물고 있던 막대사탕의 막대 부분을 꼿꼿이 세우고 눈썹을 찌푸렸다.

"게다가 예전부터 이쪽 세계에서 만화가로 활동하고 있었던 거야……? 솔직히 말해 믿기지 않네. ……뭐, 미쿠 같은 케이스도 있으니 있을 수 없는 일은 아니지만……."

코토리는 턱에 손을 대면서 낮은 신음을 흘렸다. 이자요이 미쿠는 토카와 마찬가지로 시도가 영력을 봉인한 정령이며, 시도가 그녀의 존재를 인식했을 때에는 이미 아이돌로서 활동하며 인기를 얻고 있었다. 그것에 비하자면 이번 케이스는 평범한 축에 속한다고 할 수 있으리라.

시도가 코토리와 대화를 나누고 있는데, 등 뒤에서 누군가의 목소리가 들려왔다.

"음……? 시도, 코토리와 무슨 이야기를 하고 있는 것이냐?"

그 사람은 밤을 연상케 하는 칠흑빛 장발과 수정 같은 빛깔을 띤 몽환적인 눈동자를 지닌 소녀였다. ―야토가미 토카. 시도가 과거에 힘을 봉인했던 정령이며, 지금은 이웃사촌 겸 클래스메이트다.

"아, 토카. 으음…… 일 이야기를 하고 있어."

"오오, 그러하냐. 방해를 해서 미안하다."

토카는 고개를 살며시 숙이면서 그렇게 말했다. 그리고 그 뒤를 이어 거실 쪽에서 다른 목소리가 들려왔다.

"―시도, 내 오장육부가 제물을 원하고 있노라. 그러니 서둘러 진수성찬을 바치거라."

"번역. 카구야, 배가 꼬르륵거려~. 시도가 만든 맛난 밥이 빨리 먹고 싶어냥, 하고 말한 거예요."

"멋대로 이상한 어미 붙이지 말아줄래?!"

소파 등받이 너머로 몸을 쏙 내민 두 소녀가 그렇게 말했다.

마치 거울에 비친 것 같은 착각마저 들 만큼 똑같이 생긴 소녀들이었다. 한 명은 검은색 천에 붉은색으로 알파벳이 적힌 셔츠를 입고 있고, 다른 한 명은 파스텔컬러 카디건을 걸치고 있었다. 토카와 마찬가지로 시도네 집 옆에 있는 맨션에 살고 있는 쌍둥이 정령 야마이 카구야, 유즈루 자매다.

"아, 미안해. 금방 되니까 잠시만 기다려줘."

쓴웃음을 지으면서 그렇게 말한 시도는 생선구이용 그릴을 열고 오늘의 메인 메뉴인 간고등어가 잘 구워지고 있는지 확인했다.

그렇다. 시도는 현재 코토리와 니아에 관해 상의를 하면서 저녁 식사를 준비하고 있었다. 코토리와 이야기를 나누고 있는 앞치마 차림의 시도는 조리용 젓가락과 국자는 양손에 하나씩 쥐고 있었다. 남들 눈에는 두 사람이 세계의 운명을 좌우할 수도 있는 중요한 이야기를 하고 있는 것처럼은 전혀 보이지 않을 것이다.

"아, 잘 구워졌네. ―자, 슬슬 테이블을 정리해줄래?"

""""예~!""""

시도가 그렇게 말하자, 카구야와 유즈루, 토카, 그리고 거실에서 토카와 이야기를 나누던 체구가 조그마한 두 소녀가 한 목소리로 대답했다.

그 중 한 명은 왼손에 토끼 모양 퍼핏인형을 장착한 상냥해 보이는 소녀― 요시노였고, 다른 한 명은 휘어진 등과 언짢아 보이는 눈매가 인상적인 소녀― 나츠미였다. 두 사람 모두 다른 정령들과 마찬가지로 시도에게 영력을 봉인당한 정령이다.

정령들은 시도의 지시에 따라 테이블을 치웠다. 그곳에 놓여있던 잡지와 신문을 원래 있던 곳에 가져다두고, 물기를 짠 행주로 테이블을 닦은 후, 젓가락통과 간장종지, 그리고 앞접시 등을 놓았다.

"그건 그렇고……."

코토리는 그 광경을 보면서 하아 하고 한숨을 내쉬었다.

"전지의 천사 〈라지엘〉……. 자신이 원하는 정보는 뭐든 알 수 있고, 미래까지 마음대로 그릴 수 있다니, 정말 무시무시한 천사네."

코토리가 그렇게 말하자, 시도는 고개를 끄덕였다.

"그래……. 역시 코토리한테도 부끄러운 과거가 있구나."

"뭐? 무, 무슨 소리를 하는 거야?"

시도가 공허한 눈빛을 머금으며 그렇게 말하자, 코토리는 볼을 붉히면서 미간을 찌푸렸다.

"옛날에 같이 자다 오줌 싼 적 있지? 그때 코토리가 너무 울어대서 내가 싼 걸로 하기는 했지만, 지금 생각해보면 아버지와 어머니는 전부 알고 있는 듯한 표정을……."

"꺄아~! 꺄아아아아아앗!"

시도가 팔짱을 끼면서 그렇게 말하자, 코토리는 새된 비명을 지르면서 그의 입을 막았다.

그리고 그 비명 소리를 듣고 흥미가 생긴 야마이 자매가 시도와 코토리를 향해 동시에 고개를 돌렸다.

"응? 둘이서 무슨 이야기를 하고 있는 것이냐. 꽤나 재미있어 보이는 구나."

"동의. 방금 오줌이라는 말이 들린 것……."

"오, 오존이라는 말이었어! 그것보다! 테이블 정리 끝났으면 요리를 담자! 카구야는 생선, 유즈루는 조림을 맡아!"

코토리가 단호한 어조로 그렇게 말하면서 카구야에게는 젓가락을, 유즈루에게는 국자를 내밀었다.

"아, 알았노라."

"승낙. 알았어요……."

코토리의 범상치 않은 분위기에 압도당한 두 사람은 그녀의 지시에 따라 순순히 요리를 담았다.

"……."

코토리는 그 모습을 본 후 시도를 향해 고개를 돌렸다. 무시무시한 표정을 짓고 있는 그녀를 본 시도는 무심코 「히익」 하고 낮은 비명을 질렀다.

"……다음에 또 남들 앞에서 그 이야기하면…… 알지?"

코토리는 듣는 이의 등골을 서늘하게 만드는 목소리로 그렇게 말했다. 곰곰이 생각해보니 코토리는 니아만큼은 아니지만 시도의 과거를 알고 있었다. 적으로 돌렸다간 어떤 식으로 보복을 당할지 모르는 것이다.

"아, 알았어……."

시도가 항복 선언을 하듯 양손을 들면서 그렇게 말하자, 코토리는 흥 하고 코웃음을 치면서 의자에 다시 앉았다.

"……내 말은 그런 뜻이 아냐. 진짜로 그런 천사가 존재한다면 그 어떤 보안 장치도 무의미하잖아? 한 나라의 최고기밀이나 군사 관련 정보가 줄줄 새어나가고 있는 거나 마찬가지라구. ―전쟁을 일으키는 것도 식은 죽 먹기일 거야. 그런 존재가 얼마 전까지 DEM의 손아귀에 있었다니…… 생각만 해도 소름이 돋네."

"그…… 그것도 그러네."

시도의 볼을 타고 땀이 흘러내렸다.

직접 만나 이야기를 나누면서 받은 인상으로 볼 때, 니아가 천사의 힘을 그런 일에 쓸 것 같지는 않았다. 하지만…… 만약 악의를 지닌 자가 그 힘을 사용한다면, 세상은 공간진과는 다른 종류의 피해를 입게 되리라.

코토리는 막대사탕을 손에 들고 지휘봉처럼 휘두르면서 말을 이었다.

"그리고 이건 여담인데 말이야."

"응?"

"만약 진짜로 그런 천사가 있다면, 우리가 쫓고 있는 〈팬텀〉에 대해서도 알 수 있을지도 몰라."

코토리는 막대사탕의 막대 부분을 꼿꼿이 세우면서 말했다.

"아! 그렇구나……!"

시도는 눈을 치켜뜨면서 그렇게 말했다.

과거에 코토리를 정령으로 만든, 정체불명의 정령 〈팬텀〉.

확실히 〈라지엘〉이라면 아직도 정체를 알 수 없는 그 정령에 대한 것도 알 수 있을지도 모른다.

"게다가—."

"게다가?"

시도가 되묻자, 코토리는 고개를 살짝 돌리면서 말을 이었다.

"……어쩌면, 시도와 마나가 잊은 옛날 기억도 알 수 있을지도 몰라."

"아—."

코토리가 그렇게 말하자, 시도는 눈을 동그랗게 떴다.

그렇다. 시도와 마나는 친남매……이지만, 두 사람 다 어릴 적의 기억을 잃었다.

코토리는 복잡한 표정을 지으면서 테이블에 팔꿈치를 올려놓았다.

"……뭐, 어디까지나 그런 가능성이 존재한다는 이야기야. 우리는 정령의 힘을 이용하기 위해 봉인하는 게 아니잖아. 어디까지나 최우선은 니아를 보호하는 거야. —우리도 최선을 다해 지원할 테니까, 시도도 힘내."

"으, 응……. 알았어."

확실히— 코토리의 말이 옳다. 〈팬텀〉도, 자신의 과거도 신경 쓰이기는 하지만, 그런 것들은 어디까지나 부차적인 것이다. 그런 것을 우선적으로 생각하다간 불순한 동기를 품고 있다는 것이 니아에게도 전해지고 말리라.

시도는 잡념을 떨쳐내려는 것처럼 고개를 저은 후, 주먹을 강하게 말아 쥐었다.

◇

이틀 후. 시도는 아키하바라 역 전자상가 입구 부근의 개찰구 앞에서 니아를 기다렸다.

평일인데도 불구하고 역은 꽤나 붐볐다. 요즘 들어 관광지로서도 유명해져서 그런지, 외국인도 간간이 보였다.

시도는 니아를 놓치지 않으려고 개찰구를 주시하면서 주위를 힐끔 쳐다보았다.

예전에도 몇 번 와본 적이 있지만, 역시 특이한 역이었다. 곳곳에 붙어 있는 광고가 대부분 애니메이션이나 게임과 관련된 것들이어서 그런지, 마치 다른 세계에 온 듯한 느낌마저 들었다. 이 일종의 비일상적인 느낌 혹은 여행 감각이 이 거리에 사람들이 몰려드는 요인일지도 모른다.

『—아, 아, 시도. 내 말 들려?』

오른쪽 귀에 꽂은 인터컴에서 코토리의 목소리가 흘러나왔다. 역 개찰구 앞이라서 그런지 주위는 꽤나 시끄러웠지만, 〈라타토스크〉의 경이적인 기술력으로 개발한 인터컴은 깨끗한 음성을 시도의 고막에 전해주고 있었다.

"응. 들려."

『곧 약속 시간이야. —〈프락시너스〉를 쓸 수 없는 만큼, 순식간에 전송시키는 건 불가능해. 이야기를 듣자하니 호전적인 정령은 아닌 것 같지만…… 긴장을 풀지는 마.』

"알았어. 니아는 꽤 바쁜 것 같으니까 오늘 안에 어떻게든 호감도를 올려보자고."

시도가 그렇게 말한 순간, 코토리와 마찬가지로 임시사령실에 있는 미노와의 목소리가 인터컴에서 흘러나왔다.

『사령관님, 시도 씨! 타깃인…… 니아가 나타났습니다!』

"……윽! 왔구나."

『그럼, 시도. —우리의 전쟁(데이트)을 시작하자구."

"그래—!"

시도는 고개를 끄덕이면서 인터컴에 대고 있던 손가락을 뗀 후, 니아를 찾아 개찰구 너머를 쳐다보았다.

바로 그때, 개찰구 안쪽에서 수많은 사람들이 모습을 드러냈다. 전철에서 내린 사람들이 동시에 개찰구 쪽으로 밀려온 것 같았다.

"으음, 니아는…… 아."

시도는 차례차례 개찰구를 통과하는 사람들을 살펴보다가, 그 안에서 눈에 익은 소녀를 발견했다. 오늘 만나기로 한 정령, 니아였다.

아니— 정확하게 말하자면, 눈에 익은 소녀……라는 말은 틀릴지도 모른다. 니아는 일전에 길바닥에 쓰러져있을 때와 같은 복장이나 수녀 같은 영장 차림이 아니었다. 빛바랜 청바지에 낡은 다운재킷, 그리고 입가가 가려질 정도의 머플러 차림이었던 것이다. 니아가 숨을 쉴 때마다 그녀가 쓴 안경에 희미하게 입김이 서렸다.

그리고 가장 눈길을 끄는 것은 니아가 들고 있는 물건이었다. 그녀는 커다란 가방을 매고 있지만, 안에 아무 것도 들지 않았는지 움푹 꺼져 있었다. 그리고 왼손에는 해외여행이라도 갈 때 쓸 것 같은 트렁크가방을 끌고 있었다. 아니, 그것만이 아니었다. 유심히 보니 그 트렁크가방에는 접이식 소형 캐리어 카트가 고무로 된 벨트로 묶여 있었다.

"……우와."

귀여움이나 색기 같은 것은 다 내팽개치고, 그저 짐을 운반

하는 것에만 특화시킨 듯한 니아의 장비를 본 시도는 무심코 메마른 웃음을 흘렸다.

바로 그때, 니아도 시도를 발견한 것 같았다. 니아는 시도를 향해 아무것도 들지 않은 오른손을 흔들더니, 드르륵 소리를 내는 트렁크가방을 끌면서 그에게 다가왔다.

"여어, 소년. 안녕. 좋은 아침이야."

"……아, 응. 니아는 뭐랄까…… 완전무장을 했네."

시도가 그렇게 말하자 니아는 순간 눈을 동그랗게 뜨더니, 에헤헤 하고 웃었다.

"무슨 소리를 하는 거야. 아이템은 이제부터 살 거잖아."

"으, 응. 그랬지, 참."

시도가 애매한 대답을 한 순간, 오른쪽 귀에 꽂은 인터컴에서 코토리의 목소리가 흘러나왔다.

『—시도, 선택지가 나왔어.』

〈라타토스크〉 지하 시설에 있는 임시사령실에는 공중함 〈프락시너스〉의 승무원들 전원이 모여 있었다.

사령관인 이츠카 코토리가 중앙에 있는 좌석에 앉아 있었고, 부사령관인 칸나즈키 쿄헤이가 그녀의 뒤편에 서있었다. 그리고 6명의 기관원이 각자의 콘솔 앞에 앉아서 모니터를 주시하고 있었다.

이 방의 벽에 설치된 커다란 모니터에는 치명적일 정도로 색기가 없는 복장을 한 니아의 상반신이 표시되어 있었고, 그 위에 선택지가 표시된 윈도우가 떠있었다.

①「그 옷, 귀엽네. 잘 어울려.」

②「옷이 엄청 촌스럽네. 내가 새 걸 골라줄게.」

③「흐음…… 벗기는 맛이 있을 것 같은 옷차림이네.」

원래 설비에는 미치지 못하지만, 현재 사령실에 구비된 기재는 수리 중인 〈프락시너스〉의 AI에 접속되어 있기 때문에 예전과 마찬가지로 선택지 시스템을 사용하는 것이 가능했다.

"전원, 선택!"

코토리의 지시에 맞춰 승무원들이 눈앞에 있는 콘솔을 조작했다.

곧바로 결과가 화면에 표시되었다.

①이 가장 적고, ②와 ③이 비슷한 표를 얻었다.

"흐음, 결과가 좀 뜻밖이네. 가장 무난한 것 같은 ①이 꼴찌잖아."

코토리가 입에 문 막대사탕의 막대 부분을 흔들면서 그렇게 말하자, 그녀의 전방에 있는 좌석에 앉은 승무원들이 입을 열었다.

"이런 말을 하는 건 좀 그렇지만, 니아 양의 복장은 좀……."

"맞아. 칭찬을 하면 비꼬는 것처럼 들릴 것 같거든요."

〈짚인형(네일 노커)〉 시이자키와 〈보호 관찰(딥 러브) 처분〉 미노와가 턱에 손을 댄 채 모니터 안의 니아를 쳐다보았다.

확실히 그녀들의 말대로 니아의 복장은 여성스럽다거나 섹시하다는 말과는 거리가 지나치게 멀었다.

"그럼 ②가 낫지 않을까요. 처음에 세게 한방 먹여준 후에 은근슬쩍 상냥함을 드러내는 거죠. 그렇게 옷을 사러 가는 분위기를 만들 수 있을 거예요. 술집 아가씨에게 이 방법을 쓰면 백이면 백 다 넘어옵니다."

〈사장(CEO) 오빠〉 미키모토가 손가락을 꼿꼿이 세우면서 말했다. 하지만 그 말에 반론하듯 〈차원을 넘나드는 자(디멘션 브레이커)〉 나카츠가와가 입을 열었다.

"아뇨. 잘 생각해보시지요. 니아 양은 오늘 옷을 사러 온 게 아닙니다! 만화책과 라이트노벨, 피규어, 블루레이! 그런 것들을 사러 온 사람을 옷가게에 데리고 가는 건 고문 이외의 그 무엇도 아닙니다!"

"맞습니다. 게다가 시도 군에게 들은 이야기에 따르면 그녀는 음란한 화제에 관대한 편입니다. 절묘한 에로 농담은 남녀 간의 거리를 줄이는데 매우 유효하죠."

"흐음……."

코토리는 다른 이들의 의견을 들은 후, 시도의 인터컴과 연결된 마이크에 손을 얹었다.

"—시도, ③이야."

"…………."

시도는 사령실의 지시를 듣고 볼에 경련을 일으켰다. 아무리 니아라고 해도 방금 만난 사람한테 그런 말을 들었다간 하루 종일 상대를 경계하지 않을까 하는 생각이 들었던 것이다.

하지만 계속 입을 다물고 있을 수는 없다. 시도는 휴우 하고 숨을 내쉰 후, 턱에 손을 대더니 니아의 몸을 훑어보면서 말했다.

"흐, 흐음…… 벗기는 맛이 있을 것 같은 옷차림이네."

"뭐?"

니아는 그 말을 듣더니 뜻밖이라는 것처럼 눈을 동그랗게 뜬 후—.

"우헤헤~. 소년, 오늘 나와 그런 짓까지 할 생각인 거야~? 겉보기와 안 어울리게 상당한 육식계인걸~."

그렇게 말하더니 시도의 배를 자신의 팔꿈치로 쿡쿡 찔렀다.

"아하하……. 아니, 딱히 그런 건……."

"어라? 혹시 영력을 봉인하게 위해선 그런 짓까지 해야 하는 거야? 으으~, 키스만 하면 되는 줄 알았어. 큰일 났네~. 정보수집이 충분히 하지 않았어. 저기, 팬티 좀 갈아입고 와도 돼?"

"뭐, 뭐어?!"

시도가 경악하자, 니아는 깔깔 웃었다.

"농담이야, 농담~."

니아는 그렇게 말하면서 시도의 어깨를 두드렸다.

시도는 가슴을 쓸어내리면서 볼에 경련이 일어난 듯한 쓴웃음을 지었다. 하지만…….

"이미 승부팬티를 입었거든."

"방금 말한 농담이 그런 뜻이었어?!"

니아가 뒤이어 한 말을 듣고 또 경악했다.

"아하하하하!"

그러자 니아는 웃겨 죽겠다는 듯이 배를 잡고 웃어댔다.

……아무래도 방금 그 말도 농담이었던 것 같았다.

『텐션이 엄청 높네…….』

인터컴에서 코토리의 어이없다는 듯한 목소리가 흘러나왔다.

『하지만 반응이 나쁘지는 않네. 이 페이스로 계속 가는 거야.』

"으, 응……. 알았어."

시도는 니아에게 들리지 않도록 작은 목소리로 그렇게 대답했다.

하지만 그런 시도를 본 니아는 눈썹을 살짝 찌푸리더니, 그의 얼굴을 뚫어져라 쳐다보았다.

"음~? 아, 혹시 지금 사령부와 통신 중이야?"

"뭐?! 아, 아니, 그게……."

"이 근처에 카메라 같은 게 떠있으려나~. 안녕~ 코토리 양. 보고 있지~?"

니아가 머리 위를 올려다보면서 브이 사인을 했다. 주위의 통행인들은 기묘한 행동을 취하는 니아를 힐끔 쳐다봤지만 곧 흥미가 가셨는지 가던 길을 계속 갔다.

『……응. 보여. 아주 자알~ 보인다구.』

시도가 착용한 인터컴에서 그런 목소리가 흘러나왔다. ……

그 말만 듣고도 코토리가 짓고 있을 쓰디쓴 표정을 상상할 수 있었다.

하지만 그것도 무리는 아니었다. 니아는 천사 〈라지엘〉의 힘으로 시도와 코토리가 뭘 하는지 이미 알고 있는 것이다.

데이트로 호감도를 올린 후 영력을 봉인할 생각이라는 사실을 타깃은 알고 있다. 이미 각오하고 있기는 했지만 역시 골치 아픈 상대였다.

시도는 여전히 허공을 향해 브이 사인을 날리고 있는 니아를 향해 한숨 섞인 목소리로 말했다.

"……잘 보이나 봐."

"오오~, 대단하네~. 카메라가 안 보이는데 말이야. 완전 하이테크~."

니아는 보이지 않는 자율형 카메라를 찾으려는 것처럼 주위를 몇 번 더듬거린 후, 탄성을 터뜨리듯 말했다.

그 후, 가볍게 기지개를 켜면서 몸을 젖힌 니아는 「좋아」 하고 말하면서 허리에 손을 댔다. 그리고 시도를 향해 고개를 푹 숙이며 말했다.

"그럼 오늘 잘 부탁해요~. 얼마든지 꼬셔 보세요~."

"으, 응……. 잘 부탁해."

상대가 저렇게 대놓고 이야기를 하니, 얼굴이 화끈거리기 시작한 시도는 볼을 붉히면서 그렇게 대답했다.

하지만 니아는 딱히 개의치 않으면서 거리 쪽을 바라보았다.

"자, 그럼…… 반갑기 그지없는 아키하바라를 향해 고고~."

그리고 그대로 트렁크가방을 끌면서 걸음을 내디디려 했다.

"—아, 들어줄게. 혼자 다 들면 힘들잖아."

"아, 정말? 꺄아~ 소년은 신사네~."

니아가 시도의 팔뚝을 손가락으로 톡톡 두드리며 그렇게 말하자, 그는 웃음을 흘리며 트렁크가방을 넘겨받았다.

그러자 니아가 빈손을 꼼지락거렸다.

"그래서? 손이 비었는데 어떻게 할래? 손잡을까?"

"뭐?"

니아가 가벼운 투로 그렇게 말하자, 시도는 눈을 동그랗게 떴다. 느닷없이 이런 말을 들을 거라고는 꿈에도 생각하지 못했던 것이다.

니아는 그런 시도의 반응을 보더니 「아차~」라는 듯한 표정을 지으면서 우스꽝스럽게 자신의 머리를 가볍게 두드렸다.

"미안, 미안~. 맞아. 그런 건 남자 쪽에서 할 말이네."

"으, 응……. 그렇지."

시도는 왠지 얼굴이 화끈거리는 듯한 느낌을 받으면서 손을 내밀었다.

"니아. ……손, 잡지 않을래?"

그러자 니아는 어깨를 움츠리더니 입가에 손을 대면서 고개를 돌렸다.

"아, 방금 만난 사람과 그러는 건 좀……."

"네가 방금 하자고 했잖아!"

시도는 반사적으로 고함을 질렀다. 그러자 니아는 배를 움켜잡고 아하하, 하고 웃었다.
"이야~, 하하하. 농담이야, 농담~."
그리고 시도를 향해 손을 내밀었다. 장갑을 끼지 않은 니아의 약간 서늘한 손이 시도의 손을 감쌌다.
"자, 그럼 가자."
"으, 응."
시도는 니아에게 끌려가듯 트렁크가방을 끌면서 걸음을 내디뎠다.
그런 시도를 비난하듯, 인터컴에서 새된 목소리가 흘러나왔다.
『시도, 뭐하는 거야! 상대방의 페이스에 완전히 휘말리고 있잖아!』
"그, 그게……."
시도가 난처한 표정을 지으며 걷고 있을 때, 니아가 갑자기 걸음을 멈췄다.
그리고 방금 잡은 손을 놓더니 후다닥 앞쪽을 향해 뛰어가 길 한복판에서 숨을 크게 들이마시는 듯한 시늉을 했다.
"으음~! 진짜 오랜만이네~! 아키하바라여! 내가 돌아왔다!"
니아는 그렇게 말하고서 주위를 두리번거렸다.
"역시 한동안 안 왔더니 많이 달라졌어~! 왠지 신선한 느낌이야~!"
"〈라지엘〉로 달라진 점을 알아보지 않았던 거야?"
시도가 트렁크가방을 끌면서 그렇게 말하자, 니아는 낮은 심음을 흘렸다.

"아, 나는 꼭 필요한 경우가 아니면 가능한 한 〈라지엘〉을 사용하지 않거든."

"어? 그래? 이유가 뭐야?"

"으음……."

시도가 그렇게 묻자, 니아는 입을 다물었다.

하지만 곧 한 손을 허리에 대더니 손가락을 좌우로 까딱거렸다.

"전에 말했지? 나는 스포일러를 싫어해. 그리고 〈라지엘〉로 알 수 있는 건 어디까지나 지식이자 정보야. 자신의 눈과 귀와 피부로 느낀 진짜에는 미치지 못한다구."

"그, 그래……?"

"그렇다구. —그럼 예정대로 책부터……."

그러다가 갑자기 말을 멈추더니 뭔가가 문뜩 뭔가 생각난 듯한 반응을 보였다.

"아…… 그래. 으음~."

"어? 왜 그래?"

"아니, 이건 일단 명목상으로는 소년에게 주는 포상 데이트인 거잖아? 그런데 내 쇼핑부터 해도 되나 싶어서 말이야~."

"아, 나는 딱히 상관없는데……."

"으음! 그럴 수는 없다구! 그러니까 이쪽으로 컴온!"

니아는 그렇게 말하면서 시도의 손을 다시 잡더니 또 걸음을 옮겼다.

"우왓. 어, 어디 가는 거야?"

"에헤헤. 비밀~. 가르쳐주면 재미없거든~."

니아는 그대로 길을 따라 걷더니, 어느 건물 앞에서 걸음을 멈췄다.

"자, 여기야~."

"여기, 는……."

"응. 코스프레샵."

"여기는 왜 온 건데?!"

시도가 당황한 목소리로 그렇게 외치자, 니아는 아하하 하고 즐겁게 웃었다.

"왜냐니…… 알면서 왜 묻는 거야? 자, 빨리 들어가~."

"우왓…… 미, 밀지 마."

시도는 니아에게 떠밀려 가게 안으로 들어갔다.

가게 안에는 각종 의상이 잔뜩 진열되어 있었다. 애니메이션 캐릭터의 의상과 각 직업별 코스튬 등, 별의 별 의상이 다 구비되어 있었다.

눈이 반짝이기 시작한 니아는「호오~!」하고 감탄하면서 의상들을 물색하더니…… 그 중 세 개를 골라서 시도의 곁으로 돌아왔다.

"—자! 그럼 이쯤에서 선택지를 제시하겠습니다!"

"뭐?!"

마치 코토리에게 지시라도 받은 듯한 느낌이 든 시도는 무심코 어깨를 부르르 떨었다.

"이 중에서 내가 입어줬으면 좋겠다고 소년이 생각하는 코스튬은 뭘까요~?

① 간호사복.

② 메이드복.

③『왈큐레 미스티』 미드나이트 파이널 폼.

자— 선택 개시!"

그렇게 외친 니아는 제한시간을 알리듯 「째깍, 째깍, 째깍……」 하고 말하기 시작했다.

참고로 니아는 간호사복과 메이드복, 그리고 반짝거리는 천으로 만든 꽤나 화려한 코스튬을 들고 있었다.

"어, 아니, 느닷없이 무슨 소리를…… 잠깐만, 마지막 하나는 장르가 완전 다른 것 같은데?!"

『시도, 지금은 니아에게 맞춰주자. 선택지 중 하나를 골라!』

인터컴에서 코토리의 목소리가 흘러나왔다.

"하아, 정말! 뭐가 뭔지 모르겠네……!"

시도는 혼란스러워하면서도 니아가 들고 있는 옷들 중 하나를 손가락으로 가리켰다.

"그럼 ①! ①로 할래!"

"①이지?"

"……그래."

"진짜지? 후회 안 할 거지?"

"아, 아마도……."

"진짜로 미드나이트 파이널 폼 안 고를 거야?"

"그게 그렇게 입고 싶으면 선택지 같은 걸 제시하지 말라고!"

시도가 무심코 그렇게 외치자, 니아는 손을 내저었다.

"농담이야, 농담. 지금은 서비스 타임이니까 소년의 소망이 최우선이라구~."

"딱히 소망하는 건……."

"역시 그거야? 옛날에 입원했을 때 미인 간호사에게 이런저런 짓을 당한 후로, 흰색 가운을 볼 때마다 욕정에 사로잡히게 된 거지?"

"멋대로 스토리를 날조하지 말아줄래?!"

시도가 고함을 지르자, 니아는 또 웃음을 터뜨렸다.

"그럼 금방 갈아입고 올 테니까, 잠시만 기다려."

그리고 간호사복을 들고 눈앞에 있던 탈의실에 들어갔다.

커튼을 친 직후, 옷을 벗는 듯한 소리가 들려왔다. 그 소리를 듣고 묘한 기분에 사로잡힌 시도는 볼을 붉히면서 고개를 돌렸다.

그리고 잠시 후, 니아의 목소리가 들려왔다.

"—아, 소년. 훔쳐볼 거면 지금이 베스트 타이밍일 거야. 방금 거울에 비춰보고 안 건데, 신다 만 스타킹이 무시무시할 정도로 에로틱하다구~."

"진짜로 무슨 소리를 하는 거야?!"

시도는 커튼 너머에서 들여오는 말을 듣자마자 무심코 고함을 질렀다.

"에이, 진짜로 엄청나단 말이야~. 뜻밖의 상승작용이라구~."

니아가 그런 소리를 한 순간, 탈의실의 커튼이 걷혔다.

"어……?!"

뜻밖의 사태가 벌어지자, 시도는 그 자리에서 딱딱하게 굳어버렸다.

그것도 그럴 것이, 니아는 아직 옷을 갈아입는 중이며, 너스 캡을 쓰기는 했지만 옷소매에 손만 집어넣었을 뿐 단추를 채우지 않아서 속옷이 노출된 상태인 것이다. 게다가 허벅지 언저리까지 스타킹을 올렸기에, 니아가 말한 것처럼 무시무시할 정도로 에로틱했다.

"어때~? 에로틱하지? 이야~ 신세계를 발견했네."

"헛소리 말고 빨리 옷 입어!"

시도는 절규에 가까운 외침을 지르면서 허둥지둥 탈의실의 커튼을 쳤다.

"자~, 그럼 할당량을 채웠으니 서점 순회를 시작해볼까~!"

십여 분 후, 코스프레샵에서 나온 니아는 기분 좋아 보이는 목소리로 그렇게 말했다.

"……으, 응. 그러자."

시도는 땀을 줄줄 흘리면서 대답했다. ……데이트를 시작하고 얼마 지나지 않았는데 왠지 엄청 피곤했다.

하지만 그런 시도를 전혀 신경 쓰지 않는 듯한 니아는 턱에 손가락을 댄 채 생각에 잠겼다.

"어디부터 가볼까~. 아, 참고삼아 묻겠는데, 소년은 어느

파야? 메이트? 게머? 토라?"

"뭐……?"

그 느닷없는 질문을 이해하지 못한 시도는 어안이 벙벙해졌다.

"뭐, 는 무슨~. 애니메이트와 게이머즈, 토라노아나 말이야. 아, 혹시 멜론북스나 COMIC ZIN이나 쇼센 북타워 파야?"

"……으음, 그런 것들이 어떻게 다른데?"

"으음, 꽤 차이가 난다구. 뭐, 기본적으로 파는 책은 같지만 가게에 따라 특전이 다르거나, 추천하는 책이 달라. 수제 POP나 특설 코너 같은 것에서는 그 가게 점원의 성향이 드러나기 때문에 구경만 해도 즐겁지. 이미 출간된 책을 구하려면 큰 점포가 좋고…… 아, 토라나 멜북은 동인지 같은 것도 취급하는데, 동인서클 중에는 한 가게를 통해서만 자기 상품을 판매하기도 하니까 한쪽만 둘러볼 수도 없다구."

니아가 느닷없이 달변가가 되자, 시도는 식은땀을 흘리면서 「그, 그렇구나……」 하고 대답했다.

"뭐, 취향 같은 게 딱히 없으면 가까운 곳부터 둘러보자. 그래도 괜찮지?"

"응. 물론이야."

시도는 그렇게 말한 후, 니아와 함께 아키하바라를 돌아다녔다.

니아가 가장 먼저 걸음을 멈춘 곳은 역 근처에 있는 어느 가게 앞이었다. 가게 앞에는 각종 캐릭터가 그려진 신간이 표지가 보이도록 쌓여 있었고, 벽 쪽에는 만화 잡지와 게임 잡지, 성우가 표지를 장식한 잡지 등이 줄지어 진열되어 있었다.

"후…… 후오오오오!"

가게에 들어선 순간, 니아가 눈을 반짝이면서 고함을 질렀다. 그러자 가게 안에서 쇼핑을 하던 손님들이 깜짝 놀란 얼굴로 니아를 쳐다보았다.

하지만 니아는 남들의 시선에 개의치 않고 진열된 만화를 전부 집어 들기 시작했다.

"우와, 우와, 맙소사~. 카사무라 선생님의 그림체가 변했어~! 아, 이건 벌써 25권까지 나온 거야?! 정말 세월 빠르네에에에엣!"

흥분한 표정으로 만화책으로 탑을 쌓던 니아는 뭔가를 발견했는지 눈을 치켜떴다.

"이, 이건…… 쿠라우치 선생님의 신작?!"

"아, 그거 말이구나. 요즘 연재되고 거야. 혹시 쿠라우치 선생님의 작품 좋아해?"

"좋아하는 정도가 아니라구! 나, 쿠라우치 선생님의 『시공기담(크로노클)(時空綺譚)』 때문에 인생이 바뀌었단 말이야! 만화가가 되기로 결심한 것도 바로 그 작품 때문이야! 토키야는 내 마누라! 남자 캐릭터지만 마누라!"

니아가 느닷없이 말을 쏟아내자, 시도는 쓴웃음을 지었다.

『크로노클』은 애니메이션화도 된 유명작품이기 때문에 시도도 알지만…… 니아처럼 열정적으로 좋아하지는 않았다.

니아는 그 책도 책으로 된 탑에 추가하고는 환한 표정으로 카운터로 향했다.

"어, 어이어이."

시도는 앞도 보이지 않을 만큼 높이 쌓인 책을 들고 걸음을 옮기는 니아에게 다가가 반 정도 들어줬다.

"어이쿠. 고마워, 소년."

"이걸 전부 다 살 거야?"

"물론이지! DEM 때문에 5년 동안이나 이런 걸 접하지 못하고 살았단 말이야. 일도 얼추 끝났으니 오늘은 즐길 거야~. 아, 물론 최신간만 사봤자 의미가 없으니까 이미 간행된 단행본들도 전부 살 거라구."

"아, 알았어."

시도가 식은땀을 흘리면서 고개를 끄덕이자, 니아는 씨익 웃으면서 계산을 끝낸 후 구입한 책들을 시도가 끌고 있던 트렁크가방에 집어넣었다.

"자, 그럼 올라가자~."

그리고 두 사람은 에스컬레이터를 타고 2층으로 올라갔다.

이 가게의 2층에는 1층보다도 많은 책이 구비되어 있었다. 신간 진열대나 특설 코너 외에도 여러 종류의 만화책이 꽂힌 선반이 줄지어 놓여 있었다.

"1층은 기본적으로 신간이 전시되는 코너거든. 주력부대는 이쪽이야~. ……아, 후, 후오오! 이것도 나온 거야?! 이건 꼭 사야 해……!"

"가, 갑자기 왜 그래…… 아, 이건……."

니아가 들고 있는 책을 쳐다본 시도는 미간을 찌푸렸다.

니아가 든 책은 소설이었는데…… 표지에는 꽤나 요염한 미소녀 두 명이 반라 상태로 뒤엉켜있는 일러스트가 그려져 있었다. 게다가 그다지 접해본 적 없는 선전문구가 적힌 띠지가 둘러져 있었다.『나의 칼라드볼그』가 무슨 소리일까.

"아, 아……."

시도는 잘 알지는 못해도 이런 장르가 있다는 것은 알고 있다. 하지만 어떤 반응을 보여야 할지 감이 오지 않았기에 말문이 막혔다.

바로 그때, 니아는 시니컬한 미소를 지으면서 한숨을 내쉬었다.

"훗, 동인녀 회로를 가지지 못한 자는 이해할 리가 없지……."

"……그 표현, 제대로 쓴 거 맞아……?"

"이 정도는 정상이야. 이쪽의 프로는 사물을 보기만 해도 속성을 판별할 수 있거든."

니아는 그렇게 말하면서 책을 다시 선반에 두고는 양손의 손가락으로 네모를 만들었다. 그리고 그 사이의 틈으로 시도를 바라보는 포즈를 취했다. 마치 뭔가를 분석하듯 말이다.

그리고 몇 초 후, 눈을 치켜뜬 니아는 이렇게 말했다.

"—연약함, 역 하렘』."

"어이, 너 방금 대체 뭘 분석한 거야?!"

자세한 의미는 모르지만 왠지 매우 좋지 않은 소리를 들은 듯한 느낌이 든 시도는 무심코 크게 외쳤다.

"아하하. 괜찮아, 괜찮아~. 나는 이쪽 전문가가 아니라서 정확도가 그렇게 높지는 않거든. 이쪽으로 경지에 이른 사람이라면 네 안에 숨겨져 있는 가능성마저도 발굴할 수 있을 거야."

뭐가 괜찮다는 건지 전혀 모르겠지만, 니아는 자신만만한 목소리로 그렇게 말했다.

뭐랄까, 반론할 마음마저 싹 사라진 시도는 하아 하고 한숨을 내쉬었다.

"하지만…… 니아는 꽤 수비범위가 넓다고나 할까, 다양한 장르의 책을 읽네. 아까도 순정만화부터 하드보일드한 것까지 샀잖아."

"으음~, 나는 잡식이거든. 이 장르는 안 읽는다, 같은 건 기본적으로 없어~. 굳이 따지자면 작가가 정열을 담아 그린 작품을 좋아해~."

"정열……."

"응. 이 작품도 엄청나. 판타지 세계관의 작품인데, 처음에는 왕자와 기사의 정통파적인 작품으로 시작하는데, 알고 보니 완전 NTR물이더라니깐. 작가의 『나는 이런 게 쓰고 싶었다고. 불만 있냐?!』라는 생각이 마구마구 느껴졌어~. 이야~ 3권에서 오르페우스가 적의 포로가 됐을 때의 장면은 정말 무시무시했어. 설마 그걸 그런 식으로 쓰다니……."

니아는 아까 선반에 돌려놓은 책을 다시 들고 열변을 늘어

놓기 시작했다. 시도는 그런 쪽에 해박하지 않았기에 「그, 그렇구나……」 하고 맞장구를 칠 수밖에 없었다.

그런 시도의 반응을 본 니아는 혀를 날름 내밀었다.

"아, 미안. 소년에게는 아직 좀 이를지도 모르겠네. 잠시만 기다려. 이 층에서 산 걸 계산한 후에, 소년도 즐거워할만한 곳에 데려가줄게."

"즐거워할만한 곳……?"

시도가 고개를 갸웃거리자, 니아는 씨익 웃으면서 아까와 마찬가지로 산더미처럼 쌓인 책을 들고 카운터로 향했다.

그 후 가게에서 나온 니아는 길을 따라 나아가더니, 컴퓨터 매장으로 보이는 가게 앞에서 걸음을 멈췄다.

"자, 여기야."

"여기는……. 저기, 나는 컴퓨터에 대해 그렇게 해박하지 않은데……."

"아, 그런 거 아니니까 아무튼 따라와."

니아는 그렇게 말하더니 시도를 데리고 가게 안으로 성큼성큼 들어갔다.

그리고 어느 코너 앞에서 걸음을 멈추고서 시도 쪽을 돌아보았다.

"자, 소년. 좋아하는 것을 골라 보거라. 오늘은 특별히 과인이 한 턱 쏘겠노라."

니아는 그렇게 말하면서 코너에 즐비하게 놓여있는 물건들을 가리켰다.

—꽤나 위험한 포즈를 취한 미소녀 일러스트가 그려진 패키지들을 말이다.

"이, 이건……."

"응. 에로 게임이야."

"나 아직 고2거든?!"

"뭐?! 에로 게임을 안 하는 고등학생도 있어?!"

"너는 대체 어떤 세계관에서 살고 있는 거야?!"

시도가 그렇게 외치자, 니아는 「문화가 완전 딴판이야~!」라고 외치면서 진심으로 뜻밖이라는 듯한 표정을 지었다.

"그래……. 시대가 변했구나."

니아는 팔짱을 끼면서 구구절절한 목소리로 그렇게 말하더니, 곧 고개를 끄덕이고 표정을 바꿨다.

"하지만~. 너는 그런 마음이 안 드는 거야? 응? 남학생~. 이런 보물들을 보고, 감동과 감격에 벅찬 나머지 몸의 일부가 불끈거리지 않느냔 말이야~."

니아는 히죽거리면서 시도의 옆구리를 팔꿈치로 쿡쿡 찔러댔다.

"잠깐…… 그, 그만해."

"에헤헤. 뭐야~. 딱히 부끄러워할 일은 아니잖아. 성욕은 식욕과 수면욕과 어깨를 나란히 하는 3대 욕구라구~."

"그, 그럴지도 모르지만……!"

"하지만 인간은 밥을 먹거나 잠을 자지 않으면 죽지만, 섹스를 하지 않는다고 죽지는 않아. 성욕이라는 건 정말 불가사의하다니깐. 확실히 자손을 남기기 위해서는 필요하지만, 그래도 『3대 욕구』 중 하나라고 하기에는 좀 위화감이 있지 않아? 사천왕 최강의 남자는 사실 무능력자였다, 같은 거랑 비슷한 것 같지?"

"저기, 3대 욕구라는 말을 꺼낸 건 너잖아."

"성욕이 사는 데 꼭 필요한 요소라면, 이 세상에는 숫총각이나 숫처녀는 존재하지 않을 거야."

"대체 아까부터 무슨 소리를 하는 거야?!"

시도가 비명을 지르듯 그렇게 외치자, 니아는 유쾌한 듯이 웃음을 터뜨렸다.

"아~. 미안, 미안~. 아무래도 나는 이야기를 탈선시키는 버릇이 있나 봐~."

니아는 딱히 미안해하지도 않으면서 그렇게 말한 후, 턱에 손을 대며 진지한 표정을 지었다.

"……그런데 소년은 어떤 계열을 좋아해? 최루 계열? 중2병 계열? 아니면 능욕 계열?"

"아니, 그러니까……."

시도가 머리를 긁적이면서 입을 열려고 한 순간, 인터컴에서 목소리가 흘러나왔다.

『—기다려, 시도. 선택지야.』

"이 타이밍에?!"

시도는 니아에게 들리는 것도 개의치 않고 고함을 질렀다.

—그로부터 몇 시간 후. 두 사람은 늦은 점심을 먹기 위해 근처 햄버거 가게에 들렀다.

"와아~! 만족, 만족~. 엄청 즐거웠어~."

"그래. 이렇게 진득하게 아키하바라를 돌아본 건 처음이지만, 의외로 즐거웠어."

시도는 휴우 하고 한숨을 내쉬면서 니아에게 그렇게 말했다. 참고로 니아의 가방은 짐으로 가득 차 있었고, 시도가 끌고 있던 트렁크가방 또한 짐으로 가득 차서 처음에 올 때에 비해 몇 배는 무거워졌다. 피규어처럼 부피가 큰 것은 가방에 들어가지 않기 때문에, 접어뒀던 캐리어 카트를 펼쳐서 고무벨트로 고정시켰다. 왠지 쇼핑객이 아니라 업자가 된 것 같았다.

하지만 그것도 무리는 아니었다. 시도와 니아는 여러 전문점과 서점을 돌면서 니아가 감금되어 있던 동안 발매된 만화책과 라이트노벨, 자료서적을 샀다. 그 후에는 애니메이션 블루레이 디스크도 여러 개 구입했고, 피규어를 물색했으며, 겸사겸사 하비 숍에 들러서 아날로그 게임 신작까지 체크했다.

물론 시도도 그저 니아에게 끌려 다니기만 하지 않았다. 〈라타토스크〉의 서포트를 받으면서 니아의 호감도를 올리기 위해 이런저런 액션을 취했으며, 전부 좋은 반응을 이끌어냈다.

"그렇지~? 역시 보물은 직접 만져보고 사야 한다니깐~. 인터넷으로 구매하면 편리하기는 하지만, 이 감각만큼은 재현하지 못해."

"아…… 왠지 이해가 될 것 같아."

시도는 볼을 긁적이면서 동의하듯 끄덕였다. ……뭐, 시도가 떠올린 것은 서점이 아니라 인터넷 슈퍼마켓이지만 말이다. 주문을 하면 집까지 배달해주니 매우 편리하지만, 가게를 돌아다니면서 어떤 음식을 만들지 생각하는 것도 요리의 즐거움 중 하나인 것이다.

"에헤헤, 소년도 이해하는 구나. 편리한 건 좋지만, 실물의 감촉을 이기지는 못한다구."

니아는 그렇게 말하더니 구김 없는 미소를 지었다.

오늘 하루 동안 어울려보고 깨달은 것인데, 니아는 정말 잘 웃는다.

여러모로 반응을 보이기 힘든 화제를 던지기도 하지만, 개방적이고, 쾌활하며, 활기찬 소녀다. 시도는 그녀의 미소를 보면서 문득 그런 생각을 했다.

그와 동시에 흐릿해지던 사명감이 다시 마음속에서 타올랐다.

그렇다. ―시도는 이 소녀를 지켜야만 한다.

그러기 위해서는 그녀의 호감도를 올린 후, 키스를 해야만 한다.

바로 그때, 시도가 무슨 생각을 하는지 눈치채기라도 한 것처럼 인터컴에서 코토리의 목소리가 흘러나왔다.

『―분위기가 괜찮네. 이렇게 데이트가 순조로운 건 오랜만 아냐?』

코토리는 농담 투로 그렇게 말했다.

하지만 생각해보니 봉인되지 않은 정령과 한 데이트가 이렇게 잘 풀린 적은 한 번도 없었던 것 같았다. 선택지를 잘못 골라 호감도가 떨어진 적도 없고, 상대방에게 공격을 당하지도 않았으며, 순수하게 쇼핑과 대화를 즐겼다. 그래서 시도는 잠시 동안이기는 하지만 자신의 사명을 깜빡 잊기도 했다.

—하지만.

『……윽?! 사령관님! 이걸 보세요—.』

그런 분위기는 승무원의 당황한 목소리에 의해 산산조각 났다.

『미노와, 무슨 일이야?』

『이 수치를 보세요……! 니아 양의 호감도 추이인데…… 오늘 하루 동안 초기 수치에서 전혀 변하지 않았어요……! 이래서는 친구 레벨에 불과해요……! 설령 키스를 하더라도 영력을 완벽하게 봉인할 수는 없습니다!』

『뭐, 뭐어?!』

"어……?"

인터컴에서 뜻밖의 말이 흘러나오자, 시도는 무심코 미간을 찌푸렸다.

그러자 니아도 그 사실을 눈치챘는지 표정이 희미하게 변했다.

"……아~. 혹시 코토리 양 쪽에 무슨 일 일어난 거야?"

"뭐? 아, 그게……."

정곡을 찔린 시도가 당황하자, 니아는 전부 다 알고 있다는 듯한 표정을 지으며 머리를 긁적였다.

"으음~. 호감도 때문이지? 그게 일정 수치 이상으로 올라가지 않아서 봉인을 할 수 없다는 거잖아."

"……윽!"

시도의 뇌리에 어떻게 그걸 아는 거지, 라는 생각이 스치고 지나갔다. 하지만— 곧 니아에게 뭔가를 숨기는 것은 불가능하다는 사실을 떠올렸다.

"실은…… 나도 말이야. 계속 쫓기면서 사는 건 싫거든? 그래서 봉인할 수 있다면 할 생각이었지만…… 역시 무리였나 보네. 괜한 짓을 하게 해서 정말 미안해."

"어, 혹시 내가 네 기분을 상하게 한 거야?"

시도가 그렇게 묻자, 니아는 거북한 표정을 지으면서 볼을 긁적인 후, 주저하면서 말했다.

"그게…… 저기, 그런 게 아냐. 문제가 있는 사람은 나라고나 할까……."

"뭐?"

시도가 되묻자, 니아는 쓴웃음을 지으면서 말했다.

"실은 나……. **2차원 이외에는 사랑해본 적이 없어**……."

"……뭐?"

뜻밖의 말을 들은 순간—.

시도의 눈동자가 콩알만 해졌다.

"……거짓말. 말도 안 돼……."

제3장 좋다, 그럼 2차원이다

〈라타토스크〉 지하사령실의 의자에 앉아있던 코토리는 절망적인 심정에 사로잡힌 채 중얼거렸다.

하지만 그것도 무리는 아니었다. 그것도 그럴 것이, 공략대상인 정령이 자신은 2차원만 사랑할 수 있다는 소리를 한 것이다.

“2차원…… 즉, 만화나 애니메이션 캐릭터를 말하는 거지?”

“그, 그런 것 같습니다만…….”

사령실 하단부에 있던 〈CEO〉 미키모토는 이마에 식은땀이 송골송골 맺힌 채 그렇게 말했다. 그리고 이 방에 설치된 스피커에서 시도의 목소리가 흘러나왔다.

『이, 이제 어쩌면 좋지…….』

사령실의 대형 모니터에는 햄버거 가게에 있는 니아뿐만 아니라, 화장실 칸막이 안에 있는 시도의 모습이 표시되어 있었다. 사령실 멤버들과 대화를 하기 위해 니아와 거리를 둔 것이다.

……뭐, 니아가 마음만 먹으면 이 대화도 전부 알 수 있겠지만, 아직은 〈라지엘〉을 불러내지 않았다.

하지만 그렇다고 해서 사태가 호전되는 것도 아니었다. 코토리는 낮은 신음을 흘리며 턱에 손을 댔다.

"글쎄……. 미쿠의 남성 혐오도 큰일이었지만, 솔직히 말해서 이런 건 예상조차 못 했어……."

코토리가 그렇게 말한 후, 나카츠가와가 입을 열었다.

"하지만 최근의 젊은이들 사이에는 꽤 많습니다. 애니메이션과 만화 속 캐릭터를 좋아하게 되는 사람 말이지요. 뭐, 캐릭터라는 것은 독자와 시청자에게 사랑받기 위해 만들어진 일종의 이상적인 인물이기는 합니다. 게다가 하나같이 미남미녀죠. 그걸 연애 대상의 기준으로 삼는다면 현실의 인간에게서 갭을 느낄지도 모르겠군요."

"왠지 경험에서 우러나온 듯한 발언이네……."

코토리가 도끼눈을 뜨면서 말했다. 그러고 보니 나카츠가와의 별명은 〈차원을 넘나드는 자(디멘션 브레이커)〉였다. 2차원에 백 명의 아내를 둔 연애 마스터인 것이다.

하지만 나카츠가와는 손가락을 까딱거렸다.

"사령관님. 저는 성우도 좋아한다고요."

"……흐음, 그래?"

코토리는 한숨을 내쉬면서 어깨를 으쓱했다.

하지만 그의 의견 자체는 어느 정도 참고가 되었다. 코토리는 굳은 표정을 지으면서 말을 이었다.

"현실과의 갭……. 하지만 그런 사람도 2차원 캐릭터라면 아무나 다 좋아하는 건 아니지?"

"물론이지요! 제가 사랑하는 아내들은 제가 20년 넘게 해온 오타쿠 라이프를 통해 엄선한 미소녀들입니다!"

"그렇구나. 뭐, 그건 일단 제쳐두기로 하고…… 니아에게도 캐릭터 취향이라는 게 있다는 거지? 그러고 보니 아까 어떤 캐릭터를 좋아한다고 말하지 않았어?"

"『크로노클』의 토키야말이군요. 쿨한 성격이라 여성들에게 인기가 꽤 많은 캐릭터입니다."

"흐음…… 그렇구나. 즉, 니아는 **그 캐릭터라면 사랑할 수 있다**는 거지?"

코토리는 그렇게 말하면서 씨익 웃었다.

『……뭐?』

그러자 화면 너머에 있는 시도가 불길한 예감이 든 것처럼 식은땀을 흘렸다.

◇

"으음……."

니아는 햄버거 가게의 의자에 걸터앉은 채, 입에 물고 있는 빨대를 까딱거렸다.

햄버거와 감자튀김, 그리고 주스로 배를 채웠으니 슬슬 이 가게를 나설까 했지만…… 시도가 방금 또 화장실에 간 것이다.

게다가 그가 자리를 비운 후로 20분이 넘게 지났다. 덕분에 니아는 그를 기다리는 것에 질렸다.

"으음~. 남의 생리현상에 이러쿵저러쿵할 생각은 없지만, 좀 오래 걸리는 것 같네~. 화장이라도 고치고 있는 걸까~?"

니아는 빨대 끝을 흔들면서 혼잣말을 중얼거리다가— 불쑥 어떤 생각이 났다.

"아…… 그래. 사령부와 작전회의를 하고 있는 걸까?"

그렇다면 이렇게 시간이 걸리는 것도 무리는 아니리라. 니아가 방금 시도에게 치명적인 폭탄을 투하했으니까 말이다.

"……역시 좀 미안한 짓을 했네~."

처음부터 자신이 현실의 인간을 사랑할 수 없다는 것은 알고 있었다. 그것을 자각하고 있으면서도 시도에게 마음이 있는 듯한 태도를 취한 것에 대해서는 약간 죄책감을 느끼고 있었다.

하지만— 시도에게 한 말 중에 거짓말은 없다.

니아는 정령의 힘이 없어져도 상관없고, 가능하다면 이 힘을 봉인해줬으면 했다.

그렇기 때문에 정령의 호감도를 올린 후, 키스를 통해 영력을 봉인한다는 소년— 시도에게 접촉한 것이다. 혹시 시도라면 자신을 반하게 만들 수 있을지도 모른다는 아련한 기대를 품고서 말이다.

하지만 결과는 예상대로였다.

딱히 시도가 싫은 것은 아니다. DEM의 수송기를 파괴해서 니아가 도망치게 해준 것은 고맙게 생각하고 있으며, 오늘 그와 한 데이트도 정말 즐거웠다.

하지만…… 무리였다. 니아는 그런 상대에게도 다가설 수가 없었다.

"아무리 좋은 사람이라도, 3차원의 인간이라고 생각하니…… 그런 감정이 안 생긴다니깐."

니아는 가는 한숨을 내쉬고 머리를 긁적였다. 역시 이것만큼은 어떻게 할 수가 없었다.

바로 그때, 니아는 자신의 등 뒤에 존재하는 인기척을 느꼈다. 아무래도 시도가 화장실에서 돌아온 것 같았다.

"아. 어서 와, 소년. 그럼 슬슬 나갈—."

그렇게 말하면서 돌아선 니아는 다음 순간, 그 자리에서 딱딱하게 굳어버렸다.

"어……?"

등 뒤에 있는 이는 니아의 예상과 달리— 낡은 망토를 걸치고, 이마와 팔에 붕대를 둘렀으며, 허리에 칼을 찬, 황야의 여행자 스타일의 남자였다.

긴 머리카락과 더러워진 볼. —틀림없다. 이 사람은…….

"토, 토키야……?"

니아가 망연자실한 목소리로 말했다.

그렇다. 남자는 바로 니아의 첫사랑, 『크로노클』의 토키야였다.

"…………"

니아의 앞에 선 시도는 긴장한 걸 들키지 않기 위해 가능한 한 평온한 표정을 짓고 있었다.

하지만 그의 심장은 금방이라도 터져버릴 듯이 격렬하게 뛰고 있었다.

그것도 무리는 아니었다. 현재 시도는 애니메이션 이벤트 행사장 이외에서는 도저히 눈뜨고 볼 수 없는 꼴을 하고 있었다. 사실 아키하바라에서도 이렇게까지 하는 자는 드문지, 가게 손님들도 흥미로운 눈길로 시도를 힐끔힐끔 쳐다보고 있었다.

하지만 계속 이러고 있을 수는 없었다.

시도는 망연자실한 표정으로 자신을 올려다보는 니아를 향해 말했다.

"—여자, 잠시 실례하지."

약간 목소리를 낮추고, 희미하게 기억에 남아있는 『크로노클』의 토키야「같은」대사를 입에 담았다.

시도는 그 후, 니아의 옆에 의자를 놓고 앉았다.

그러자 니아는 가위에서 풀려난 것처럼 어깨를 부르르 떨더니, 안경을 고쳐 쓰면서 시도의 얼굴을 지그시 쳐다보았다.

"토, 토키야……? 어째서……."

그리고, 그제야 뭔가를 눈치 챈 것처럼 눈을 치켜떴다.

"……어, 소년?!"

"무슨 소리를 하는 거지. 네 녀석한테 소년이라 불릴 이유는 없다만."

"……아!"

시도가 차가운 시선으로 니아를 쳐다보면서 그렇게 말하자, 그녀는 살며시 숨을 삼켰다. 왠지 그녀의 볼이 붉어진 것 같은 느낌이 들었다.

그리고 다음 순간, 시도가 착용한 인터컴에서 경악에 찬 목소리가 흘러나왔다.

『이, 이럴 수가……!』

『무슨 일이야?』

『아, 예! 니아 양의 흥분치가 희미하게 반응을 보였습니다!』

『호감도, 약간이기는 하지만 상승!』

"……."

아무래도 어느 정도 효과가 있는 것 같았다. 시도는 표정에 드러나지 않게 안도했다.

"호오~, 흐음~."

니아는 시도의 머리끝에서 발끝까지 핥듯이 쳐다본 후, 그림을 감상하는 미술평론가 같은 포즈를 취하면서 호오~ 하고 신음을 흘렸다.

"우와…… 진짜 잘 만들었네. 싸구려와는 재질이 달라. 지금까지 다양한 토키야 코스프레를 봤지만, 이렇게 뛰어난 퀄리티는 거의 못 봤어."

그리고 망토 끝자락을 쥐어 보더니 흥분한 것처럼 볼을 붉혔다. ……솔직히 말해 시도에게 호감을 가진 건지, 완성도 높은 코스튬을 보고 감탄한 건지 분간이 되지 않았다.

하지만 호감도는 상승하고 있는 것 같으니 지금은 이대로 밀어붙일 수밖에 없다. 시도는 몸을 돌리면서 망토를 쥔 니아의 손을 떨쳐냈다.

"짜증나는 여자구나."

"하앙……."

시도가 무뚝뚝한 어조로 그렇게 말하자, 니아는 얼굴을 새빨갛게 붉히면서 몸을 젖혔다.

『호감도, 더욱 상승……!』

『이대로 계속 밀어붙이면…… 목표치에 도달할 듯 합니다!』

인터컴에서 승무원들의 목소리가 흘러나왔다.

시도는 가능한 한 토키야 같은 언동을 취하려 했을 뿐이지만…… 아무래도 그게 니아의 심금을 울린 것 같았다. 니아는 안절부절 못하면서 엉망인 머리카락을 정돈하기 시작했다.

그 순간, 시도의 인터컴에서 팡파르 소리 같은 게 흘러나왔다.

『시도, 지금이야! 호감도가 봉인 가능 영역에 도달했어! 이 찬스를 놓치지 마!』

"……윽!"

코토리의 목소리를 들은 순간, 시도의 몸이 부르르 떨렸다.

이 찬스를 놓치지 마— 즉, 지금이 바로 키스를 할 타이밍이라는 것이다.

보는 눈이 꽤 있기는 하지만…… 이 기회를 놓치면 언제 또

이런 찬스가 찾아올지 알 수 없다.

각오를 다진 시도는 심장이 쿵쾅거리고 있는 게 표정에 드러나지 않도록 조심하면서 천천히 니아를 향해 몸을 돌렸다.

"어……? 왜 그래?"

"입 다물고 있어라."

시도가 딱 잘라 그렇게 말하자, 니아는 순순히 입을 다물었다.

시도는 한 손으로 니아의 어깨를 잡고 다른 한 손을 그녀의 턱에 댔다.

그리고 니아의 입술을 향해 천천히 자신의 입술을 내밀었다.

올바른 방법과는 거리가 멀지만, 이걸로 그녀의 영력을 봉인할 수 있을 것이다.

—하지만.

"……잠깐."

입술이 닿기 직전.

니아가 아까까지와는 달리 차갑게 식은 목소리로 말했다.

그 뒤를 이어 인터컴에서는 위험 상태를 알리는 경고음이 흘러나왔다.

『시도, 호감도가 급격히 떨어지고 있어!』

"……뭐?"

시도가 무심코 원래 목소리로 말을 하자, 니아는 그의 어깨를 밀어냈다.

그 후, 「하아……」 하고 한숨을 내쉬더니 머리카락을 쥐어뜯기 시작했다.

"저기…… 뭐하는 거야?"

"응? 뭐하냐니……."

"토키야가 여자한테 이런 짓을 할 리가 없잖아! 상식적으로 생각해보라구! 토키야는 여동생이자 연인인 히바리를 죽인 원수를 쫓으며 정처 없는 여행을 하잖아?! 고독한 여행 속에서 류고나 코테츠 같은 애들과 만나고, 싸운 후, 우정을 알아간단 말이야!"

니아는 마치 사람이 바뀐 것처럼 고함을 질렀다. 그런 그녀에게 압도당한 시도는 의자 채 뒤로 물러났다.

"기본 커플링은 토키X류! 개인적으로는 토키X코도 오케이! 여자와의 커플링은 꿈이거나 과거회상일 때만 히바리 오케이! 그런 아름다운 세계에 내가 들어갈 여지 같은 건 없어! 나는 그저 지켜보는 것만으로도 충분해! 고독한 관측자라구! 아니, 벽 같은 거라도 상관없단 말이야!"

"어, 어이, 니아. 좀 진정해……."

시도가 달래듯이 그렇게 말하자, 니아의 시선은 더욱 날카로워졌다.

"토키야는 그딴 소리 안 해!"

"우왓……!"

"—나를 반하게 만들고 싶으면, 2차원 캐릭터가 되어서 다시 도전하라구!"

시도는 니아에게 엉덩이를 차이고 햄버거 가게에서 쫓겨났다.

◇

"……결국 실패하고 말았어."

아키하바라에서 텐구 시로 돌아온 후.

얼굴과 몸 곳곳에 파스를 붙인 시도는 무거운 한숨을 내쉬면서 그렇게 말했다.

참고로 니아는 자신이 사랑하는 캐릭터를 모독한 걸 용서할 수가 없는지 마구 화를 내면서 가게를 나선 후, 그대로 자신의 맨션으로 돌아갔다. ……물론 책과 굿즈가 가득 들어있는 짐을 전부 혼자서 들고 말이다.

현재 시도는 〈라타토스크〉 지하 시설에 있는 사령실에 있었다. 커다란 모니터 앞에는 코토리를 비롯한 〈프락시너스〉 승무원들이 자리에 앉아있었다.

"어라라…… 지독하게 당했네."

"인마, 이게 다 누구 때문인데."

시도가 도끼눈을 뜨면서 그렇게 말하자, 코토리는 고개를 절레절레 저었다.

"어쩔 수 없잖아. 상대가 2차원 애호가라고 공언한 이상, 그 상황에서 할 수 있는 일은 한정될 수밖에 없어. 게다가— 결과적으로 실패하기는 했지만, 일단 호감도가 올라가기는 했잖아. 이건 중요한 데이터야."

"하지만 그건 토키야에 대한 호감도잖아? 이제 같은 방법은 통하지 않을 테니, 그다지 의미는 없을 것 같은데……."

"……아냐."

시도의 말에 대답한 이는 사령실 하단부에 있는 좌석에 앉아있던 레이네였다.

"……꼭 그렇게 생각할 수만은 없어. 이 결과는 이미 좋아하게 된 캐릭터라면 설령 3차원에 구현되더라도 어느 정도의 호감도를 가진다는 걸 가리켜."

"그, 그렇군요……. 하지만 결국 그래서는 아까와 똑같은 일이 벌어지지 않을까요? 저는 아무리 조심하더라도 니아가 납득할 수 있을 정도로 캐릭터를 완벽하게 연기할 자신은 없고, 설령 성공해서 영력을 봉인하는데 성공하더라도 뒷일이 무섭다고나 할까……."

시도는 얼굴을 찡그렸다. 그렇다. 걱정되는 점은 바로 그것이었다.

당연한 이야기지만, 시도는 토키야가 아니다. 그러니 니아가 생각하는 이상적인 토키야와 다른 부분이 존재할 것이며, 그렇게 되면 봉인에 성공하더라도 니아는 정신 상태가 불안정해져서 영력이 역류할 것이다.

하지만 레이네는 시도가 그런 우려를 하는 게 당연하다는 듯이 고개를 끄덕이면서 말을 이었다.

"……일단 손을 써뒀어."

"예……?"

"맞아."

코토리가 시도의 의문에 답하듯 고개를 끄덕이면서 앞쪽에 있는 모니터를 쳐다보았다.

그 모니터에는 자율형 카메라를 이용해 찍은 니아의 모습이 표시되어 있었다.

"확실히 시도가 방금 말한 것처럼, 캐릭터를 완벽하게 연기하는 건 무리일 거야. —하지만 시도가 완벽하게 연기할 수 있을 뿐만 아니라, 무리를 하지 않고도 그 상태를 유지할 수 있는 캐릭터가 있다면 이야기가 달라지지 않을까?"

"뭐……? 으음, 그건 그렇지만…… 그런 캐릭터가 있을 리가 없잖아."

"뭐, 두고 봐. 곧 도착할 테니까 말이야."

"도착한다고?"

시도가 그렇게 묻자, 코토리는 입가에 미소를 머금었다.

"……아~."

자택 맨션의 방에서 책들에 둘러싸인 채 드러누워 있던 니아는 방금 다 읽은 책을 덮고 꼭 끌어안았다.

모처럼 새 책을 잔뜩 사와서 페스티벌 상태인데도 텐션이 영 올라가지 않았다. 고대하고 있던 신간들도 눈에 들어오지 않았다.

하지만 그 이유가 짐작되지 않는 것은 아니었다.

그렇다. 그 소년…… 이츠카 시도 때문이다.

"으음……."

니아는 안고 있던 만화책을 침대 옆에 있는 책의 산 위에 쌓아놓은 후, 그 대신 베개를 꼭 끌어안았다.

"……혼자 돌아온 건 좀 너무했으려나."

그리고 그런 소리를 하면서 몸을 배배 꼬았다.

니아가 사랑하는 토키야의 코스프레를 한 시도가 토키야답지 않은 행동을 취한 바람에 무심코 화를 내기는 했지만…… 냉정하게 생각해보니 좀 심했다. 역시 연장자로서 좀 더 마음을 넓게 먹었어야 하는 걸지도 모른다. 시도도 재미 삼아서 니아를 놀리려고 그런 짓을 한 게 아닐 것이다.

니아는 작게 한숨을 내쉰 후, 검지로 자신의 입술을 매만졌다.

"……키스 정도는 하게 해줄 걸 그랬나. ……하지만 정령이 마음을 열지 않으면 영력을 봉인할 수 없다니까, 해봤자 의미가 없었을 거야……."

니아는 베개를 안고 있는 손에 힘을 줬다.

〈라타토스크〉가 어떤 방법으로 호감도를 산출하는지는 조사하지 않았지만, 분명 니아의 수치는 봉인이 가능한 영역에 도달하지 않은 것이다.

그렇다. 니아는 3차원의 인간에게 무방비하게 마음을 열 수 없었다.

"아아~ 정말~. 어떻게 하면 좋냐구~. 가르쳐줘, 라지에몽!"

니아는 몸부림을 치며 될 대로 되라는 듯한 어조로 혼잣말을 했다. 하지만 아무도 그 물음에 대답해주지 않았다.

〈라지엘〉은 모든 것을 알고 있는 천사다. 하지만 니아를 인도해주지는 않으며, 깨달음을 주지도 않는 것이다.

"…………."

니아는 방금 자신이 몸부림을 친 탓에 먼지가 날리고 있는 이 방의 천장을 올려다보면서 왼손을 천천히 들어올렸다.

니아가 머릿속으로 명령을 내리면, 즉시 허공에 〈라지엘〉이 나타날 것이다. 그리고 그 책을 펼치면 니아가 원하는 그 어떤 정보라도 알 수 있다.

예를 들면— 지금 시도가 뭘 하고 있는지도 말이다.

"……윽."

그 순간, 니아는 작게 숨을 삼키면서 손을 내렸다.

이유는 단순했다. 인터폰에서 딩동~ 하는 소리가 났기 때문이다.

"……누구지?"

니아는 느릿느릿 몸을 일으킨 후, 인터폰 화면을 향해 걸어갔다.

그리고 통화버튼을 누르면서 입을 열었다.

"예~, 누구시죠?"

『안녕하십니까, 타가와 택배입니다. 혼죠 니아 씨 앞으로 온 소포를 전하러 왔습니다.』

"소포?"

니아는 고개를 갸웃거리면서 생각에 잠겼다. 하지만 짐작 가는 데가 없었다.

"뭐지……. 뭐, 아무튼 들어오세요."

『예.』

니아가 인터폰의 버튼을 누르자 오토 록이 열렸다.

잠시 후, 이번에는 문에 달린 초인종이 울렸다.

"지금 가요……."

문을 열자, 모자를 깊이 눌러쓴 배달원이 조그마한 소포를 들고 서있었다.

"여기에 도장이나 사인을 해주십시오."

"그럼 사인을 할게요. ……자, 됐죠?"

"감사합니다. 그럼 실례하겠습니다."

배달원은 고개를 끄덕인 후, 그대로 사라졌다.

니아는 문을 닫고 소포의 포장을 거칠게 풀었다. 그러자 그 안에서 미소년이 그려진 게임 패키지, 그리고 메시지가 적힌 종이 한 장이 나왔다.

"어……? 이게 뭐지? 감사의 마음을 담아 신작 PC게임의 특별 체험판을 보내드립니다……?"

니아는 머리를 긁적였다. 그러고 보니 옛날에 게임 회사에 앙케트를 보낸 적이 몇 번 있었다. 어쩌면 그것과 관련이 있는 걸지도 모른다.

"……뭐, 좋아. 기분도 영 우울하니까 재미 삼아 한 번 해볼까."

니아는 복도를 지나 작업방으로 들어가 컴퓨터의 전원을 켜고 디스크를 집어넣었다.

그러자 곧 인스톨이 시작되더니, 게임 화면이 표시됐다.

"『사랑해줘 마이 리틀 시도 ~걸즈 사이드~』. 흐음…… 학원물 느낌의 여성향 게임인가?"

니아는 마우스를 조작해서 『처음부터』라는 버튼을 클릭했다.

그러자 주인공의 이름을 입력하는 화면이 표시되었다.

"으음~. 디폴트 네임이 없네. 그럼 니아로 해야지."

니아는 자신의 본명을 입력한 후, 게임을 시작했다.

아무래도 주인공은 전학을 온 고등학교 2학년생 같았다. 주인공은 전학을 온 학교에서 캐릭터들과 만나 사랑에 빠질 것이다.

니아의 홈그라운드는 만화지만, 잡식성이기 때문에 게임도 좋아했다. 특히 이런 여성향 연애 시뮬레이션 게임은 3차원 인간을 사랑할 수 없는 니아에게 있어 고마운 존재였다. 클릭만 해도 미남이 자신에게 반해주는 것이다. 니아도 여자이기에 딱히 사랑을 하기 싫은 것은 아니었다. 오히려 엄청 하고 싶었다.

"흠흠. 뭐, 전체적으로는 정통 시뮬레이션 게임 같네. 이런 게임에서 중요한 건 역시 캐릭터지."

니아가 마우스를 클릭하자, 이야기가 진행됐다.

주인공인 니아에게 클래스메이트가 말을 걸었다. 상냥하고 포용력도 있어 보이는, 중성적인 인상의 소년이었다. 그의 이름은— 시도 이츠키.

"……어?"

니아는 고개를 갸웃했다. 왠지 이 캐릭터는 방금까지 같이 있었던 소년과 닮은 것 같은 느낌이 들었다.

"……뭐, 기분 탓이겠지."

그렇게 결론을 내린 니아는 계속 클릭했다. 그러자 그 이츠키 군이 미소를 지으면서 니아에게 말을 걸었다.

『하하……. 니아는 재미있는 애구나.』

"우왓?!"

니아는 그 말을 듣자마자 무심코 눈을 치켜떴다.

그럴 만도 했다. 지금 이 캐릭터는 매우 자연스럽게 『니아』라는 이름을 입에 담았던 것이다.

주인공의 이름은 방금 니아가 입력했었다. 이런 게임에서 주인공의 이름을 음성적으로 지원할 경우, 글자 하나하나의 음성을 수록해서 조합한 후에 발음하게 하는데…… 방금 그 이름에서는 합성해서 만든 느낌이나 발음 자체의 위화감이 전혀 느껴지지 않았다.

"우와~! 대단해~! 한동안 안 한 사이에 기술이 발전했나 보네."

그것만으로 이 게임에 대한 흥미가 급상승한 니아는 이츠키 군과의 대화에 빠져든 채 게임을 진행했다.

그러다 보니 다음 휴일에 데이트를 하러 가기로 했다. 이츠키 군이 『어디 가고 싶어?』 하고 물었다.

그리고…….

"……아니?!"

보통 이럴 때는 선택지가 나오는 법이지만…… 이 게임은 달랐다.

화면 위에 윈도우가 표시되더니, 『희망하는 데이트 플랜을 입력해 주십시오』라는 글자가 떠 있었다.

"맙소사…… 키보드로 입력하라는 거야?! 그런 게 가능할 리가 없는데……."

니아는 반신반의하면서도 키보드로 타이핑을 했다.

"『아키하바라에 동인지를 사러 가고 싶다』……."

그리고 어디 반응할 수 있으면 해보라는 듯이 엔터키를 탕! 소리가 나게 쳤다.

그러자 이츠키 군은 상냥한 미소를 지었다.

『아키하바라에서 동인지를 사고 싶은 거야? 하하, 니아답네. 물론 좋아. —아, 그래도 우리는 고등학생이니까 19금 책은 안 돼.』

"우오오오오오오오오오오오오오오옷?!"

그 반응을 본 니아는 무심코 의자를 박차며 일어섰다.

설마 이렇게 세세한 오더에 대응할 줄이야. 대체 니아가 감금되어 있었던 5년 동안, 기술이 얼마나 발전한 걸까.

니아는 「과학의 힘은 정말 엄청나네~!」라고 외친 후, 스토리를 진행하기 위해 마우스를 클릭했다.

"—흐음, 그래. 니아는 이런 책을 좋아하는 구나. ……아,

괜찮다고 생각해. 몰입할 수 있는 뭔가가 있다는 건 멋진 일이잖아?"

〈라타토스크〉 지하사령실. 헤드폰을 착용한 시도는 화면을 쳐다보면서 그렇게 말했다.

모니터에 표시된 것은 어떤 게임의 플레이 화면이었다. 시도는 때때로 그 게임에 입력되는 문장에 맞춰 리얼타임으로 응답을 하고 있었던 것이다.

"……어이. 이거 진짜로 괜찮은 거지?"

대사가 끊기는 타이밍에 맞춰 마이크의 스위치를 끈 시도는 뒤쪽에 앉아있는 코토리를 쳐다보았다.

"응. 호감도는 순조롭게 올라가고 있어. 이제 니아에게 이 게임을 충분히 즐기게 한 후, 시도가 『이츠키 군』으로서 니아의 앞에 나타나면 돼. 이번에는 연기를 할 필요도 없어. 왜냐하면— 이 캐릭터는 시도 본인이니까 말이야."

코토리는 그렇게 말하면서 미소를 머금었다.

그렇다. 이것이 바로 〈라타토스크〉가 세운 다음 작전이었다.

니아에게 〈라타토스크〉 특제 게임을 플레이하게 한 후, 그 캐릭터를 시도가 연기함으로써 시도를 좋아하게 만든다. …… 정말 번거로운 작전이었다.

"그런데, 왜 이런 게임이 있는 거예요? 이건 단시간에 만들 수 있을 만한 게임은 아닌 것 같은데요."

시도가 묻자, 레이네는 졸린 듯한 시선으로 그를 쳐다보며 말했다.

"……뭐, 만약을 대비해 준비해둔 거야. 유비무환이라는 말도 있잖아."

"대체 어디에 쓰려고 준비한 건지 엄청 신경 쓰이는데요……."

시도는 쓴웃음을 지으면서 볼을 긁적였다. 그러자 뒤쪽에서 코토리의 목소리가 들려왔다.

"자, 시도. 다음 대사가 나오니까 정신 바짝 차려."

"으, 응."

모니터를 향해 고개를 돌린 시도는 마이크의 스위치를 켜더니 다시 『이츠키 군』을 연기하기 시작했다.

모니터 왼쪽 절반에 표시된 윈도우에는 게임을 플레이하고 있는 니아와 그녀의 정신 상태를 알려주는 그래프가 표시되어 있었다. 코토리의 말대로 아직까지는 순조롭게 진행되고 있는 것 같았다.

하지만 시도는 대사를 말하면서 미간을 찌푸렸다. ……왠지 중요한 걸 잊고 있는 듯한 느낌이 든 것이다.

『와아…… 요즘 게임은 대단하네. 체험판의 퀄리티가 이 정도라면 정품을 살 수밖에 없잖아.』

시도가 그런 생각을 하고 있을 때, 화면 안의 니아가 만족스러운 표정을 지으며 혼잣말을 했다.

그리고—.

『으음, 정품은 언제 나오지? 그리고 이 게임을 만든 회사가 지금까지 내놓은 제품도…….』

니아는 그런 말을 하면서 왼손을 들더니, 허공에서 한 권의 책을 꺼냈다.

"……윽! 아—."

그 모습을 본 시도는 경악했지만— 이미 한 발 늦었다.

〈라지엘〉에 손을 댄 니아의 표정이…… 점점 어두워졌다.

『……이것도 너희가 꾸민 수작이었던 거야?!』

니아는 버럭 화를 내더니, 의자에서 일어나 자율형 카메라 쪽을 향해 고개를 돌렸다. 그리고 분노에 찬 시선으로 카메라 너머에 있는 사령실을 노려보았다.

『……저기, 나도 너희의 목적은 알고 있거든? 그래도 이건 너무하지 않아? 토키야를 모독한 걸로 모자라, 이번에는 내 순정마저 가지고 놀다니…….』

"니, 니아. 그, 그런 게 아냐……."

『이츠키 군은 입 다물어!』

이미 이 게임에 꽤나 빠져든 듯 니아는 단호한 목소리로 그렇게 말했다.

"……으, 응……."

『아무튼, 또 이런 짓을 하면 진짜로 용서 안 할 거야. —그리고, 나한테도 프라이버시라는 게 있으니까 내 방 안에 자율형 카메라를 잠입시키지 말아줄래? 명심해. 또 내 말을 어기면 국물도 없을 줄 알라구!』

니아는 그렇게 말하고 고개를 휙 돌렸다.

◇

"……다들 이렇게 모여 줘서 고마워. 이미 이야기를 들었겠지만…… 골치 아픈 상황이 벌어졌어."

그날 밤. 코토리는 커다란 원탁에 팔을 올리고 턱을 괸 채 난처한 표정을 지으면서 말했다.

하지만 그것도 무리는 아니었다. 새롭게 나타난 정령이 특이하기 그지없는 취향을 지닌 데다— 두 번에 걸친 작전이 전부 실패로 돌아가고 만 것이다.

"2차원…… 즉, 대상은 만화 등의 캐릭터만 사랑할 수 있다는 거야?"

차분한 어조로 그렇게 말한 이는 코토리와 마찬가지로 원탁 앞에 앉아있는 소녀였다. 어깨 근처까지 기른 머리카락과 인형 같은 얼굴을 지닌 그녀는— 시도가 봉인한 정령 중 한 명인 토비이치 오리가미다.

그녀만이 아니었다. 〈라타토스크〉의 지하 시설에는 시도와 〈프락시너스〉 승무원 외에도, 토카와 요시노, 나츠미, 야마이 자매 등, 영력이 봉인된 정령들이 전부 모여 있었다.

코토리는 새로운 정령 공략에 그녀들을 관여시키고 싶지 않았지만…… 지금까지와는 전혀 다른 정령이 등장한 탓에 그녀들을 조언자로서 부른 것이다.

코토리를 비롯해 이곳에 있는 정령들은 전부 시도에게 영력이 봉인당한 이들이다. 그녀들의 체험담을 통해 돌파구를 찾을 수 있지 않을까 하고 코토리는 생각한 것이리라.

"아무래도 그런 것 같아……."

코토리가 인상을 쓰면서 고개를 끄덕이자, 오른편에 앉아있던 장신의 소녀가 납득했다는 듯이 고개를 끄덕였다.

"아~ 그렇군요~. 제가 아는 아이돌 중에도 그런 애가 있어요~."

그녀는 남보랏빛 장발을 검지로 동그랗게 말면서 아름다운 목소리로 말했다.

—그녀 또한 정령이다. 현재 국민적인 인기를 자랑하는 아이돌, 이자요이 미쿠였다. 코토리에게 요청을 받은 그녀는 일이 끝나자마자 이곳으로 서둘러왔다.

"제 첫사랑은 지크 님이에요~, 하고 공언하고 다니죠. 아, 지크 님은 애니메이션 캐릭터인데, 어디까지나 캐릭터 설정상 그러는 거예요~. 팬층과 같은 취미를 가짐으로써 친근감을 느끼게 하는 것과 동시에, 팬들이 질투라는 감정을 느끼지 않게 하는 거죠. 그리고 그 애는 실제 애인이 있어요~."

미쿠는 그렇게 말하더니 아하하 하고 웃었다.

"……니아도 그 아이돌과 마찬가지면 좋겠지만……. 수치를 보아하니 아무래도 거짓말을 하는 것 같지는 않아."

코토리가 인상을 쓰면서 그렇게 말하자, 미쿠는 「어머~」 하고 눈을 동그랗게 떴다.

그런 그녀의 옆에 앉아있던 카구야가 으음 하고 신음을 흘렸다.

"흠. 혼죠 소지가 여자였을 줄이야……. 이 몸의 눈을 속이다니, 꽤 하는 구나."

"아, 카구야도 혼쇼 소지를 알아?"

시도가 묻자, 카구야는 고개를 끄덕였다.

"당연하지, 구풍의 왕녀는 대중의 오락도 통달했느니라."

"밀고. 카구야는 주로 소년만화를 즐겨 읽지만, 배틀 만화나 스포츠 만화 사이에 좀 야한 만화를 끼워서 사고는 해요."

"유, 유즈루?!"

유즈루가 귓속말을 하듯 입가에 손을 대면서 그렇게 말하자, 카구야는 얼굴을 새빨갛게 붉히면서 큰 소리로 외쳤다.

"마, 말도 안 되는 소리 하지 말아줄래?! 그리고 유즈루가 보는 순정만화가 더 위험한 묘사가 많잖아!"

"의문. 위험하다는 게 어떤 뜻이죠? 구체적인 사례를 들면서 설명해주세요."

"그, 그건…… 남자와 여자가 침대에서……."

"복창. 잘 안 들려요. 한 번 더 말해주세요."

"으, 윽…… 으으……."

카구야가 볼을 더욱 붉히더니 분해 죽겠다는 표정을 지었다.

그런 두 사람을 본 코토리가 손뼉을 쳤다.

"자, 사이가 좋은 건 좋지만, 그런 건 나중에 해. —지금은 니아를 어떻게 공략할 건지가 중요하다구."

코토리가 그렇게 말하자, 원탁에 둘러앉아있던 이들 전원이 생각에 잠겼다.

잠시 후, 요시노가 머뭇거리면서 손을 들었다.

"저기…… 한 마디 해도, 될까요?"

"응. 물론이야."

"저기…… 역시 좀 더 시간을 들여서 니아 씨와 친해지는 게 좋을 것 같아요. 그러다 보면 시도 씨가 얼마나 좋은 사람인지 니아 씨도 알게 될 거라고 생각해요."

"요시노……."

시도가 요시노의 이름을 부르자, 그녀는 부끄러운지 볼을 붉혔다.

코토리는 으음, 하고 신음을 흘리며 턱에 손을 댔다.

"확실히…… 그게 가장 정상적일 거야. 아무리 2차원만 사랑할 수 있다고 해도, 성실하게 접근하면 그녀가 마음을 열 가능성도 제로는 아니겠지."

"그럼 장기전으로 돌입할 거야?"

시도가 그렇게 묻자, 코토리는 표정을 굳혔다.

"최악의 경우에는 그럴 수밖에 없지만…… 그건 어디까지나 최후의 수단이야. 문제는 시간이거든. 우리가 차분하게 공략하는 동안 DEM이 니아를 찾아내지 못할 거라고는 아무도 보장할 수가 없잖아. 그러니 느긋하게 시간을 들일 수는 없어."

"죄, 죄송해요……."

코토리가 그렇게 말하자, 요시노는 미안해하듯이 어깨를 움츠렸다. 그 모습을 본 코토리는 고개를 저었다.

"사과할 필요 없어. 실은 나도 그 방법을 취하고 싶어. …… 제대로 지켜봐준다면, 시도가 만화 속 캐릭터 못지않다는 걸

알게 될 거라고 생각하거든."

코토리는 슬며시 고개를 돌리면서 입에 물고 있는 막대사탕의 막대부분을 까딱거렸다. 시도는 코토리의 말에 좀 부끄러워졌는지 볼을 붉히면서 머리를 긁적였다.

바로 그때, 지금까지 팔짱을 낀 채 고개를 갸웃거리던 토카가 시도를 쳐다보았다.

"저기, 시도. 니아는 어째서 2차원 캐릭터만 사랑할 수 있는 것이냐?"

"뭐? 으음…… 그건……."

토카가 입에 담은 소박한 질문에 시도는 답을 할 수가 없었다.

확실히 그것이 바로 이 문제의 근본일 것이다. 니아는 왜 2차원 캐릭터만 사랑할 수 있는 것인가……. 거꾸로 말하자면 왜 3차원의 인간을 사랑할 수 없는 것인가.

코토리도 같은 의문을 품고 있었는지 턱에 손을 대면서 입을 열었다.

"……나도 그게 신경 쓰여서 조사해보라고 지시를 내려뒀어."

"뭐? 조사?"

"어찌됐든 간에 니아는 10년 전부터 만화가로 활동해왔잖아? 그럼 그녀가 원래 인간이었든, 순수한 정령이든 간에, 이 세계에 존재했던 흔적이 남아있을 거라고 생각해. 그게 실마리가 되지 않을까?"

"그렇구나……."

시도는 팔짱을 끼고 고개를 끄덕였다. 확실히 코토리의 말이 옳았다.

"하지만…… 반드시 뭔가가 나올 거라고 단정 지을 수는 없어. 그러니 우리는 우리 나름대로 방침을 세워야해."

코토리가 그렇게 말하자, 요시노의 옆에 앉아있던 나츠미가 그 말에 대답하듯 작은 목소리로 말했다.

"……그럼 역시 시도를 그쪽 취향에 맞추는 수밖에 없지 않을까? 그게 가장 간단한 방법일 거야."

"그건 그렇지만…… 코스프레 작전도, 게임 작전도 실패했어. 누구누구 씨 때는 여장으로 어떻게 됐지만……."

코토리는 그렇게 말하면서 미쿠 쪽을 힐끔 쳐다보았다. 그러자 그 시선을 눈치챈 미쿠가 쪽 하고 손 키스를 날렸고, 코토리는 어이없다는 듯이 한숨을 내쉬면서 고개를 돌렸다.

"……아무리 시도라도 차원의 벽을 넘는 건 힘들지 않을까? 아니면 뭐야, 로드롤러 같은 걸로 납작하게 눌러버릴까?"

"어, 어이……."

시도가 식은땀을 흘리자, 코토리의 말에 동조하듯 나츠미가 손가락을 세우면서 입을 열었다.

"……내, 내 〈위조마녀(하니엘)〉로 시도를 만화책 형태로 변신시키는 건……."

"왠지 아까부터 이상한 식으로 2차원에 접근하고 있지 않아?!"

시도가 식은땀을 흘리면서 그렇게 말하자, 나츠미는 볼을 부풀렸다.

"……노, 농담한 거야. 되도 안 되는 농담해서 정말 미안해. 이제 입 다물게. 아무 말도 안 하면 될 거 아냐……."

나츠미가 의자에서 미끄러져서 떨어지듯 몸을 낮추기 시작했다. 그 모습을 본 시도가 허둥지둥 입을 열었다.

"아, 아니, 그런 뜻으로 한 말은 아냐……. 미안해."

"부우~."

"나, 나츠미 씨……."

하지만 옆에 앉은 요시노가 나츠미의 손을 당겨준 덕분에 원래 위치로 복귀한 순간…….

"—그래."

턱에 손을 댄 채 생각에 잠겨있던 오리가미가 갑자기 고개를 들었다.

"응? 오리가미, 왜 그래? 좋은 생각이라도 났어?"

코토리가 묻자, 오리가미는 고개를 끄덕였다.

그리고 뜻밖의 말을 했다.

"나츠미의 아이디어라면 가능성이 있을지도 몰라. —시도가, 책이 되는 거야."

시도는 그 말을 듣고 눈을 치켜떴다.

"뭐? 자, 잠깐만 있어봐. 아무리 니아가 2차원만 사랑할 수 있다고 해도, 그건 만화에 등장하는 캐릭터를 좋아한다는 거지, 만화책 자체를 좋아한다는 게 아니거든? 내가 아무리 책이 되더라도……."

시도가 당혹스러운 표정을 지으며 그렇게 말하자, 옆에 있는 나츠미가 도끼눈으로 시도를 쳐다보았다.

"……아, 오리가미의 의견에는 귀를 기울여주는구나. ……그래. 오리가미는 나보다 훨씬 머리가 좋으니까, 같은 말을 해도 설득력이 엄청 있겠지. 응. 신경 안 써. 당연한 일인걸, 뭐……."

"그, 그런 게 아니라……."

겨우 원래 위치로 돌아왔던 나츠미가 다시 가라앉는 모습을 본 시도는 식은땀을 줄줄 흘리면서 변명을 하려 했다.

하지만 오리가미는 개의치 않으면서 말을 계속 했다.

"그런 의미가 아냐. 시도가 책이라는 물질로 변신하는 게 아니라—『시도』라는 캐릭터가 등장하는 만화를 제작하자는 거야."

""""뭐……?!""""

오리가미가 그런 제안을 하자, 회의실에 있던 이들이 일제히 고개를 들었다. 토카만이 한 박자 늦게 다른 이들을 따라 하듯 「뭐!」 하고 말했다.

"아하……."

코토리가 입가에 손을 대더니 진지한 표정을 지었다.

"시도를 주인공으로 삼는 만화……. 확실히 그거라면 2차원의 캐릭터라고 할 수 있을 거야."

"어, 어이. 잠깐만. 설령 그렇게 하더라도, 만화 속의 나는 실제의 나와 완전히 일치하지는 않을 거잖아? 또 같은 결과가 반복되지 않을까……?"

시도가 인상을 찡그리면서 말했다.

그렇다. 오늘 벌어진 사례로 볼 때, 니아는 자신이 좋아하게 된 캐릭터의 재현에 대해 꽤 엄격했다. 『시도는 그런 소리 안 해!』 같은 말을 들었다간, 왠지 아이덴티티가 크라이시스할 것 같았다.

하지만 그 의견에 반론하듯 야마이 자매가 입을 열었다.

"흠. 그렇다면 현실과 괴리되지 않도록 사실만을 그리면 되지 않겠느냐. —다행히 시도에게는 만화 소재가 될 만한 것들이 잔뜩 있으니까 말이다."

"동의. 시도 그 자체를 묘사한다면 게임 때처럼 니아를 속이는 것도 되지 않을 거예요. 마스터 오리가미다운 좋은 아이디어예요."

"하, 하지만 애초에 니아한테도 취향이 있을 거잖아? 중요한 건 니아가 그걸 읽고, 그 캐릭터를 좋아하게 되느냐인데……."

"거…… 걱정하지, 마세요……!"

나츠미의 등을 상냥하게 쓰다듬어주던 요시노가 시도의 말을 끊듯이 입을 열었다.

"요, 요시노……?"

요시노가 평소와 달리 단호한 어조로 그렇게 말하자, 시도는 무심코 눈을 동그랗게 떴다. 요시노는 부끄러운지 볼을 붉히면서도 오른손을 말아 쥐면서 말을 이었다.

"시도 씨는 저희를 구해줬어요……. 시도 씨가 지금까지 해온 일들을 솔직하게 전한다면…… 니아 씨도 분명 시도 씨를 좋아하게…… 될 거예요……!"

"으, 응……."

평소 요시노가 이런 말을 잘 하지 않아서 그런지 왠지 부끄러운 느낌이 든 시도는 당혹스러워하면서 입을 다물었다.

그 뒤를 이어 〈프락시너스〉의 승무원들과 정령들이 차례차례 의견을 내놓았다.

"시도 군의 다큐멘터리인가요. 그거라면 통할지도 모르겠네요……."

"하지만 그건 정령에 관한 이야기를 만화로 만드는 거나 다름없는데, 괜찮을까요?"

"뭐, 니아 양만 읽을 거니 괜찮겠죠. 설령 그게 외부로 유출되더라도 논픽션이라고 생각하는 사람은 없을 겁니다."

"오오……. 시도가 만화 주인공이 되는 것이냐?! 그거 정말 엄청나구나! 나도 돕겠다!"

"크크큭…… 아무래도 야마이의 힘을 보여줄 수밖에 없을 것 같구나."

"동의. 제39시합, 투고 일러스트 대결에서 『쌍둥이가 각각 그린 일러스트!』라는 선전문구와 함께 둘 다 잡지에 게재되어서 무승부가 되고 말았던 유즈루와 카구야가 나설 차례예요."

"……너희는 정말 별의 별 걸로 승부를 했구나……."

"……어, 어이……."

시도가 머뭇거리면서 입을 열었지만, 그녀들에게는 전해지지 않았다.

코토리는 다른 이들을 진정시키려는 것처럼 주먹으로 원탁을 톡톡 두드렸다.

"—그럼 다수결로 결정하자. 시도 만화화(化) 계획에 찬성하는 사람."

""""저요!""""

코토리가 그렇게 말한 순간, 시도를 제외한 모든 이들이 일제히 손을 들었다.

""""……""""

그녀들의 시선이 시도에게 몰렸다.

"으……."

시도는 한숨을 내쉬고는 힘없이 오른손을 들어올렸다. 그러자 그녀들이 환성을 질렀다.

"좋아! 그럼 만장일치로 방침 결정! 바로 플롯 제작에—."

코토리가 말을 이으려던 바로 그 순간이었다.

회의실의 원탁에 설치되어 있던 콘솔에서 삐삐삐삐삐…… 하는 소리가 흘러나왔다.

"어……? 코토리, 이게 무슨 소리야?"

시도의 물음에 코토리는 미간을 찌푸리면서 콘솔을 쳐다보았다.

"통신이야. 그것도 외부회선을 통해서 온 통신이네……. 처음 보는 번호인데……."

코토리는 미심쩍어 하면서 통화 버튼을 눌렀다.

그러자 회의실에 설치되어 있던 스피커에서 귀에 익은 목소리가 흘러나왔다.

『—안녕. 소년은 또 꿍꿍이를 꾸미고 있나 보네~.』

"뭐……?!"

그 목소리를 들은 순간, 시도를 비롯한 멤버들 전원의 얼굴이 경악으로 물들었다.

"니, 니아……?!"

그렇다. 스피커에서 흘러나온 것은 이 회의의 안건인 정령, 니아의 목소리였다.

"맙소사! 이 지하 시설의 회선은 암호화되어 있어서 간단히—"

미키모토가 고함을 지르다가— 갑자기 말을 멈췄다.

말을 끝까지 잇기도 전에 깨달은 것이다. 전지의 천사 〈라지엘〉을 지닌 니아에게 있어 암호화 같은 것은 걸림돌조차 되지 않는다는 사실을 말이다.

"흐음. 전부 다 알고 있다……는 거네."

『맞아. 난 원래 스포일러를 싫어해서 〈라지엘〉을 이런 식으로 쓰고 싶지는 않았지만, 너희가 또 토키야나 내 순정을 가지고 논다면 못 참을 것 같거든.』

니아는 메마른 웃음을 흘리며 그렇게 말했다. 그녀의 가라앉은 목소리를 듣자, 시도는 식은땀을 뻘뻘 흘렸다.

다른 이들도 니아의 기분이 좋지 않다는 걸 눈치챘는지 작은 목소리로 소곤거렸다.

"……화, 화난 것, 같네요……."

"……응. ……엄청 열 받은 것 같아."

"토키야 씨라는 캐릭터를 정말 좋아하나 봐요~."

아마 목소리를 낮춰도 니아는 그녀들이 무슨 이야기를 하는지 전부 알 수 있겠지만…… 니아는 하던 말만 계속했다.

『……뭐, 아무래도 방침을 변경한 것 같네. 그래도 그 작전에는 커다란 구멍이 있지 않으려나~?』

"구, 구멍……?"

『응. ―설령 그 만화가 완성되더라도, 왜 내가 순순히 그 만화를 읽을 거라는 전제조건을 멋대로 세우면서 이야기하는 걸까~?』

"뭐……."

시도는 눈을 치켜떴지만…… 확실히 그녀의 말이 옳았다.

만화라면 환장을 하는 니아라면 순순히 읽어줄 거라고 생각했지만…… 확실히 그건 상대의 호의에 매달리는 짓이나 다름없었다.

『안 그래? 나는 엄청 바빠서 책 볼 시간이 많지 않단 말이야. 오늘 사온 책도 아직 10퍼센트 정도밖에 못 봤다구. 내가 감금되어 있는 사이에 나온 시리즈물도 잔뜩 있단 말이야. 그러니까 불순한 동기로 그린 아마추어의 만화 같은 걸 볼 짬은 없어! 뭐, 아까라면 읽어줬을지도 모르지만, 나는 현재 앵그리 모드라구. 아수라조차 능가하는 존재란 말이야. 토키야를 더럽힌 너희가 만든 만화 따위를 읽을 것 같아?!』

"그, 그럴 수가……!"

니아가 그렇게 말하자, 요시노는 금방이라도 울음을 터뜨릴 것 같은 표정을 지었다.

『그럼 잘 있어! 부질없는 짓은 관두라구!』

"—기다려."

하지만 니아가 통신을 끊기 직전, 원탁에 얹은 손으로 턱을 괸 코토리가 입을 열었다.

『으음……? 아, 네가 코토리 양이지? 이렇게 서로 이야기하는 건 처음이네. 안녕. 만나서 반가워.』

"나야말로 반가워."

코토리는 간결하게 인사를 건넨 후, 이야기를 계속했다.

"—그리고 본론에 들어가자면 말이야. 네 말을 들어보니…… 읽을 가치가 있는 책에는 그만큼 시간을 들인다는 것 같은데, 맞아?"

『……응? 무슨 소리를 하는 거야?』

"대답해. 만약 우리가 만든 만화가 네 만화보다 나은 점이 하나라도 있다면, 읽을 가치가 있다고 할 수 있지 않을까?"

코토리가 그렇게 말하자 니아는 깔깔 웃었다.

『아하하! 뭐, 그건 그럴 거야. 하지만 사람마다 느끼는 재미는 다 다르잖아? 너희가 아무리 재미있다고 해봤자, 내가 너희 작품의 가치를 인정할 것 같아?』

"옳은 말이야. ……그렇다면 누가 보더라도 절대적인 기준을 근거로 삼으면 되잖아."

『절대적인 기준……?』

니아가 되묻자, 코토리는 진지한 목소리로 말했다.

"그래. —매상이야."

""""어……?!""""

그 말을 듣고 경악한 사람은 니아만이 아니었다. 이 회의실에 있는 이들 모두가 일제히 코토리를 쳐다보았다.

『흐음…… 재미있네. 나, 혼죠 소지에게 매상으로 이기겠다는 소리를 진심으로 하는 거야?』

"응. 만약 우리가 이긴다면 순순히 우리가 만든 만화를 읽어줘."

니아는 잠시 침묵한 후, 아하하! 하고 큰 목소리로 웃었다.

『좋아. 해봐. 진짜로 이길 수 있다면 말이야.』

니아는 그렇게 말하고 통신을 끊었다.

회의실에는 잠시 동안 침묵이 흘렀다.

"어, 어이, 코토리. 너 대체 무슨 소리를 하는 거야……? 상대는 프로 만화가라고!"

"어쩔 수 없잖아. 저렇게 딱 잘라서 읽지 않겠다고 말하는 걸."

"그건 그렇지만……!"

시도가 언성을 높이려고 하자, 코토리는 손바닥을 펼쳐 보이면서 그의 말을 막았다.

"아무 생각도 없이 그런 소리를 한 건 아니니까 안심해."

코토리는 그렇게 말하더니, 물고 있던 막대사탕의 막대 부분을 꼿꼿이 세웠다.

◇

"……흥."

니아는 자신의 방 침대에 드러누우면서 작게 코웃음을 쳤다.

침대 옆에는 아직 읽지 않은 만화책과 라이트노벨이 잔뜩 쌓여 있었지만 읽을 기분이 아니었다. 그렇다고 만화의 아이디어를 짜고 있지도 않았으며, 그저 멍하니 천장을 쳐다보고 있었다.

자신이 이렇게 무기력 상태인 이유는 알고 있었다. —방금 들여다본 〈라지엘〉의 정보, 그리고 방금 통화를 한 시도와 코토리 때문이다.

그들은 시도를 주인공으로 삼는 만화를 그려서 니아에게 읽게 함으로써 그에게 호감을 가지게 하려는 생각인 것 같았다.

"……나도 얕보인 것 같네."

니아는 언짢은 목소리로 중얼거렸다.

니아는 분명 만화와 애니메이션을 좋아한다. 2차원 이외에는 사랑해본 적이 없다는 말 또한 사실이다.

하지만 그렇다고 2차원 캐릭터라면 무턱대고 누구든지 좋아한다는 말은 아니었다.

그것은 오타쿠가 아닌 이들이 흔히 하는 착각이다. 인기 애니메이션의 무대가 된 장소에 팬들이 몰려드는 이른바 성지순례를 보고, 마을 부흥을 꾀하는 지방자치단체가 어차피 오타쿠들은 이런 걸 좋아하지? 같은 생각으로 안이하게 모에 캐릭터를 만들면 결국 실패로 끝나고 만다. —당연했다. 오타쿠는 「재미있는 애니메이션」을 좋아하는 것이지, 애니메이션이라면 뭐든 다 좋아하는 것이 아니기 때문이다. 모에 캐릭터에게도 중심적 지주가 되는 무언가가 필요한 것이다.

이번 케이스도 마찬가지다. 니아에게는 토키야를 비롯한 마누라 캐릭터(남자라도 마누라다)가 몇 명 있지만, 그건 어디까지나 뛰어난 캐릭터성에 비롯된 감정이다. 만화 캐릭터라고 무조건적으로 가슴이 콩닥거리는 건 아니었다.

게다가 무엇보다— 실존 인물을 모델로 한 만화를 그려본들, 니아의 마음이 흔들릴 리가 없다.

"……."

니아는 아무 말 없이 왼손으로 허공을 쓰다듬었다.

그 동작에 호응하듯 허공에서 책 한 권이 모습을 드러냈다.

〈라지엘〉. 이 세상의 모든 일을 알고 있는 최고이자 최악인 천사.

"……."

니아는 〈라지엘〉을 펼치지 않은 채 표지를 쳐다보면서 옛날 일을 떠올렸다.

전지의 천사를 가지고 현계했지만, 딱히 욕망이나 야망은 없었다. 그래서 이 힘을 악용하려고도 하지 않았고, 그저 평온하게 살 수만 있으면 그걸로 충분하다고 생각했다.

그리고 인간과 이야기를 나누는 것을 고통스럽게 여기지 않는 성격 덕분에 니아는 비교적 손쉽게 인간사회에 녹아들어갔다. ……뭐, 그 과정에서 〈라지엘〉의 힘이 큰 도움이 된 것은 사실이지만 말이다.

하지만 언제였을까. 니아의 마음속에서 호기심이 솟구쳤다.

—**자신은 대체 어떻게 태어난 것인가**, 라는 호기심이 말이다.

지금 생각해보면 그게 모든 잘못의 근원이었다.

그때, 호기심을 억누르지 못한 나머지 〈라지엘〉을 펼쳐보지만 않았더라면, 니아도 좀 더 제대로 된 정령이 될 수 있었을 것이다.

하지만— 니아는 알고 말았다. 자신이 **지금의 자신**이 된 이유를…….

그리고, **그 이전**의 자신을…….

그것을 안…… 아니, 정확하게 말하자면 **떠올린** 니아는 그 순간 위 속에 있는 것들을 전부 토하고 말았다.

그리고 그것이 니아의 마음속에 불신감이라는 독을 심었다.

게다가 최악이었던 점은, 니아가 이 세상 모든 것을 내다볼 수 있는 천사를 지니고 있다는 것이었다.

니아는 사회생활을 하면서 얽혔던 모든 인간을 조사했다. 친구, 지인, 단골 가게의 점원까지도 말이다.

—그리고 니아는 외톨이가 되었다.

조사하면 할수록, 알면 알수록, 인간이라는 생물의 추악함을 견딜 수 없게 된 것이다.

아무리 상냥한 표정을 짓고 있더라도, 그 이면에는 잔혹한 본성이 숨어있다. 제아무리 사랑을 속삭이더라도, 뱃속 깊은 곳에는 거무튀튀한 감정이 소용돌이치고 있다. 니아는 인간이라는 생물에게서 정나미가 떨어지고 말았다.

하지만 인간이 형성한 사회에서 인간과 전혀 얽히지 않고 살아가는 것은 불가능하다.

그래서 니아는 가면을 쓰는 데 익숙해졌다.

초면인 인간에게는 가능한 한 〈라지엘〉을 쓰지 않기로 정하고, 게임의 NPC(논 플레이어 캐릭터)를 접하듯 함으로써 평범한 인간인 척 할 수 있게 됐다.

하지만 그런 니아도 유일하게 마음을 허락할 수 있는 존재가 생겼다.

그것이 바로— 자신과는 다른 세계에 살고 있는, 2차원의 주민들인 것이다.

만화나 애니메이션의 캐릭터는 니아가 자신의 눈으로 본 것 이외의 측면을 지니지 못한다. 니아를 배신할 수 없다.

니아는 언제부터인가 그 세계에 빠져버렸다. —자신이 그 세계를 창조하는 직업을 가지게 될 정도로 말이다.

그렇기에, 니아는 2차원 캐릭터 외에는 사랑한 적이 없다, 는 말은 올바르지 않았다.

니아는 현실의 인간에게 마음을 열 수가 없는 것이다.

"그러니까…… 쓸데없는 짓이란 말이야."

니아는 먼지가 날리고 있는 천장을 올려다보면서 왼손을 〈라지엘〉에 갖다 댔다.

이제 니아가 머릿속으로 명령을 내리면서 그 표지를 펼치면, 원하는 정보를 전부 손에 넣을 수 있다.

예를 들어— 그렇다. 시도가 현재 니아에 대해 어떻게 생각하고 있는지도 말이다.

"……윽."

니아는 숨을 삼키며 그 호기심에 저항했다. —그 호기심의 끝에 기다리고 있는 것은 분명 니아가 원치 않는 결과일 것이다.

니아는 몇 번이나 그것을 경험했다. 그런데도 호기심이라는 것은 항상 니아의 마음을 뒤흔들어댔다.

"……안 돼, 안 돼."

니아는 되뇌듯이 그렇게 말하면서 책에서 손을 뗐다.

그리고— 니아가 자기혐오에 빠지며 한숨을 내쉰 바로 그 순간—.

"—어머, 어머. 천사를 쓰지 않으시는 건가요?"

니아 이외에는 아무도 없을 이 방에서 귀에 익지 않은 목소리가 울려 퍼졌다.

"……윽! 누구야?!"

니아는 허둥지둥 침대에서 몸을 일으켰다. 주위에 쌓인 책의 산이 눈사태라도 일어난 것처럼 무너졌다.

니아가 경계심으로 가득 찬 표정으로 주위를 둘러본 순간, 벽의 일부에 먹물이 드는 것처럼 그림자가 생기더니— 그 안에서 한 소녀가 모습을 드러냈다.

좌우 불균형하게 묶은 흑발과, 머리카락 색깔과 대비되는 새하얀 피부. 그리고 그녀의 가녀린 몸을 감싸고 있는 것은 피와 어둠으로 물든 듯한 빛깔을 띤 드레스였다.

하지만 보는 이들의 의식과 기억에 가시처럼 박히는 그런 요소들도 그녀의 얼굴 앞에서는 전부 안개처럼 흐릿해졌다. 신 혹은 악마에게 사랑받기라도 한 듯한 단정한 외모와, 얼굴 한가운데에 존재하는 색깔이 다른 두 눈동자. 유심히 보니 그녀의 왼쪽 눈은 마치 시계의 문자판 같은 형태를 하고 있었으며, 째깍 째깍 하는 소리와 함께 바늘이 시간을 새기고 있었다.

도저히 현실처럼 느껴지지 않았다. 마치 꿈 — 그것도 악몽 — 을 꾸고 있는 듯한 느낌이 드는 광경이었다. 이런 소녀가 갑자기 나타난다면 평범한 인간은 비명을 지르거나 얼이 나가 버릴 것이다.

하지만 니아는 어느 쪽도 아니었다. 자세를 낮춘 니아는 그녀를 주시하며 말했다.

"—너, 대체 누구야? 그리고 노크도 하지 않고 남의 방에 들어오는 건 실례 아냐?"

니아가 그렇게 말하자, 그녀는 입가에 손을 대며 요사스러운 웃음을 흘렸다.

"우후후, 실례했군요. —하지만 너무 경계하지는 마세요. 저는 이래봬도 당신의 편이랍니다. 적어도 지금은 말이죠."

"……내 편?"

니아가 미심쩍다는 듯이 눈을 가늘게 뜨면서 왼손을 비틀었다. 그러자 그 동작에 맞춰 거대한 책이 그녀의 손 언저리에 생겨났다. 그 순간, 불청객의 눈이 반짝인 듯한 느낌이 들었다.

니아는 소녀와 대치한 상태로 〈라지엘〉의 표지를 쓰다듬었다. 그러자 자동적으로 페이지가 넘어가더니, 한 페이지에 흐릿한 빛을 뿜고 있는 문자가 떠올랐다.

니아는 그 문자를 손가락으로 매만지면서 작게 한숨을 내쉬었다.

"……흐음, 그렇구나. 내가 타고 있던 수송기를 호위하는 사람이 없었던 건 네 덕분이었던 거네— 토키사키 쿠루미."

니아는 눈앞에 있는 소녀를 위협하듯 목소리에 힘을 주며 그 이름을 입에 담았다.

하지만 그녀— 쿠루미는 니아의 예상과 달리 씨익, 하고 음산한 미소를 지었다.

"—멋지군요. 그게 바로 전지의 천사, 〈라지엘〉인가요."

쿠루미가 그렇게 묻자 니아의 볼이 희미하게 떨렸다.

"……흐음. 나에 대해서는 이미 다 조사한 것 같네?"

"예. 물론 당신처럼 조사능력을 지니지는 않았기 때문에 『숫자』에 의지해 난잡하게 조사한 거지만요."

쿠루미는 그렇게 말하며 웃었다.

『숫자』. 그 말이 신경 쓰인 니아는 또 〈라지엘〉을 만졌다. 그 순간, 쿠루미가 한 말의 의미가 그녀의 머릿속에 흘러들어왔다.

"……아하, 분신체를 이용한 거구나. 꽤나 골치 아픈 능력이다 있네.”

니아는 그렇게 말하면서 식은땀을 흘렸다.

니아의 요청에 따라 〈라지엘〉에는 쿠루미의 천사, 〈각각제[자프키엘](刻刻帝)〉이 지닌 반칙에 가까운 능력이 표시됐다

니아는 쿠루미를 쳐다보면서 마음속으로 비명을 질렀다. ―시간을 조종하는 천사? 완전 사기나 다름없는 능력이잖아……!

악용했을 경우의 위험도는 〈라지엘〉도 상당하기는 하지만, 아마 1대1로 싸운다면 니아에게 승산은 없으리라.

하지만 그렇다고 해서 불안을 드러낼 수는 없다. 다수의 분신체를 만들 수 있는 쿠루미의 첩보능력은 엄청나지만, 그래도 〈라지엘〉의 힘을 완벽하게 파악하고 있을 리는 없다.

하지만 니아는 쿠루미의 천사가 지닌 힘을 전부 파악하고 있으며, 그 사실은 쿠루미도 알고 있다. 정체불명의 정령을 상대하고 있는 이는 바로 상대방인 것이다.

정보전에서는 니아가 우위에 서있다. 그러니 니아는 초연한 태도를 취해야만 한다.

그렇게 판단한 니아는 휴우 하고 한숨을 내쉬면서 굳어있던 몸에서 힘을 뺐다.

“그래서, 최악의 정령님께서는 무슨 일로 나를 찾아온 거야?”

니아가 묻자, 쿠루미는 후훗 하고 웃으며 입가에 미소를 머금었다.

“―지극히 간단한 부탁을 하나 하러 왔답니다.”

그리고 천천히 손을 들어 올리더니 〈라지엘〉을 가리켰다.

"그 〈라지엘〉로 조사해줬으면 하는 게 있어요."

"……조사해줬으면 하는 거, 라."

니아는 여유를 부리듯 턱을 쓰다듬었다.

"뭐, 도움을 받은 만큼 들어주고 싶은 마음은 굴뚝같지만, 어떤 정보인지에 따라 알려줄지 말지가 갈릴 것 같네. 나는 너와 달리 평화주의자거든. 위험도가 높은 정보를 퍼트릴 생각은 없어."

니아가 그렇게 말하자, 쿠루미는 웃음을 터뜨렸다.

"안심하세요. 이건 지극히 사적인 부탁이랍니다. 그 정보 때문에 전쟁이 일어나거나, 사람들이 불행에 처하는 일은 없을 거라고 약속하죠."

"……흐음?"

니아가 미심쩍은 시선으로 쿠루미를 쳐다보았다.

그러자 쿠루미는 꽃잎 같은 입술을 벌리며 말했다.

"그러니 저에게 가르쳐주세요. —30년 전, 이 세계에 나타났다는『최초의 정령』. 그 정령이 현현한 원인과 이유, 정확한 출현좌표와 시간, 그리고 그 자가 지닌 능력과— **죽일 방법**을 말이죠."

"……뭐?"

니아는 쿠루미의 말을 듣고 무심코 눈썹을 찌푸렸다.

◇

"—자, 이 방이야. 들어가."

코토리가 그렇게 말하면서 열쇠로 잠겨있던 문을 열고, 빨리 들어가라는 듯이 턱짓을 했다.

이곳은 시도네 집 옆에 있는 정령 맨션의 1층에 있는 어느 한 방이다. 시도는 자신의 뒤편에 서있는 정령들과 시선을 교환하며 고개를 끄덕인 후, 방문에 달린 손잡이를 움켜쥐었다.

그리고 신발을 벗고 실내로 들어간 그는— 그곳에 펼쳐져 있는 광경을 보더니 무심코 눈을 치켜떴다.

"이건……."

10평정도 되는 공간에 커다란 작업용 책상이 여러 개 놓여 있었고, 그 위에는 각종 작화도구가 준비되어 있었다. 마치 니아의 작업방을 크게 확장시켜놓은 듯한 느낌이었다. 뭐, 니아의 작업방에 있던 것과는 달리 책상과 작화도구에서 새것 느낌이 물씬 나지만 말이다.

아까 회의를 끝내고 한 시간밖에 흐르지 않았는데, 〈라타토스크〉는 그 사이에 이런 작업방을 준비한 것이다. ……정말 엄청난 조직이다.

"오오! 이건 정말…… 엄청나구나!"

"프로의, 작업실…… 같아요."

"크큭! 호오, 야마이의 솜씨를 뽐내기에 걸맞은 장소를 마련한 것 같지 않느냐."

시도의 뒤를 이어 방에 들어온 정령들도 설비를 보더니 탄성을 터뜨렸다.

시도는 그런 그녀들의 반응을 둘러본 후, 코토리를 향해 고개를 돌렸다.

"……이런 방까지 준비한 걸 보면…… 진심인 것 같네."

"물론이지. 완전 진심이야. ―그리고 솔직히 말해 다른 방법이 없잖아."

"뭐, 그건 그럴지도 모르지만……."

시도가 볼을 긁적이면서 그렇게 말하자, 코토리는 팔짱을 끼고 방의 중앙을 향해 성큼성큼 걸어가더니 다른 이들을 향해 돌아섰다.

그리고 힘찬 목소리로 말했다.

"다들 잘 들어. 목표는 오늘로부터 이틀 후인 12월 31일에 열리는 코믹콜로세움 최종일. 니아가 서클 참가를 하는 날이야."

코토리는 양손을 펼치더니 오페라 배우 같은 어조로 말을 이었다.

"―그 날, 우리는 **니아의 부스 옆에 부스를 내서, 니아와 같은 부수의 동인지를, 니아보다 먼저 팔아치우는 거야.**"

코토리가 그렇게 말하자, 정령들은 「오오……!」 하고 환성을 질렀다.

그렇다. 그것이 바로 코토리가 아까 말했던 『생각』이었다. 시도에게서 니아가 이달 말에 열리는 동인지 즉매회에 참가한다는 사실을 안 코토리는 그 행사를 통해 전력을 다한 한 방을 먹일 작전을 짠 것이다.

"하지만 시간이 없어. 배경이나 마무리 쪽은 〈라타토스크〉에서 서포트해주겠지만, 전부 다른 이들에게 맡겨버리면 『우리가 만든 책』이라고 할 수 없어. 스토리와 메인 캐릭터의 작화 정도는 우리가 해야 해. 인쇄 설비는 확보했지만, 그래도 당일인 31일 오전 세 시까지 원고를 완성하지 못하면 행사에 참가할 수 없어."

"하지만…… 그렇게 잘 풀릴까? 상대는 프로 만화가잖아."

"솔직히 말해서, 나도 잘 풀릴 거라고는 생각 안 해. 하지만 상업 쪽에서 승부를 벌였다간 승산이 눈곱만큼도 없을 거야. 동인지라면 행사장에 반입을 해야 하기 때문에 판매할 수 있는 양이 한정될 수밖에 없어. 그 점을 노릴 수밖에. ―게다가 동인지라면 페이지가 많지 않아도 되잖아."

"그건 그렇지만…… 설령 우리가 더 빨리 책을 다 팔더라도, 니아가 패배를 인정하지 않을지도 모르는데……."

"그건 상대의 자존심과 설득에 달려있을 거야. 하지만 페널티가 『우리가 만든 만화를 읽을 것』 만이라면, 충분히 희망이 있다고 봐."

"……그럼 남은 문제는……."

시도가 진지한 표정을 지으며 그렇게 말하자, 코토리는 고개를 끄덕이며 입을 열어다.

"응. 우리가 니아의 심금을 울릴 동인지를 만들 수 있을 것인가. 그리고― 어떻게 그걸 니아보다 먼저 매진시킬 것인가, 야."

그렇게 말한 코토리는 어깨에 걸친 재킷을 펄럭이며 걸음을 옮기더니, 방 안쪽— 화이트보드 앞에 섰다.

"—그럼 우선 역할 분담부터 하자. 스토리는 다 같이 만들기로 하고…… 문제는 작화네. 혹시 이 중에 만화나 일러스트를 그려본 적 있는 사람?"

코토리가 그렇게 말하면서 정령들을 둘러보자, 몇 명이 손을 들었다. 카구야, 유즈루, 그리고 원래 인간이었던 오리가미와 미쿠였다.

"뭐, 얼추 예상했던 대로네. ……그래도 우선 다들 그림 실력이 얼마나 되는지 확인해보자. 다들 책상에 앉아서 시도를 그려봐."

"오오! 시도를 그리면 되는 것이냐. 맡겨만 다오!"

"흥, 좋다. 이 몸의 절기(絕技)를 보여주겠노라!"

"수긍. 시도, 저쪽에 좀 서주세요."

"달링~, 이쪽을 쳐다봐요~!"

"……."

정령들이 책상 앞에 앉더니 책상에 놓여있는 켄트지에 연필로 그림을 그리기 시작했다. 그리고 코토리도 뭔가가 생각났다는 듯이 시도를 보고 입을 열었다.

"아, 맞다. 시도도 그림을 그려봐."

"나도?!"

"응. 옛날에 노트에 이런저런 캐릭터를 그렸었잖아? 분명—."

"우왓~! 우와아아아아아아아아아아아앗!"

시도는 코토리의 말을 막듯 고함을 질렀다. 정령들은 깜짝 놀란 표정으로 시도 쪽을 쳐다보았다.

"시, 시도. 왜 갑자기 고함을 지르는 것이냐."

"까, 깜짝…… 놀랐어요."

"……뭐, 아무 말 말고 그냥 내버려둬."

나츠미는 뭔가를 눈치챈 듯한 표정을 지으며 요시노의 어깨에 손을 얹었다. 요시노는 영문을 모르겠다는 표정을 지으면서도 작게 고개를 끄덕였다.

"자, 나도 그릴 거니까 빨리 그리라구."

"크윽……."

코토리가 막대사탕의 막대 부분을 까딱거리면서 재촉했다. 이대로 계속 저항했다간 그녀의 입에서 또 괜한 소리가 튀어나올지도 모른다. 시도는 분하다는 듯이 신음을 흘리고는 다른 정령들과 마찬가지로 책상 앞에 앉아 종이에 그림을 그리기 시작했다.

―그리고 약 30분 후. 그들은 그림을 완성했다.

"자, 그럼 차례대로 살펴보자."

"오오! 잘 보거라!"

"저도…… 완성했어요."

코토리의 말에 답하듯 토카와 요시노가 자신들이 그린 그림을 다른 이들에게 보여줬다.

귀엽……기는 하지만, 둘 다 초등학생이 그린 그림 같았다.

"흐음…… 귀여운 그림이네."

"정말이냐?!"

"응. 하지만 동인지와는 좀 맞지 않을 것 같아."

"죄, 죄송해요……."

요시노는 미안해하듯 어깨를 움츠렸다. 시도는 쓴웃음을 지으며 요시노의 머리를 쓰다듬어줬다.

"자, 다음 사람으로 넘어가자. 참고로 이게 내가 그린 그림이야."

"아, 그럼 제 그림도 보여드릴게요~! 짜잔!"

코토리와 미쿠가 그림을 보여줬다.

토카와 요시노의 그림에 비해 연령층이 약간 상승하기는 했지만, 그래도 만화라기보다 여자 중고생이 공책 구석에 그린 귀여운 캐릭터 같은 느낌이었다.

하지만 그 그림에 신경 쓰이는 점이 있었다. 미쿠가 그린 시도는 다른 사람들과 달리 머리카락이 길고 치마를 입고 있었던 것이다.

"……으음, 미쿠?"

"예~. 달링, 왜 그러세요~?"

"……아, 아무 것도 아냐. 다른 사람의 그림을 보자."

눈을 반짝이며 되묻는 미쿠를 보고 본능적인 공포를 느낀 시도는 고개를 돌렸다. 더 캐물었다간 현실의 시도를 일러스트에 맞춰 뜯어고칠 것 같은 느낌이 든 것이다.

"크크큭……. 그럼 다음은 이 몸의 차례구나!"

"제시. 봐주세요."

야마이 자매는 자신만만한 표정을 지으며 그림을 보여줬다.

"오오?!"

시도는 그녀들의 그림을 보고 눈을 동그랗게 떴다. 일러스트 대결을 벌인 적이 있는 만큼, 카구야와 유즈루의 실력은 앞선 네 사람과는 비교도 되지 않는 수준이었다.

물론 다소 데생에 허술한 부분이 있기는 하지만, 충분히 만화라고 할 수 있는 수준이었다. 참고로 카구야가 그린 시도는 소년만화 풍의 열혈 시도, 유즈루가 그린 시도는 순정만화 풍의 섹시한 시도였다.

"두 사람 다 대단하네."

"크크크! 당연하지!"

"수긍. 저희 야마이에게 불가능은 없어요."

두 사람은 자신만만한 표정을 지으며 가슴을 폈다. 코토리는 그녀들의 그림을 보더니 턱을 매만지면서 시도와 오리가미 쪽을 쳐다보았다.

"현재 메인 작화 후보는 야마이 자매네. ―자, 그럼 다음 사람의 그림을 볼까?"

"으, 응……."

"좋아."

코토리가 그렇게 말하자, 시도와 오리가미가 그림을 보여줬다. 다들 두 사람의 그림을 주목했다.

"흠흠. 카구야와 유즈루 정도는 아니지만 시도의 그림도 나쁘지 않네. 오리가미는…… 으, 으윽?!"

턱에 손을 댄 채 그림을 쳐다보던 코토리가 새된 비명을 질렸다.

하지만 그것도 무리는 아니었다. 오리가미가 들고 있던 그림은 매우 사실적이고 뛰어났지만…… 실오라기 하나 걸치지 않은 시도가, 마찬가지로 알몸인 오리가미와 에로틱하게 뒤엉켜 있었던 것이다.

"아니……!"

"……윽!"

코토리의 뒤를 이어 정령들 또한 숨을 삼켰다. 그저 유즈루와 미쿠만이 볼을 씰룩이며 눈을 반짝이고 있었다.

"오, 오리가미, 너 대체 뭘 그린 거야?!"

"시도. ―와 하나가 된 나."

"왜 쓸데없는 걸 추가한 건데?!"

코토리는 고함을 지르면서 오리가미의 그림을 뒤집었다.

"하아…… 그림은 잘 그리니 작화 후보로 고려하기는 하겠지만, 본격적으로 작업을 시작하게 되면 이런 그림은 그리지 마……!"

"이해가 안 돼. 동인지 매상을 올리기 위해서는 19금 요소는 반드시 넣어야 해."

"우리가 출전하는 부스는『창작·일반』이거든?!"

코토리는 고함을 지르고 피곤한지 한숨을 내쉬었다.

"으음…… 이제 전원의 그림을 다 봤지? 그럼……."

"저, 저기……."

코토리가 말을 이으려던 순간, 요시노가 머뭇거리면서 입을

열었다.

“아직 나츠미 씨의 그림을, 안 봤어요…….”

“……윽! 아, 저기, 나는…….”

요시노가 그렇게 말하자, 나츠미는 어깨를 부르르 떨면서 들고 있던 그림을 등 뒤로 숨겼다.

“아, 그랬지. 미안해, 나츠미. 보여줄래?”

“……아, 안 보고 넘어가면 안 돼? 영 별로거든. 카구야나 유즈루, 시도, 오리가미를 메인으로 진행하면 되잖아.”

“모처럼 그린 거니까 보여줘. 응?”

“……으, 으으. 엄청 못 그렸으니까 괜한 기대는 하지 마.”

“걱정하지 마. 나도 그렇게 잘 그리는 편은 아니거든.”

“오늘 수면 부족이라 컨디션도 나쁘고, 펜도 오래간만에 쥔 거니까…….”

“알았다구.”

“그리고 어떤 포즈로 할지 고민이 되어서 실제로 그림을 그리는 데 들인 시간은 10분 정도밖에 안 되고, 그림 자체도 어마어마하게 오랜만에 그린 데다, 요즘 수면 부족이라 컨디션도 나빠서…….”

“하아, 정말. 알았으니까 빨리 보여 달란 말이야!”

코토리는 짜증 섞인 어조로 그렇게 말하고는 나츠미가 들고 있던 종이를 빼앗았다.

그리고 나츠미의 그림을 보더니— 눈을 동그랗게 떴다.

“어, 이건…….”

"대, 대단……해요."

"이럴…… 수가."

정령들의 입에서 경악에 찬 목소리가 흘러나왔다.

하지만 당연했다. 나츠미의 그림은 프로 만화가에 견줘도 손색이 없을 정도의 레벨인 것이다.

"나츠미, 대단하잖아! 너한테 이런 특기가 있는 줄 몰랐다고!"

"……아, 특기라기보다…… 옛날에 조금 흥미가 생겨서…… 만화가『흉내』를 내본 적이 있어서……."

"아—."

시도는 나츠미의 말을 듣고 눈을 크게 떴다.

그렇다. 나츠미는 원래 천사 〈하니엘〉을 통한 위조 능력을 지닌 정령이었다. 그 어떤 것도 변화시킬 수 있고, 자신의 모습마저 마음대로 바꿀 수 있다.

그리고 실제로 존재하는 타인으로 변했을 때는 제 아무리 가까운 사람도 간단히 꿰뚫어볼 수 없을 만큼 그 대상의 행동을 완벽하게 베낄 수 있을 정도로 관찰과 모방의 천재였다.

"—결정됐네."

코토리는 그렇게 말한 후 휴우 하고 한숨을 내쉬었다.

"메인 작화는 나츠미, 서포트는 야마이 자매와 시도, 오리가미가 담당해줘."

정령들은 그 말을 듣고 동시에 고개를 끄덕였다.

"음, 찬성이다!"

"나츠미 씨…… 정말 대단해요."

"이의는 없어."

"흥. 뭐, 좋다. 이번에는 양보하도록 하마."

"찬성. 공을 양보하겠어요."

"꺄아~! 나츠미 양, 나중에 저와 달링의 사랑 이야기를 그려주면 안 될까요~?"

"어…… 뭐?"

나츠미는 다른 이들의 말을 들더니 당황했다.

시도는 그런 나츠미의 손을 움켜잡았다.

"부탁이야, 나츠미. ―니아를 구하기 위해선 네 도움이 꼭 필요해."

"뭐어―?!"

시도가 진지한 눈빛으로 쳐다보며 그렇게 말하자, 나츠미는 잠시 동안 망설인 후…….

"…………나, 나중에 불평하지 말라구."

……부끄러워하는 듯한 목소리로 그렇게 말했다.

그런 나츠미를 축복하듯, 다들 박수를 쳤다. 그러자 나츠미는 볼을 더욱 붉히면서 고개를 숙였다.

바로 그때, 토카가 뭔가를 깨달은 것처럼 고개를 갸웃거렸다.

"그런데 코토리. 우리는 뭘 하면 되는 것이냐?"

"그걸 못 들었네요~. 아! 작업을 하느라 지친 여러분에게 정성을 다해 마사지를 해준다든가, 자장가를 불러주면서 옆에서 같이 자는 건 어떨까요~?!"

미쿠는 몸을 배배 꼬면서 눈을 반짝였다. 나츠미는 「히익」

하고 숨을 들이키더니 시도의 뒤편에 숨었다.

"아냐. 다른 사람들은 따로 할 일이 있어. —어떻게 보면 만화 제작보다도 더 중요한 미션일지도 몰라."

코토리는 고개를 절레절레 젓더니 어깨를 으쓱하면서 그렇게 말했다. 그러자 미쿠, 토카, 요시노는 서로를 쳐다보면서 고개를 갸웃거렸다.

"중요한 미션……이라고요?"

"대체 뭘 하는 건가요~?"

"그건 나중에 알려줄게. —그것보다, 우선 다 같이 동인지의 스토리를 구상하자."

"음? 시도에 대한 걸 그리면 되는 것 아니냐?"

"그건 그렇지만, 남은 시간 동안 제작할 수 있는 페이지는 한정되어 있어. 아무리 〈라타토스크〉가 서포트를 한다고 해도, 총 64페이지에서 표지 분량인 4페이지와 판권장을 뺀 59페이지가 한도일 거야. 그 한정된 페이지에 담긴 이야기로 니아가 『시도』라는 캐릭터를 좋아하게 만들어야만 해."

"으음…… 쉬운 일은 아닐 것 같구나."

토카가 굳은 표정을 지으며 팔짱을 끼자, 코토리는 방 안쪽에 있는 화이트보드 앞에 섰다.

"그러니 우선 다 같이 상의를 해보자. 그리고 오늘 안에 네임 작업을 한 후, 내일 하루 동안 작화 작업을 끝내는 거야."

"……듣고 보니 정말 말도 안 되는 스케줄이네……. 진짜로 완성할 수 있을까?"

"완성할 수밖에 없어."

코토리는 뽕 하고 매직펜의 뚜껑을 열고 화이트보드에 『시도 동인지 계획』이라고 적었다.

그리고 이 자리에 있는 이들을 둘러보면서 힘찬 목소리로 선언했다.

"자— 우리의 원고(데이트)를 시작하자구."

제4장 포기하면 그걸로 마감이야

—혼죠 니아가 사는 맨션의 옥상에 그림자가 생겨났다.

쿠루미는 그 안에서 춤을 추듯 출현했다. 가볍게 기지개를 켜듯 몸을 젖힌 그녀는 천천히 하늘을 올려다보았다.

그러자 지면에 펼쳐진 그림자 안에서 귀에 익은 목소리가 흘러나왔다.

"—자, 그럼."

"골치 아프게 됐군요."

"이제 어떻게 하실 거죠?"

그 말과 함께 맨션 옥상 곳곳에 그림자가 생겨나더니, 그 안에서 여러 소녀가 얼굴을 내밀었다. —머리카락을 좌우 비대칭으로 묶고, 왼쪽 눈이 시계 문자판인 기묘한 소녀였다.

목소리가 귀에 익은 것도 당연했다. 왜냐하면 전원이 『쿠루미』의 목소리를 지녔기 때문이다.

쿠루미의 천사 〈자프키엘〉의 【여덟 번째 탄환(헤트)】로 탄생한 쿠루미의 분신체들이 그림자 안에서 쿠루미에게 말을 걸고 있는 것이다.

쿠루미는 휴우 하고 한숨을 내쉰 후 대답했다.

"그래요—."

확실히 쿠루미는 오랫동안 찾아다녔던 제2의 정령과 만났다. 그리고 그 정령이 지닌 천사의 힘을 통해 『최초의 정령』에 대한 정보를 손에 넣었다.

하지만 그 결과, 쿠루미는 어떤 중대한 결론에 도달하고 말았다.

그녀는 한숨을 내쉬고는 어깨를 으쓱했다.

"설령 영력을 모아서 【열두 번째 탄환(유드 베트)】로 30년 전으로 가더라도— 저는 절대 『최초의 정령』에게 이길 수 없어요."

""""……""""

쿠루미가 그렇게 말하자, 그렇게 시끄럽게 떠들어대던 『쿠루미들』이 일제히 입을 다물었다.

다들 진지한 표정으로 쿠루미를 쳐다보고 있었다.

"—어머?"

쿠루미는 그런 그녀들을 힐끔 쳐다본 후 웃음을 흘렸다.

"저희들, 왜 그런 표정을 짓는 거죠? —제가 그 정도로 포기할 거라고 생각했나요? 지금까지 희생시켜온 만(万)이 넘는 생명을 헛되이 할 거라고 생각하는 건가요?"

쿠루미는 그렇게 말하면서 스텝을 밟듯 옥상 위를 이동하더니, 바닥을 박찬 후 펜스 모서리 위에 섰다.

그리고 지상에 펼쳐진 마을을 둘러보면서 노래하듯 말을 이었다.

"확실히 『최초의 정령』은 강대한 힘을 지녔어요. —하지만 그게 어쨌다는 거죠? 제 〈자프키엘〉은 시간을 조종하는 최강의 천사예요. 시간이라는 개념 앞에서는 그 어떤 힘도 의미를 지니지 못하죠."

쿠루미는 등 뒤에 있는 분신체들을 힐끔 쳐다보았다.

니아를 만나 얻은 정보 중에서 가장 큰 의미를 지니는 것은 『최초의 정령』이 지닌 능력이 아니라— 그 자가 출현한 이유와 원인이다.

"어렵게 생각할 필요 없어요. 『최초의 정령』은 30년 전까지 이 세상에 존재하지 않았죠. 그렇다면 그 정령이 이 세상에 출현하기 이전의 시대로 가서, 그 원인을 제거하면 된답니다."

그렇게 말한 쿠루미는 왼손 검지와 엄지를 세워서 총 모양을 만든 후, 허공을 향해 총을 쏘는 듯한 시늉을 했다.

쿠루미가 그렇게 말하자, 분신체들이 활기를 띠었다.

"—뭐, 그 증오스러운 정령을 제 손으로 직접 해치울 수 없다는 게 아쉽지 않다면 거짓말이겠지만요. 하지만 이렇게 됐으니 어쩔 수 없죠."

그렇다. 중요한 것은— 이 세상에 『정령』이라는 존재가 탄생했다는 사실 자체를 없애는 것이다.

과거에 시도가 했던 것처럼, 역사를 올바른 형태로 되돌리는 것이다.

쿠루미는 다시 한 번 결의를 다지듯 눈을 감더니— 주먹을 말아 쥐었다.

"그건 그렇고……."

그리고 잠시 후, 그녀는 탄식을 터뜨렸다.

아까 니아에게서 들었던 『최초의 정령』이 출현한 이유. 그것을 머릿속으로 떠올린 쿠루미는 어이없다는 말투로 중얼거렸다.

"아이작 레이 펠럼 웨스트코트. 엘렌 밀라 메이저스. 그리고— 엘리엇 볼드윈 우드먼."

그— 대죄인들의 이름을 말이다.

"이제 와서 이런 말을 해봤자 부질없지만…… 다음에 만나게 된다면 죽여 버릴 것 같군요."

씹어뱉는 듯한 어조로 그렇게 말한 쿠루미는 펜스를 박차더니 지면에 빨려 들어가듯 낙하했다.

◇

그렇게, 시도 일행의 지옥이 시작되었다.

다 같이 스토리 라인을 정한 후, 시도와 정령들은 작화 팀과 특별 팀으로 나뉘어 작업을 시작했다.

우선 작화 팀에서는 나츠미가 만화의 설계도인 네임 및 밑그림, 그리고 표지의 선화 제작에 돌입했다.

나츠미가 맡은 분량이 너무 많기 때문에 가능하면 분업을 하고 싶었다. 하지만 그런 것들은 나츠미가 혼자서 해내지 않으면 이야기나 연출 면에서 어긋나는 부분이 생길 수 있기에 그녀에게 맡길 수밖에 없었다.

그 동안 시도를 비롯한 다른 이들은 딱히 할일이 없어서 만화 제작 순서를 간략하게 설명해주는 영상을 보고, 작화 작업을 돕기 위해 켄트지에 펜으로 선을 긋는 연습을 했다.

그런 작업들은 30일 오전 두 시가 되어서야 끝났다.

원래라면 이쯤에서 다들 잠시 눈을 붙인 후, 새벽부터 작화 작업을 할 예정이었지만, 나츠미는 작업을 속행하겠다고 말했다. 결국 돌아가면서 잠시 눈을 붙이기로 한 그들은 작업효율을 가능한 한 떨어뜨리지 않으면서 밤샘을 하기로 했다.

나츠미가 그린 밑그림에, 우선 자와 펜으로 테두리 선을 긋고, 대사가 들어갈 말풍선을 그렸다.

그 후에 본격적인 작업이 시작되었다. 연필로 그린 캐릭터들에 다 같이 펜선 작업을 하는 것이다.

하지만…….

"……우왓, 테두리 선이 삐져나왔어!"

" 큭…… 칠흑의 눈물이 순백의 성지에?!"

"동요. 잉크가 자 뒷면에 묻었어요."

"……괜찮아. 이 정도는 수정 가능해."

그들은 일러스트를 다소 그려본 경험이 있기는 하지만 어디까지나 아마추어였다. 처음부터 원고를 깔끔하게 완성시킬 수 있을 리가 없었다.

하지만 집중력과 적응력이라는 것은 무시무시했다. 구멍이 뚫릴 정도로 밑그림을 쳐다본 후 신중하게 펜을 놀리다보니, 어찌어찌 밑그림에 선을 입힐 수 있게 되었다. ……뭐, 카구야와 유즈루는 도저히 안 되겠는지 세세한 부분을 작업할 때는 잉크를 묻히는 타입의 펜이 아니라 매우 얇은 마커— 밀리펜이라고 불리는 것을 썼지만 말이다.

그리고 펜선 작업이 끝난 페이지에는 지우개질을 정성들여 한 후, 스캐너로 데이터화해서 나카츠가와가 이끄는 어시스턴트 팀에 보냈다.

그야말로 숫자에 의존한 인해전술을 펼치고 있지만, 이렇게라도 하지 않으면 이틀 안에 만화책 한 권을 만들어내는 것은 무리였다.

게다가 이런다고 해서 시도와 다른 정령들의 실력이 좋아지는 것도 아니었다. 결국 나츠미의 밑그림에 펜선을 넣는 작업은 예상 이상으로 그들의 정신력을 소모시켰다.

"……."

"……."

"……."

넓은 방안에서는 펜을 놀리는 소리만이 울려 퍼지고 있었다. 일단 작업용 BGM으로 CD를 틀어놓기는 했지만, 그걸 듣고 마음이 치유되고 있는 이는 아무래도 없는 것 같았다.

그리고— 작업을 시작하고 얼마나 시간이 흘렀을까.

"안녕. 다들, 작업은 잘 되고 있어?"

갑자기 방문이 열리더니 먹을 것이 들어있는 듯한 비닐봉지를 양손에 든 코토리가 안으로 들어왔다.

"……그래. 어찌어찌 하고 있어."

"……몇 시간 안 본 사이에 폭삭 늙었네."

코토리는 식은땀을 흘리면서 그렇게 말하더니, 테이블 위에 비닐봉지를 올려놓으면서 말을 이었다.

"먹을 거 두고 갈 테니까, 휴식 시간에라도 먹어."

"크크…… 공물을 가져온 게냐. 코토리도 뭘 좀 아는 구나."

"감사. 고마워요, 코토리."

"……."

야마이 자매는 말로 고마움을 표했고, 오리가미는 아무 말 없이 손을 가볍게 흔들었다. 참고로 그 뒤를 이어 「……으~」 하는 목소리가 들려왔다. 아마 나츠미가 낸 소리일 것이다.

코토리는 그런 그녀들을 둘러본 후, 시도에게 다가갔다.

"……시도, 잠깐 나 좀 봐."

"응? 무슨 일이야?"

"니아에 관한 걸로 할 이야기가 좀 있어."

"……뭐?! 알아낸 거라도 있는 거야?"

시도의 물음에 코토리는 고개를 끄덕였다. 그리고 그녀는 다른 정령들을 향해 말했다.

"미안한지만 시도 좀 잠시 빌릴게. 그 대신 볼일이 끝나면 곱절의 속도로 작업을 하게 할게."

"어이?!"

시도가 당황한 목소리로 그렇게 외쳤지만 코토리는 들은 척도 하지 않았다. 그리고 시도의 소매를 쥐더니 그대로 걸음을 옮겼다.

"으앗……."

시도는 주인에게 끌려가는 애완견 같은 꼴로 방 밖으로 나갔다.

그대로 맨션 밖으로 나갔다. 눈부신 햇볕을 쬐자, 시도는 눈앞이 빙빙 도는 듯한 느낌을 받았다.

"윽……. 어느새 이렇게 날이 밝았구나. 큰일 났네. 이제 몇 시간 남은 거지?"

"원고도 중요하지만, 일단 차에 타."

코토리는 그렇게 말하면서 맨션 앞에 정차된 차를 가리켰다.

시도가 코토리와 함께 뒷좌석에 타자, 차는 바로 출발했다.

"그런데……."

시도가 창 너머로 보이는 마을을 힐끔 쳐다보면서 코토리에게 물었다.

"니아에 관해 대체 뭘 알아낸 거야?"

"그게— 실은 니아의 만화가 동료였던 사람과 연락을 취하는 데 성공했어."

"저, 정말?! 그럼, 그 사람을 통해—."

"응. 니아의 과거를 알 수 있을지도 몰라."

코토리는 시도를 힐끔 쳐다보면서 그렇게 말했다. 그러자 시도는 마른 침을 삼켰다.

그렇게 20분 정도 이동한 후, 시도와 코토리가 탄 차가 어느 카페 앞에 멈춰 섰다.

"—여기야. 내려. 레이네가 먼저 와서 만나고 있을 거야."

"으, 응."

시도는 약간 긴장하면서 차에서 내린 후, 카페 안으로 들어갔다.

가게 안을 둘러보니— 자신을 향해 손을 흔들고 있는 레이네가 눈에 들어왔다.

"안녕하세요, 레이네 씨."

"기다리게 해서 미안해."

"……신, 코토리. 왔구나."

레이네는 밤샘을 한 시도 못지않게 졸린 듯한 어조로 그렇게 말하더니, 맞은편에 앉은 인물을 가리켰다.

"……소개할게. 이 분은 만화가인 타카죠 히로키 씨야."

"아, 만나서 반갑—."

시도는 고개를 숙이려다— 한순간 움직임을 멈췄다.

히로키, 라는 이름을 듣고 상대가 남성일 거라 생각했는데, 눈앞에 있는 이는 도수가 상당히 높아 보이는 두꺼운 안경을 낀 20대 후반의 여성이었다.

하지만 시도는 곧 떠올렸다. 『아더 페이크』의 타카죠 히로키. 니아가 자신과 마찬가지로 남성 펜네임을 쓰는 여성이라고 말했던 만화가다.

"만나서 반갑습니다. 이츠카 시도예요."

"안녕하세요, 코토리예요. 오늘 이렇게 시간을 내주셔서 감사해요."

"아뇨. 저야말로 이렇게 연락을 주셔서 감사합니다."

시도와 코토리가 인사를 건네자, 타카죠는 그렇게 말하면서 테이블에 손을 올리고 고개를 꾸벅 숙였다.

그리고 안경 너머의 눈으로 시도와 코토리를 올려다보았다.

"……그건 그렇고, 저에게 연락을 주신 이유가 혼죠 선생님에 대한 이야기를 듣기 위해서인 걸로 알고 있습니다만……."

"아— 예. 그래요. 뭐든 좋으니 알고 계신 걸 저희에게 가르쳐주시지 않겠어요?"

시도가 그렇게 말하자, 타카죠는 안경을 고쳐 쓰면서 입을 열었다.

"그건 괜찮습니다만…… 여러분은 혼죠 선생님과 어떤 관계입니까?"

"예?"

"아, 무례한 말처럼 들렸다면 사과드리겠습니다. 하지만 저희는 이래봬도 인기 작가입니다. 그러니 아무 관련 없는 분들께 함부로 정보를 발설할 수는 없지요."

"그렇군요……."

확실히 맞는 말이다. 하지만 적당한 변명거리가 바로 떠오르지 않았기에, 시도는 잠시 생각에 잠겼다.

바로 그때, 옆에 있던 코토리가 입을 열었다.

"—실은 니아 언니가 저희의 먼 친척인데 몇 년 전부터 연락이 되지 않아서요……. 그래서 백방으로 알아보고 있어요."

코토리는 주저 없이 그렇게 말했다. 이런 상황을 예상했던 걸까. 아니면 지금 이 자리에서 생각해낸 애드리브인 걸까. 어느 쪽이든 간에 시도는 안색 하나 바꾸지 않고 그런 소리를 하는 여동생에게서 사기꾼의 재능을 느꼈다.

"흠, 그렇습니까."

타카죠는 낮은 신음을 흘린 후, 고개를 끄덕였다. 분명 코토리가 일반인에게 공개되지 않은 『니아』라는 본명을 입에 담았기 때문에 신뢰한 것이리라.

"여러분의 사정은 이해했습니다. 저도 혼죠 선생님을 많이 걱정했었지요. 그러니 최선을 다해 협력하겠습니다."

"정말인가요?! 감사합니다……!"

시도는 손을 무릎에 얹으며 고개를 숙였다.

하지만— 타카죠는 약간 난처한 표정을 지으며 볼을 긁적였다.

"하지만…… 제가 크게 도움이 안 될지도 모르겠군요."

"예? 그게 무슨……."

"아, 실은 저도 최근 몇 년 동안 혼죠 선생님을 만나지 못했습니다. 게다가…… 아무래도 저는 혼죠 선생님에게 미움을 받고 있는 듯 한지라……."

"예? 그게 무슨 소리죠?"

시도의 물음에 타카죠는 난처한 듯이 머리를 긁적이며 입을 열었다.

"그게…… 혼쵸 선생님과는 8, 9년 전의 출판사 파티에서 처음 뵌 후로 친하게 지내왔습니다만……. 언제부터인가 저를 서먹서먹하게 대하시더니, 결국 소원한 관계가 되어버리고 말았습니다……. 저는 멋대로 혼쵸 선생님을 가장 사이가 좋은 작가 동료라고 생각했습니다만…… 어쩌면 그 탓에 저 본인도 모르는 사이에 결례를 범한 걸지도 모릅니다."

"그건……."

시도는 그 말을 듣고 미간을 찌푸렸다. 옆쪽을 쳐다보니 코토리 또한 비슷한 표정을 짓고 있었다.

아마 코토리도 떠올린 것이리라. —천사 〈라지엘〉을 말이다.

"왜 그러시죠?"

그런 시도와 코토리의 반응을 본 타카쵸는 영문을 모르겠다는 듯이 고개를 갸웃거렸다.

"아, 아뇨. 아무 것도 아니에요."

"흠…… 그렇습니까. —아무튼, 그렇게 됐습니다. 제가 알고 있는 것은 전부 이야기해드리겠습니다만, 큰 도움은 되지 않을지도 모릅니다."

"예. 그래도 부탁드릴게요."

시도가 고개를 끄덕이며 그렇게 말하자, 타카쵸는 입을 열었다.

—그리고 약 40분 후.

타카쇼에게 고맙다는 말을 하고 가게를 나선 시도와 코토리는 아까와 같은 차를 탄 후 창밖의 경치를 바라보았다.

타카쇼의 이야기를 통해 안 것은 니아가 붙임성이 좋으며, 누구와도 프렌들리하게 이야기할 수 있다는 점이다.

하지만 만화가가 되기 이전의 이야기는 거의 하지 않는다. 특히 옛날 친구 관계에 대해 물으면 애매하게 말끝을 흐렸다고 한다.

그리고— 타카쇼처럼 특히 사이가 좋아질 것 같은 사람과는 거꾸로 소원해진다고 한다.

"……코토리. 어떻게 생각해?"

"그야, 뭐—."

코토리는 시도의 질문에 답하듯 입을 열었다.

"〈라지엘〉과 연관이 있을 거라는 건 틀림없어. ……한번 생각해봐. 이 세상 모든 것을 알 수 있는 천사를 지녔다면, 누구나 주위 사람들에 대해 조사해보지 않겠어?"

"그건 그래. 하지만……."

"응. 아마 그 때문에 니아는 인간에게 불신감을 가지게 된 걸 거야. —그럴 만도 해. 언제 어느 때나 성인군자처럼 행동하는 인간은 존재하지 않아. 남들 험담도 하고, 보는 사람이 없을 때는 나쁜 짓도 하겠지. 〈라지엘〉이 있으면 인간이 추악한 존재라고 생각하게 될 거야."

코토리는 머리를 긁적이면서 말했다.

"……의외로 뿌리가 깊네. 2차원 캐릭터를 좋아한다는 말을 들었을 때는 헛소리를 지껄이는 줄 알았는데…… 그건 자신을 배신하지 않는 존재에게만 마음을 열 수 있다는 거잖아? 그건…… 너무 슬픈 일이야."

"…………."

시도는 코토리의 말을 듣고 잠시 동안 침묵했다.

확실히 코토리의 말이 옳았다. 니아가 옛 친구들에 대해 이야기하지 않으려는 것도, 2차원에 빠져든 것도, 아마 그래서이리라.

하지만 타카쵸와 소원해진 이유에 대해서 생각한 순간…… 시도의 마음속에 조그마한 위화감이 생겼다.

"……시도?"

"응? 아……."

시도가 고개를 돌려보니, 코토리는 뚱한 표정을 지었다.

"밤샘을 한 탓에 졸린 건 이해하지만, 그래도 이건 중요한 문제거든? 정신 좀 바짝 차려줄래?"

"응……. 미안해."

시도는 짤막하게 대답한 후, 어지러울 정도로 빠르게 흘러가는 풍경을 쳐다보며 주먹을 말아 쥐었다.

"일단— 지금은 동인지를 완성시키자. 뭘 어쩌든 간에 니아와 한 번 더 이야기를 할 장소를 만들지 못하면 아무 것도 할 수가 없어."

시도가 그렇게 말하자, 코토리는 약간 의외라는 표정을 지으며 고개를 끄덕였다.

◇

—작업이 막바지에 이른 12월 31일 오전 1시.

정령 맨션 1층의 작업방에서는 후들거리고 있는 시도 일행이 공허한 눈빛을 띤 채 펜선 작업을 하고 있는 광경이 펼쳐지고 있었다.

"……."

아무 말 없이 책상을 물어뜯을 것처럼 몸을 앞으로 숙인 채, 나츠미가 연필로 그린 캐릭터에 정성들여 펜선을 입혔다.

손에는 원고를 더럽히지 않기 위해 손가락 끝만 드러나는 장갑을 끼고 있었고, 이마에는 졸음을 떨치기 위한 냉각시트를 붙이고 있었다. 또한 책상 가장자리에는 빈 영양 드링크 병과 커피 캔이 줄지어 놓여 있었다.

"……한 시…… 데이터를 보내고 완성시킬 시간을 생각하면…… 슬슬, 타임 리미트……야……."

"……오케이……."

"응……답. 거의 끝나가요……."

"…………."

작업을 시작하고 만 하루가 지났다. 시도는 식사와 화장실, 그리고 잠시 눈을 붙일 때 이외에는 계속 책상 앞에 앉아서 작화 작업을 했다. 긴장을 요구하는 작업은 예상했던 것보다 더 정신을 피폐하게 만들었다. 아까 화장실에 갔을 때 본 거울에 비친 자신의 얼굴에는 레이네처럼 끝내주는 다크서클이 존재했다.

하지만 이런 상황에 처한 사람은 시도만이 아니었다. 시도의 왼편에 있는 책상에서 작업을 하고 있는 카구야와 유즈루도 시도와 비슷한 몰골을 한 채 고개를 꾸벅거리고 있었다. 유일하게 멀쩡해 보이는 사람은 오리가미였지만, 그녀조차도 몇 시간에 한 번 꼴로 전기가 끊긴 것처럼 움직이지 않았다.

하지만 지금 이 방 안에서 가장 위험한 상태인 사람은 분명 나츠미일 것이다.

긴 머리카락을 대충 묶은 채 방 가장 안쪽에 있는 책상에 앉아 작업을 하고 있는 나츠미는 이 작업을 시작한 후로 잠시도 눈을 붙이지 않았다. 그 탓인지 눈은 충혈 되어 있었고, 손가락 끝은 부들부들 떨렸다. 하지만 시도가 아무리 쉬라고 해도, 나츠미는 단 한 번도 펜을 놓지 않았다. 그 집념은 하룻밤 만에 소녀를 프로의 영역에 들어서게 했다.

그런 그녀의 모습을 봤기에, 시도 또한 엄살을 부릴 수 없었다. 그는 마지막 기력을 쥐어짜내 손가락 끝에 힘을 주고 라스트 스퍼트를 시작했다.

"좋아……. 이걸로…… 종, 료……."

시도가 떨리는 목소리로 그렇게 중얼거린 후, 그대로 힘없이 책상에 엎드렸다. —물론 원고에 몸이 닿지 않게 말이다.

그와 동시에 야마이 자매와 오리가미도 작업을 끝낸 것 같았다. 카구야와 유즈루는 시도와 마찬가지로 책상에 엎드렸고, 오리가미는 등을 꼿꼿이 편 채 잠시 동안 꼼짝도 하지 않았다.

이제 잉크가 마를 때까지 기다린 후, 지우개질을 해서 어시스턴트 팀에게 보내기만 하면 된다. 뒷일은 〈라타토스크〉 측에 맡기면 괜찮으리라.

바로 그때, 작업방의 문이 열리더니 따로 행동하던 코토리 일행이 커다란 종이 박스를 들고 나타났다.

"……안녕, 시도."

"아, 코토리…… 어?"

그 목소리를 듣고 코토리 일행을 쳐다본 시도는 반쯤 감겨 있던 눈을 크게 떴다.

방금 이 방에 들어온 코토리와 토카, 요시노, 미쿠 또한 시도와 마찬가지로 졸려죽겠다는 표정을 짓고 있었던 것이다.

"너희들…… 뭘 했기에 얼굴이 그 모양인 거야?"

시도가 그렇게 묻자, 그녀들은 서로를 쳐다본 후 그를 향해 고개를 돌렸다.

"그건 비밀이다, 시도."

"기대해…… 주세요."

"우후후…… 사실 수면부족은 미용의 천적이지만, 달링과 여러분만 고생시킬 수는 없으니까요~."

토카와 요시노, 미쿠는 피곤한 얼굴로 그렇게 말하면서 환한 미소를 지었다. 시도는 그런 그녀들을 쳐다보면서 고개를 갸웃거렸다.

"그것보다 작업은 어떻게 되어가고 있어?"

"아…… 나는 방금 끝났어. 이제 지우개질 하고 스캔을 뜬 후, 어시스턴트 팀에게 보낼 거야. 카구야와 유즈루, 오리가미도 아마 끝났을 거야."

"그렇구나. 수고했어. 그럼 남은 건—."

코토리는 그렇게 말하면서 방 안쪽을 쳐다보았다.

그렇다. 이 방에는 아직도 작업을 계속하고 있는 소녀기 한 명 있었다. —바로 나츠미였다.

시도는 몇 초 동안 책상을 베개 삼은 후, 느릿느릿 몸을 일으켜 코토리 일행과 함께 나츠미 쪽으로 걸어갔다.

그러자 야마이 자매와 오리가미도 나츠미의 책상 쪽으로 모였다.

"나츠미……? 괜찮아?"

"…………."

"나츠미?"

"……읏! 아…… 응……."

시도가 말을 걸자, 나츠미는 화들짝 놀란 것처럼 어깨를 부르르 떨더니 피로의 기색이 짙게 어려 있는 얼굴을 들었다. 눈은 새빨갛고, 두꺼운 다크서클이 눈 밑에 내려앉았다. 그녀는 한계에 도달한 것처럼 보였다.

"우리는 작업이 끝났으니까 교대해줄게. 많이 피곤하지? 먼저 자."

"……괘, 괜찮아. 이제 조금만 하면 돼……."

시도가 그렇게 말했지만, 나츠미는 고개를 저으면서 작업을 계속했다. 눈앞이 흐릿한지 그녀는 계속 눈을 비볐다. 손에 묻은 잉크가 얼굴에도 묻은 탓에 왠지 벌칙이라도 당한 것처럼 보였다.

"무슨 소리를 하는 거야. 너는 어제부터 한숨도 안 잤잖아. 게다가 네임 작업과 밑그림까지 혼자 맡아서 했으면서……."

"그러하니라. 즉매회에도 참가해야 하지 않느냐. 뒷일은 우리에게 맡기고, 너는 영원한 어둠에 안겨 깊은 잠 속으로 빠져들거라."

"동의. 나츠미는 일을 너무 많이 했어요."

"휴식을 취하는 것도 엄연한 일이야."

함께 작업을 한 야마이 자매와 오리가미가 이렇게 말했지만 나츠미는 작업을 멈추지 않았다.

나츠미는 공허한 눈으로 원고를 쳐다보면서 열심히 펜을 놀렸다.

"……괜찮……아."

"하, 하지만……."

시도가 그렇게 말하자, 나츠미는 떨리는 손가락으로 아름다운 선을 그으면서 말을 이었다.

"……아마, 나는 즉매회에서 도움이 안 될 거야. 그런 내가 할 수 있는 건…… 이것뿐이라구. ……그러니까, 계속 할래. 나 같은 게 너희에게 도움이 되는 날이 올 거라고는 생각도 못했어. 나도, 너희에게 도움이 되고 싶어……."

"나츠미……."

"……나 말이야. 시도와 너희에게 구원받고 정말 기뻤어……. 그리고, 이번에는 다른 정령을 구하기 위해 너희와 힘을 합치고 있잖아. 그게, 정말…… 정말, 기뻐. 그러니까, 힘들지 않아. 너무 즐거워서 죽겠다구. 그 니아라는 벽창호한테도…… 빨리 가르쳐주고 싶어."

나츠미는 작게 웃더니, 펜을 쥔 손을 천천히 들어올렸다.

"친구란—, 정말 멋진 거라는 걸…… 말이야."

그리고 나츠미는 마지막 선을 긋고는 그대로 무너지듯 의자에서 굴러 떨어졌다. 그녀가 바닥에 부딪히기 직전, 시도는 그녀의 몸을 붙잡았다.

"어이, 나츠미?! 괜찮아?!"

"……."

시도가 걱정스러운 목소리로 묻자, 곯아떨어진 나츠미는 쿠울~ 하는 소리로 대답을 대신했다.

"……수고했어, 나츠미."

시도는 미소를 머금고 그렇게 말하면서 나츠미의 머리를 쓰다듬었다.

그러자 시도의 뒤편에 서있던 미쿠가 눈물을 글썽이며 외쳤다.

"으으, 정말 감동했어요~! 그럼 달링, 제가 나츠미 양을 방으로 옮길—."

"시도, 나츠미를 방으로 옮겨. 그리고 문 잠그는 거 잊지 마."

코토리가 미쿠의 말을 끊고 그렇게 말했다. 미쿠는「아앙, 코

토리 양은 정말 너무해요~」라고 말하면서 몸을 배배 꼬았다.

코토리는 그런 미쿠를 무시하고 나츠미가 앉아 있던 책상에서 펜선 작업이 끝난 원고를 들어보면서 살며시 고개를 끄덕였다.

"—최고야."

그리고 다른 이들을 향해 고개를 돌렸다.

"나츠미가 혼을 담아 그린 보물 같은 원고야. 이걸로 무기는 갖춰졌어.

—다들, 이 승부에서 반드시 이기자구."

코토리가 그렇게 말하자—.

""""오오!""""

시도와 정령들이 주먹을 치켜들며 그 말에 대답했다.

◇

그리고 오전 7시 30분. 전쟁의 막이 올랐다.

코믹콜로세움이 개최되는 대형 컨벤션 센터, 텐구 스퀘어 앞에 줄지어 서있던 서클 참가자들이 일제히 홀 안으로 들어섰다. 방금까지만 해도 한산했던 공간이 엄청난 숫자의 발소리와 캐리어 카트의 바퀴가 굴러가는 소리로 가득 찼다.

코믹콜로세움은 여름과 겨울에 한 번씩 개최되는 대형 동인지 즉매회다. 둘 다 사흘에 걸쳐 열리며, 전국에 있는 만화 및 애니메이션 팬이 집결하는 일대 이벤트다. 해에 따라 다르지만, 사흘 동안 50만 명 이상의 참가자가 몰린다고 한다.

그 정도로 거대한 이벤트인 것이다. 일반 참가자는 물론이고, 동인지를 내는 서클 참가자 숫자도 엄청났다. 홀이 개장되고 얼마 동안은 수많은 이들의 행진 탓에 지면과 건물이 흔들릴 정도였다.

—그리고 홀이 개장되고 한 시간이 지나 서클 참가자들의 파도가 좀 잠잠해졌을 즈음.

시도 일행, 서클 〈라타토스크〉는 드디어 인적이 드물어진 게이트 앞에 섰다.

"좋아. ……다들, 가자."

"음. 준비는 완벽하게 됐다!"

"히, 힘낼게요……!"

시도의 말에 정령들은 힘차게 고개를 끄덕였다.

다들 몸 상태가 좋지 않았지만 잠시 눈을 붙인 덕분에 체력이 꽤 회복된 것 같았다.

참고로 시도가 눈을 떠보니 자신의 옆에는 오리가미가 딱 붙어 있었다. 그리고 미쿠는 양손으로 요시노와 코토리를 끌어안은 채 행복하기 그지없는 얼굴로 자고 있었다. 요시노와 코토리는 악몽이라도 꾸는지 신음을 흘리고 있었다. 토비이치 용의자와 이자요이 용의자는 혐의를 부인하며 어디까지나 잠버릇이 나쁜 것뿐이라고 주장했지만, 〈라타토스크〉는 고의적인 범행으로 보고 수사를 진행하고 있다.

아무튼, 지금이 바로 결전의 순간이다. 시도는 정령들을 데리고 넓은 연락통로를 걸었다.

그리고 동쪽 홀에 도착한 그들은 목적지인 부스로 향했다.

홀 안은 이미 서클 참가자들로 붐비고 있었다. 다들 바쁜지 테이블에 테이블보를 깔고 책을 쌓아놓으면서 자신들의 부스를 꾸미고 있었다.

"흐음…… 처음 와봤는데, 엄청난걸."

"동의. 다들 능수능란해요."

"그래요~. 이 분위기는 왠지 라이브 때를 연상하게 하네요~."

정령들이 흥미로운 눈길로 주위를 둘러보며 한 마디씩 했다.

그리고 홀의 벽이 보이기 시작했을 즈음, 코토리가 다른 이들에게 말했다.

"—니아가 있어."

그러자 다들 그 말을 듣고 긴장했다.

시도는 마른 침을 삼킨 후, 눈앞에 있는 서클 부스를 쳐다보았다.

그곳에는 코토리가 말한 것처럼 정령 니아가 있었다. 그녀는 스태프 몇 명과 함께 긴 책상에 책을 늘어놓고 있었다.

"……."

시도는 각오를 다진 후, 걸음을 뗐다.

그러자 니아도 시도 일행을 발견했는지 그들을 향해 고개를 돌렸다.

"……응?"

그녀는 안경을 고쳐 쓰고 파이프 의자에서 일어섰다.

"신기한 일도 다 있네. 소년을 이런 곳에서 보게 될 줄은 꿈에도 몰랐어. 어, 다른 사람들도 같이 왔구나. 처음 만나는 사람이 많은 것 같네?"

니아는 시도의 뒤편에 서있는 정령들을 바라보았다. 토카와 오리가미, 카구야와 나츠미는 경계심 어린 표정을 지었고, 요시노와 유즈루는 살며시 고개를 끄덕였으며, 코토리는 팔짱을 끼고 니아를 마주 쳐다보았다. 참고로 미쿠는 턱에 손을 댄 채 눈을 반짝이면서 「호오…… 안경을 장비한 슬렌더 미소녀도 꽤…… 지금까지 보지 못한 타입이군요~」 같은 영문 모를 소리를 했다. 나츠미는 그런 미쿠와 약간 거리를 뒀다.

"……그런데 뭘 하러 온 거야? 뭐, 코믹콜에 오는 거야 너희 마음이지만, 일반 참가자 입장은 열 시부터라구."

니아는 어깨를 으쓱하면서 그렇게 말했다.

그 말에 답하듯, 코토리가 팔짱을 풀었다.

"충고 고마워. —하지만 우리는 일반 참가자가 아냐."

그리고 천천히 오른손을 들어 옆에 있는 부스를 손가락으로 가리켰다. 니아는 코토리가 가리키고 있는 곳을 쳐다보더니 미심쩍은 표정을 지었다.

"흐음……? 아, 그렇구나."

니아는 작게 숨을 내쉬더니 책상 위에 놓여 있던 홀 내부 지도 같은 것을 들었다.

"이상하다고 생각했어. 지도를 보면 여기에는 부스가 없는데, 이렇게 와보니 증설되어 있었거든. 운영 측의 미스인 줄 알았는데…… 너희 짓이었구나."

"뭐…… 그렇게 됐어."

시도가 대답을 하자, 니아는 불쾌한 듯한, 그리고 뜻밖의 사태를 재미있어 하는 듯한 표정을 지었다.

"……그건 그렇고, 완전 대인원이네."

"어머, 그러는 너희 쪽도 만만치 않은데?"

"아, 다들 아르바이트야. 고용관계라는 건 정말 좋다니깐. 지불한 돈만큼 일해주거든. 정말 알기 쉬워."

"……"

시도와 코토리는 니아의 말을 듣고 입술을 살짝 깨물었다. —어제 타카죠에게 들었던 말이 머릿속을 스치고 지나간 것이다.

"그래서? 참가하는 건 좋지만, 뭘 팔 건데? 보아하니 아무것도 들고 오지 않은 것 같은데."

"걱정하지 마."

코토리가 손가락을 튕겼다.

그러자 그 소리에 호응하듯 세 남자가 반입구를 통해 종이박스가 잔뜩 놓인 수레를 밀면서 왔다. —유심히 보니 그들은 〈프락시너스〉 승무원인 나카츠가와, 카와고에, 미키모토였다.

"—서클 〈라타토스크〉의 반입물을 전달하러 왔습니다!"

"수고했어. 저 부스에 쌓아놔."

"예!"

그들은 그렇게 대답하고 박스를 서클 부스로 옮겼다. 상자는 총 열 개였다. 니아의 부스 뒤편에 놓여있는 것과 같은 숫자인 것이다.

“500권 들이 박스가 열 개…… 니아, 네가 판매할 양과 똑같지?”

“……흐음? 용케도 조사했네. 그리고 그걸 나보다 먼저 다 팔아치우겠다……는 속셈인 거네? 머리 좀 썼네. 확실히 그렇게 된다면 나를 매상으로 이겼다고 할 수도 있을 거야.”

“말이 좀 통하는 것 같네.”

코토리는 니아의 말을 듣고 입술을 말아 올렸다.

바로 그때, 주위에서 부스를 설치하던 참가자들이 소곤거리기 시작했다.

니아와 시도 일행 사이의 험악한 분위기를 감지하고 저러나 했지만— 그렇지 않았다. 아무래도 그들의 시선은 반입 작업을 하고 있는 나카츠가와를 향하고 있는 것 같았다.

“어이, 혹시 저 사람…….”

“그래. 저 안경과 글러브를 보아하니 틀림없어. 전설의 서클 〈여동생 덥석〉의 대표, MUNECHIKA야……!”

“맙소사! 5년 전, 『혀 짧은 여동생이 자신을 부르는 호칭은 오빠야~ 인가, 오라버니야~ 인가』라는 방향성 차이 때문에 서클이 분열된 후, 코믹콜에 나타나지 않았던 그 남자가……?!”

—같은 말이 들려왔다. 시도와 코토리는 도끼눈으로 나카츠가와를 쳐다보았다.

"……〈여동생 덥석〉?"

"MUNECHIKA……?"

나카츠가와는 그 말을 듣더니 시니컬한 미소를 지었다.

"옛날 일이니 신경 쓰지 마시지요."

"……."

시도는 코토리와 시선을 마주했지만…… 더 캐물었다간 골치 아파질 것 같은 예감이 들었기에 다른 이야기를 하자는 뜻이 담긴 눈빛을 교환했다.

"그렇지, 시도."

"으, 응."

시도는 서클 부스 뒤편으로 걸어가 종이 박스를 열어서 안에 들어있던 책을 꺼냈다. 인쇄된 지 얼마 안 되어서 그런지 약간 따뜻했다.

"우와……."

그러고 보니 완성품은 처음 보았다. 나츠미가 그린 선화가 예쁘게 채색이 되어 있었고, 타이틀 로고도 들어가 있었다. 이틀 만에 완성한 책으로는 도저히 보이지 않았다.

시도는 니아를 향해 돌아서서, 그녀의 눈을 지그시 쳐다보며 정중하게 책을 내밀었다.

"—오늘 잘 부탁합니다. 서클 〈라타토스크〉의 이츠카 시도입니다."

"……윽!"

시도가 그렇게 말하자, 니아의 눈썹이 움찔 떨렸다.

그리고 몇 초 동안 주저한 후, 자신의 부스에 놓인 책 한 권을 들더니 시도를 향해 내밀었다.

"서클 〈혼죠당〉의 혼죠 소지예요. 잘 부탁해요."

두 사람은 서로를 향해 고개를 숙인 후, 책을 교환했다. 그렇다. 서클 참가자는 옆 부스와 이렇게 책을 교환하는 관례가 있다고 한다.

니아는 씁쓸한 표정을 지었다.

"……이곳에서 실례를 범하고 싶지는 않으니 일단 받아두기는 하겠는데, 내가 이 책을 읽을지 말지는 오늘 결과에 달려 있어."

"응. 그걸로 충분해. —오늘 하루를 즐겁게 보내자고."

"……."

시도가 손을 내밀자, 니아는 한숨을 내쉬면서 그 손을 잡았다. 그리고 가볍게 위아래로 몇 번 흔든 후 손을 놨다.

"확실히 작전은 재미있지만, 너희에게 승산은 거의 없다고 생각해. 나, 이래봬도 프로거든? 책을 5000부만 찍은 것도 오랜만에 참가하는 이벤트라 그런 거라구. 카탈로그에도 실리지 않은 신흥 서클, 그것도 아마추어들이 급하게 만든 책으로는 상대도 못될걸?"

"글쎄…… 과연 그럴까?"

코토리는 자신만만한 미소를 짓더니— 뒤쪽에 서있는 정령들을 쳐다보았다.

"—자, 다들 준비를 시작하자."

코토리가 그렇게 말하자, 토카와 요시노, 미쿠가 「오~!」 하고 힘차게 외쳤다.

야마이 자매와 오리가미, 나츠미, 즉 작화반 4인방은 코토리가 무슨 소리를 하는 건지 모르겠다는 듯이 고개를 갸웃거렸다.

"준비……? 그게 대체 무슨 소리인 게냐?"

"의문. 유즈루는 아무 말도 못 들었어요."

"……왠지 불길한 느낌이 들어."

"자, 아무튼 다들 이쪽으로 와. —시도, 금방 돌아올 테니까 그때까지 다른 사람들과 부스 준비를 해줄래?"

코토리가 투덜대는 나츠미의 등을 밀면서 그렇게 말했다. 시도는 머릿속에 물음표를 띄우면서도 고개를 끄덕였다.

"좋아……. 그럼 우리도 부스 설치를 시작하죠."

어딘가로 향하는 정령들을 배웅한 후, 시도가 그렇게 말했다. 그러자 〈프락시너스〉 남자 승무원들은 고개를 끄덕이고 커다란 종이 박스를 하나 더 반입했다.

그리고 그 안에서 테이블보와 책의 표지를 확대해서 만든 포스터 등 부스를 꾸미기 위한 물건들을 꺼냈다.

"우와. 엄청나네요. 이런 것도 만든 건가요?"

"후후후. 당연하지요. 우리는 무명 서클이니 우선 눈이 띄어야만 합니다. 다행스럽게도 여기는 모든 이들이 꿈꾸는 벽 부스죠. 그렇다면 벽을 효율적으로 활용해야 하지 않겠습니까."

나카츠가와가 그렇게 말한 순간, 그가 쓴 안경이 반짝였다.

이마에 땀방울이 맺힌 시도는 쓴웃음을 지었다.

그 후, 시도는 미키모토와 힘을 합쳐 포스터를 붙였다. …… 자신을 모델로 삼아 만든 캐릭터가 그려진 포스터를 보니 무지막지하게 부끄러웠지만, 지금은 그런 걸 신경 쓸 때가 아니다. 시도는 고개를 가볍게 저으면서 부스를 계속 설치했다.

한동안 그런 작업을 하고 있을 때, 벽 쪽 부스 앞에 모여든 사람들이 눈에 들어왔다.

이윽고 그들은 서클 부스 앞에 줄을 만들기 시작했다. 특히 니아의 서클 앞에는 상당한 사람들이 몰렸다.

"어……? 아직 개장하려면 멀었잖아요. 그런데 이 사람들은……."

시도가 혼잣말을 하듯 그렇게 중얼거리자, 책을 진열하던 나카츠가와가 입을 열었다.

"아, 저 사람들은 서클 참가자예요. 서클 티켓을 가지고 있으면 일반 참가자보다 먼저 행사장에 들어올 수 있습니다. 그래서 이렇게 한 발 먼저 점찍어둔 서클 앞에 줄을 서는 겁니다."

"어, 그래도 되는 거예요?"

"으음…… 제 입장으로는 뭐라 말하기 힘들 것 같군요."

나카츠가와는 팔짱을 끼면서 애매한 목소리로 대답했다. 그는 「엄밀하게 따지자면 옳지 않은 짓이지만, 저도 옛날에 한 적이 있으니……」 라고 말하는 듯한 표정을 짓고 있었다.

"잠깐만요. 그렇다면……."

"그래. 이제 눈치챘어?"

시도의 말에 대답한 이는 옆 부스에 서있던 니아였다.

"동인지의 초반 판매량은 사전 평판으로 결정돼. 물론 나는 공백기가 있고, 이번에는 급하게 참가했기 때문에 카탈로그에도 실리지 않았지만, 얼마 전부터 블로그에 이번 코믹콜에 참가한다고 고지했었거든. 내 책을 우선적으로 사려는 참가자가 적지 않게 존재한다는 거야."

니아는 그렇게 말하더니, 치켜뜬 두 눈으로 시도를 쳐다보았다.

"그러니 같은 부수를 누가 먼저 다 파느냐로 승부한다면 애초에 결판이 난 거나 다름없다구."

"뭐— 그럴……!"

"—과연 그럴까?"

그 순간, 시도의 말을 끊은 것은 방금 자리를 비웠던 코토리의 목소리였다.

"코토리? 그게 무슨…… 어엇?!"

목소리가 들려온 방향을 향해 고개를 돌린 시도는 경악에 사로잡혀 눈을 크게 떴다.

하지만 그것도 무리는 아니었다. 그곳에는 귀여운 바니걸 코스튬을 입은 정령들이 있었기 때문이다.

"너, 너희들, 그 옷……."

"음! 판매원을 하기로 했다!"

"어제…… 다같이, 만들었어요……! 조금 부끄럽지만…… 열심히 해볼게요……!"

토카와 요시노가 시도를 향해 그렇게 말했다. 아무래도 작화반 이외의 정령들이 한 작업이란 바로 의상 제작이었던 것 같았다.

느닷없이 나타난 코스프레 미소녀 집단을 본 주위의 참가자들이 술렁거렸다.

"저 서클, 뭐야……. 엄청 귀여운 여자애들이 잔뜩 있잖아."

"어, 카탈로그에는 저런 부스가 없었다고."

"잠깐만, 저 사람은 이자요이 미쿠 아냐?"

게다가 그녀들 사이에 있는 아이돌, 이자요이 미쿠를 본 이들도 있는지 그 술렁거림은 순식간에 주위로 퍼져나갔다. 곳곳에서 찰칵찰칵 하고 핸드폰 카메라의 셔터 음이 들려왔다.

원래라면 칭찬받을 만한 짓이 아니지만, 미쿠는 그들에게 별말 하지 않았다. 심지어 여자애가 지닌 카메라 쪽으로는 포즈도 취해줬다.

그 모습을 본 니아가 영문을 모르겠다는 듯이 고개를 갸웃거렸다.

"……이자요이 미쿠?"

"우후후~ 들키고 말았군요~."

미쿠는 자신만만하게 가슴을 쭉 폈다. 하지만 니아는 의아하다는 듯이 미간을 찌푸렸다.

"……미안한데 진짜로 몰라. 뭐하는 사람이야?"

"으윽?!"

니아가 그렇게 말하자, 미쿠는 충격을 받은 것처럼 비틀거렸다.

“지, 진정해, 미쿠. 니아는 얼마 전까지 DEM에 잡혀 있었기 때문에 요즘 연예인을 모르는 거야.”

“그, 그런가요……. 고마워요, 달링.”

“자, 정신 바짝 차려. 이제 곧 시작될 거야.”

미쿠가 힘없는 미소를 지으며 자세를 바로 하자, 코토리는 기합을 넣어주듯 그녀의 등을 가볍게 두드렸다.

그와 동시에 시계 바늘이 열 시를 가리켰고 행사장 전체에 안내방송이 울려 퍼졌다.

『—지금부터 코믹콜로세움을 개최하겠습니다.』

그 순간, 우레 같은 박수 소리가 행사장 안을 가득 채웠다.

그 박력에 압도당한 시도와 정령들은 눈을 동그랗게 뜨면서 주위를 둘러보았다.

하지만 그건 시작에 불과했다. 박수 소리가 그친 순간, 이번에는 먼 곳에서부터 두두두두두두두…… 하고 땅울림 같은 소리와 함께 희미한 진동이 느껴졌다.

“이, 이 소리는…….”

떨리는 목소리로 그렇게 말한 시도는— 곧 눈치챘다.

그 소리가 밖에서 몰려들고 있는 일반 참가자들의 발소리라는 사실을 말이다.

“오, 오오……?!”

“……우와. 이게 뭐야?”

입구 쪽에서 사람들이 파도처럼 몰려왔다. 그 모습은 마치 활짝 열린 성문을 통해 적진으로 몰려드는 병사들을 연상케 했다. 정령들이 경악한 나머지 눈을 치켜뜬 채 잠시 동안 망연자실한 표정을 지었다.

하지만 놀라고만 있을 수는 없었다. 미리 니아의 부스 앞에 줄서 있던 서클 참가자들이 차례차례 니아의 책을 구입한 것이다.

"신간 한 권 주세요."

"예. 500엔입니다."

"두 권 부탁합니다!"

"1000엔이에요."

니아와 스태프들은 능수능란하게 손님들을 상대했다. 니아는 시도를 힐끔 쳐다보더니 「이길 수 있으면 어디 이겨봐」 라고 말하는 것처럼 입가를 일그러뜨렸다.

"큭— 우리도 시작하자!"

"그래. 그럼 다들, 작전대로 부탁해!"

""""오오~!""""

코토리의 호령에 따라 정령들이 부스 앞뒤에 섰다. 그 눈부신 자태에 이끌렸는지, 애초에 사려던 책을 다 산 참가자들이 시도 일행의 부스 앞에서 걸음을 멈췄다.

"오오, 어서 와라!"

토카가 부스 앞에 멈춰 서서 책의 표지를 쳐다보던 청년에게 말을 걸었다. 그러자 청년은 놀랐는지 어깨를 부르르 떨었다.

"아, 저기……."

"한 권에 500엔이다! 어떠냐?!"

"……아, 그럼 한 권 주세요."

청년은 살지 말지 망설이는 것 같았지만, 태양처럼 환한 미소를 짓고 있는 토카에게 안 사겠다는 말을 차마 하지 못 한 것 같았다. 결국 그는 쓴웃음을 지으면서 1000엔 지폐를 내밀었다.

"오오, 고맙다! 거스름돈은 500엔이다!"

책과 잔돈을 건넨 토카는 환한 미소를 지으면서 손을 흔들었다. 청년은 부끄러움과 기쁨이 섞인 표정을 지으며 손을 마주 흔든 후 사라졌다.

시도는 그 광경을 보면서 무심코 쓴웃음을 지었다.

"하하…… 이래도…… 괜찮은 걸까?"

시도가 그렇게 말하자, 뒤쪽에서 종이 박스를 정리하던 나카츠가와가 웃음을 터뜨렸다.

"물론이지요. 이건 빨리 팔기 승부입니다. 제 아무리 좋은 작품을 만들더라도, 그게 반드시 인기를 끌 거라는 보증은 없습니다. 전개력과 선전력은 중요한 요소지요. 혼쬬 선생님도 그 점에 대해서는 이해하고 있을 겁니다. ―그리고 이렇게라도 하지 않으면 무명 창작 서클이 5000부나 되는 책을 다 팔아치우는 건 불가능하겠지요."

"그, 그렇군요……."

시도는 식은땀을 흘리면서 고개를 끄덕였다. 확실히 자비출판 행사라고 해도 엄연한 시장인 것이다.

시도 어

서클 〈라타토스크〉는 아름다운 판매원으로 사람들을 모으고, 정령들의 미소로 녹아웃시킨다는 반칙에 가까운 방법으로 순조롭게 매상을 올리고 있었다.

하지만 옆에 있는 〈혼죠당〉은 그런 수단을 쓰지 않고도 〈라타토스크〉의 몇 배나 되는 책을 팔아치웠다. 게다가 시간이 지날수록 서클 앞에 존재하는 행렬 또한 길어졌다. 이대로 가다간 순식간에 압도당하고 말 것이다.

"큭…… 이대로는……."

판매 속도가 압도적일 정도로 차이가 났다. 시도는 차례차례 팔려나가는 니아의 책을 쳐다보면서 인상을 찡그렸다.

바로 그때, 귀여운 코스튬을 입은 코토리가 막대사탕의 막대부분을 꼿꼿이 세웠다.

"시도, 왜 한심한 표정을 짓는 거야? —승부는 이제부터야."

"뭐……?"

코토리의 말에 시도는 고개를 갸웃거렸다.

그리고— 그는 곧 눈을 크게 떴다. 서서히 서클 〈라타토스크〉의 앞에 사람들이 몰려들기 시작한 것이다. 게다가 지금까지처럼 지나가던 사람들이 멈춰선 게 아니었다. 〈라타토스크〉의 책을 사기 위해 모인 사람들이 줄지어 서있었던 것이다.

"이, 이건……!"

시도가 경악하자, 코토리가 잘난 척 하듯 팔짱을 꼈다.

"어때? 내가 말했지? 카구야, 유즈루! 안내용 패널을 들고 줄 정리를 해줘!"

"크큭, 알겠노라!"

"이해. 맡겨만 주세요."

코토리의 지시에 따라 출격한 야마이 자매가 서클 앞에 생긴 줄을 정리했다.

바로 그때, 시도는 어깨를 부르르 떨었다.

그 줄 안에는 어디서 본 듯한 이들이 섞여 있었던 것이다.

—그렇다. 〈라타토스크〉의 기관원들이었다.

"……보통 이런 걸 사기라고 하지 않아?"

시도가 니아에게 들리지 않도록 낮은 목소리로 코토리에게 말했다. 그러자 코토리는 흥 하고 코웃음을 치면서 도끼눈을 떴다.

"무슨 소리를 하는 거야. 『친구』가 서클에 놀러왔을 뿐이잖아. 자비로 출판한 책을 지인들이 사주는 건 흔한 일이라구. 모두한테도 다른 친구들에게 연락하라고 부탁해뒀어."

"뭐, 뭐어, 틀린 말은 아닌 것 같지만……."

바로 그때, 시도는 고개를 갸웃했다. 코토리가 방금 한 말에 신경 쓰이는 점이 있었기 때문이다.

"……다른 애들한테도?"

시도가 불길한 예감을 느끼면서 그렇게 중얼거린 순간, 귀에 익은 목소리가 들려왔다.

"야호~! 토카, 우리 왔어~."

"사람들이 엄청 몰렸네~."

"콩고의 늪지대에서 벌였던 전투가 생각나~."

줄 서 있던 세 소녀가 그렇게 말하면서 부스 쪽으로 왔다.

시도는 그 모습을 보고 숨을 삼켰다. 그녀들은 바로 시도의 클래스메이트인 아이, 마이, 미이 3인조였던 것이다.

"오오, 셋 다 와준 것이냐!"

토카는 반가움으로 가득 찬 목소리로 그렇게 말했다. 그러자 세 사람은 후훗 하고 입가에 미소를 머금었다.

"당연하지. 토카의 부탁인데 어떻게 거절하겠어?"

"맞아, 맞아. 코믹콜이라는 것에도 조금 흥미가 있기는 했거든."

"……잠깐, 앗! 대장님! 괴인 헌팅남을 발견했습니다!"

"뭐?!"

시도의 얼굴을 본 세 소녀가 전투태세를 취했다. 시도는 체념 섞인 한숨을 내쉬면서 그녀들을 향해 인사했다.

"……세 사람 다 안녕. 오랜만……."

"다들 조심해!"

"또 여자애를 꼬실 속셈인거야!"

"잘못하면 임신당할 거야!"

"…………."

시도의 볼이 경련을 일으켰다. ……역시 이달 초에 벌어진 시도 폭주 사건 때 그녀들을 유혹했던 여파가 아직도 남아있는 것 같았다. 오해를 풀어야겠다고 생각하고 있기는 했지만, 설마 이런 곳에서 마주치게 될 줄은 몰랐다.

하지만 지금은 시간과의 승부다. 코토리도 그걸 아는지 지극히 사무적으로 그 세 사람을 응대했다.

"한 권당 500엔이에요. 세 권 사실 건가요?"

"응? 아, 예. 부탁해요."

"우와, 표지 진짜 잘 그렸네. 누가 그린 거야?"

"그런데 이 캐릭터, 왠지 이츠카 군을 닮은 것 같지 않아?"

세 사람은 그런 소리를 하면서 책을 구매하더니, 토카를 향해 손을 흔들고는 다른 곳으로 향했다. 저 세 사람도 일단 최소한의 상식은 가지고 있는 것 같았다. 수많은 사람들이 줄서 있는 장소에서 다툼을 일으키면 폐가 될 거라고 판단한 것 같았다.

시도는 일단 안도의 한숨을 내쉬면서 책을 계속 판매했다.

그리고 잠시 후, 이번에는 키도, 나이도 제각각인 3인조 여성이 부스를 방문했다.

한 사람은 키가 큰 20대 후반의 여성, 다른 한 명은 아담한 체구의 소녀, 그리고 마지막 한 명은 혼혈로 보이는 금발 소녀였다.

세 사람은 부스에 있는 오리가미를 보더니 입을 열었다.

"아, 저기 있네. 오리가미! 대체 무슨 일로 연락을 다 한 거야?"

"—대장."

오리가미는 장신의 여성을 바라보았다. 그리고 그녀를 본 시도는 「아」 하고 손뼉을 쳤다. 그러고 보니 저 여성은 오리가미가 소속되어 있던 육상자위대의 대(對) 정령부대— AST의 대장이었다. 이름은 쿠사카베 료코였을 것이다. 아무래도 오리가미 또한 토카와 마찬가지로 지인들에게 연락을 한 것 같았다. 다른 두 소녀도 AST의 관계자인 것 같았다.

"오리가미 씨! 오래간만이에요!"

"아~, 헤어스타일을 바꿨네요? 머리카락 한번 화끈하게 잘랐군요~."

"미케, 밀드레드."

오리가미는 담담한 목소리로 두 사람의 이름을 입에 담았다. 그러자 미케라고 불린 소녀가 눈물을 닦는 시늉을 했다.

"흐흑…… 오리가미 씨가 느닷없이 AST를 관둔 후로 쓸쓸한 나날이 계속되고 있어요. 돌아와주세요~."

"그래요~. 왜 갑자기 그만둔 거예요~?"

"피치 못할 사정이 있어. 미안하지만 AST로 돌아갈 생각은 없어."

"그런가요…… 유감— 아얏!"

바로 그때, 료코가 미케의 머리를 살짝 쳤다.

"……너희 둘, 왜 이런데서 AST의 이야기를 거리낌 없이 하는 거야?"

"아……! 죄, 죄송해요. 무심코……."

"괜찮아. 이런 데서는 아무도 그런 단어에 관심을 가지지 않아."

오리가미가 담담한 어조로 그러게 말하자, 미케는 영문을 모르겠다는 표정으로 오리가미를 바라보았다.

"……저기, 오리가미 씨. 분위기가 조금 바뀐 것 같아요……."

오리가미는 그 말을 듣더니 옆에 있는 시도의 팔에 팔짱을 꼈다.

"이 남자에게 영향을 받았기 때문이야."

"예……?!"

"꺄아~! 그렇게 된 건가요~?!"

오리가미의 충격적인 발언에 미케는 아연실색했고, 밀드레드는 볼을 붉혔다. 그리고 두 사람이 또 소란을 피우려고 한 순간, 료코가 두 사람의 머리를 눌렀다.

"자, 소란 떨지 마. —기왕 왔으니 책은 팔아줄게. 일단 세 부 줄래?"

"고맙습니다."

오리가미는 담담한 목소리로 그렇게 말하면서 돈을 받은 후, 책을 건넸다. 그러자 료코는 미심쩍은 눈길로 토카를 비롯한 정령들을 둘러보았다.

"……저기, 오리가미. 저 애들을 어디서 본 적이 있는 것 같은 느낌이 드는데……."

"기분 탓일 거야."

"그래? 하지만……."

"기분 탓이야."

"아니, 그래도……."

"구매해 주셔서 감사합니다."

"……."

오리가미가 딱 잘라 그렇게 말하며 고개를 숙이자, 료코는 더는 추궁하지 않겠다는 듯이 한숨을 내쉰 후 미케와 밀드레드를 데리고 돌아갔다. 미케는 그런 와중에 시도를 손가락으로 가리키며 「아, 안 질 거예요!」라고 말했지만, 시도는 어떤 반응을 보여야할지 감이 오지 않았다.

하지만— 시도는 아직 이해가 되지 않는 점이 있었다. 서클 〈라타토스크〉 앞의 행렬은 바람잡이를 두입했다는 것만으로는 납득이 되지 않을 만큼 길었다.

시도가 어떤 생각을 하고 있는지 눈치챈 나카츠가와가 뒤편에서 종이 박스를 정리하면서 입을 열었다.

"이상할 것 없지요. 확실히 이곳은 카탈로그에 실리지 않은 부스입니다. 하지만 거꾸로 말하자면 느닷없이 출현한 『환상의 서클』인 거지요. 그 존재만 알린다면 흥미를 가져줄 사람은 얼마든지 있습니다."

"그, 그건 그럴지도 모르지만, 우선 그 존재를 알리는 게 쉽지 않을 것 같은데……."

시도가 그렇게 말하자, 나카츠가와는 안경을 고쳐 썼다.

"시도 군, 잊은 겁니까? 지금 저희는 대인기 서클 〈혼쵸당〉의 옆에 자리하고 있습니다."

"아—."

시도는 눈을 크게 떴다. 그의 말이 맞다. 니아의 서클에 책을 사러온 사람이 옆에 있는 정체불명의 서클에 흥미를 가지는 것은 결코 이상한 일이 아니었다.

게다가—.

"—여기가 그 카탈로그에 실리지 않은 서클 맞지?"

"하지만 신흥 서클이 어떻게 벽 부스를 차지한 거지?"

"아…… 아무래도 그 유명한 감별사, MUNECHIKA가 이 서클에 있는 것 같아."

"뭐?! 눈여겨 본 서클마다 전부 초거대 서클이 되고, 주목한 작가마다 상업에서 대성공을 거뒀다는, 바로 그 사람?!"

"뭐?! 모에 애니메이션 선수권, 전설의 7대 챔피언, MUNECHIKA가?!"

"초은하 대캡짱 MUNECHIKA가 부활한 거야?!"

"…………."

행사장 곳곳에서 그런 말이 들려왔다.

시도가 아무 말 없이 나카츠가와를 쳐다보자, 그는 난처한 표정을 지었다.

"지금의 저는 별 볼일 없는 기관원에 지나지 않아요."

"그, 그런가요."

왠지 깊게 파고들면 안 되는 세계가 존재하는 듯한 느낌이 들었다.

아무튼 이걸로 승부다운 승부를 벌일 수 있게 됐다. 장사진이라는 것은 사람들의 시선을 끄는 힘을 지녔는지, 눈독 들일 책을 전부 산 일반 참가자들도 시도 일행의 부스에 몰려들기 시작했다.

그 모습을 본 코토리가 카와고에에게서 책을 넘겨받으며 말했다.

"좋아……. 단숨에 밀어붙이자. 니아의 서클은 판매원이 세 명, 줄 정리가 두 명, 재고 정리 및 잡일 담당 한 명으로 총 여섯 명이야. 하지만 우리는 카와고에, 미키모토, 나카츠가와를 포함해 총 열두 명이야. 즉, 한 번에 더 많은 손님을 상대할 수 있다구!"

코토리의 말에 호응한 정령들이 차례차례 책을 팔았다. 등 뒤에 쌓여있던 종이 박스가 하나, 또 하나 줄어갔다.

이윽고 서클 〈라타토스크〉는 재고 숫자에서 압도적으로 차이가 났던 〈혼쵸당〉을 따라잡았다.

코토리는 팔짱을 끼고 옆에 있는 서클을 쳐다보았다.

"후후. 니아, 어때? 드디어 따라잡았어. 한 번에 처리할 수 있는 손님의 숫자가 차이나는 이상, 톱 스피드에서 앞서는 우리가 유리한 것 같네. 참, 이런 방법은 좀 야비하려나?"

코토리는 그렇게 말하면서 도발적인 미소를 지었다. 상대는 정령이다. 너무 자극하지 않는 편이 좋을 것 같지만…… 아마 승부가 갈린 후에 니아가 약속을 어길 가능성을 고려해 미리 못박아두려는 것이리라.

하지만 니아는 코토리의 도발을 듣고도 태연한 어조로 말했다.

"응~? 아, 그런 소리 안 해. 좋은 작품을 만들고도 안 팔리면 아무 소용없잖아. 책을 팔기 위해 모든 방법을 다 동원하는 게 정상이야. ……뭐, 확실히 너희가 이만큼이나 할 줄은 몰랐어."

니아는 박수를 치며 말을 이었다.

"하지만…… 자신만만해 하기에는 좀 이르지 않아?"

"……뭐?"

니아가 그렇게 말하자, 코토리는 미간을 찌푸렸다.

그로부터 십여 분 후, 행사장에 변화가 생겼다.

서클 〈라타토스크〉 앞에 존재하던 줄이 점점 짧아지기 시작한 것이다. 하지만 〈혼쵸당〉의 줄은 여전히 모퉁이 너머까지 뻗어 있었다.

"이, 이게…… 어떻게 된 거야?"

"어떻게 되기는, 본래 상태로 돌아간 것뿐이잖아?"

코토리의 당황한 목소리에 답하듯, 니아가 말했다.

"귀여운 판매원과 대량의 바람잡이, 그리고 각종 화제성. 확실히 사람들의 눈길을 끌기에 유효한 수단일지도 모르지만, 그건 어디까지나 일시적인 거야. 5000부나 되는 양을 팔아치울 정도의 힘은 없어. ―아까 나는 좋은 작품을 만들고도 안 팔리면 아무 소용없다고 했지? 하지만 결국 참가자들이 원하는 것은 『재미있는 책』이야. 공백기가 있기는 하지만 수년 동안 실적을 쌓아온 나와, 대체 뭘 그렸는지도 알 수 없는 신인(너희)의 가장 큰 차이는 바로 그거지. 그 차이는 하루아침에 메울 수 없어."

"큭……!"

코토리는 분통을 터뜨리며 어금니를 깨물었다.

하지만 니아의 말이 옳았다. 시도의 서클은 잔재주에 의지해 겨우 〈혼쵸당〉을 쫓아갔던 것뿐이다.

그러는 사이, 서클 〈라타토스크〉 앞에 줄서 있던 참가자들이 전부 책을 샀다. 하지만 아직 재고는 네 상자나 남아 있었다. 단순 계산으로도 2000부 이상 남은 것이다.

"시, 시도……. 줄이 끊기고 말았다."

"……이, 이제 어떻게 할 거야?"

판매원인 토카와 나츠미가 불안한 목소리로 그렇게 말했다. 그리고 시도는 필사적으로 생각했다.

"뭔가…… 뭔가, 방법이 없는 거야……?! 이대로 있다간……!"

하지만 좋은 방법이 생각나지 않았다.

그 사이에도 〈혼쵸당〉은 끝없이 밀려드는 손님들에게 순조롭게 책을 팔고 있었다. 이윽고, 남아있던 네 개의 상자 중 하나가 텅 비었다.

"큭…… 어떻게 하지—?!"

이대로 있다간 니아가 먼저 책을 다 팔고 말 것이다. 즉— 시도 일행은 니아를 봉인할 기회를 잃고 마는 것이다.

하지만 초조해한다고 묘안이 생각날 리가 없다. 부스 앞을 지나가는 참가자들을 바라보던 시도는 고개를 숙이며 손으로 책상을 짚었다.

—하지만, 다음 순간…….

실의에 빠진 시도의 손 위에 누군가의 부드러운 손이 얹어졌다.

"어……?"

고개를 들어보니, 손의 주인— 미쿠가 빙긋 웃고 있었다.

"우후후, 달링답지 않게 포기하는 건가요~? 아직 승부는 끝나지 않았어요. 아니, 이제부터 시작이라고요."

"미쿠……?"

미쿠의 말에 시도의 머릿속에 물음표가 떠올랐다. —그녀의 어조와 표정은 그저 무책임하게 시도를 격려하고 있는 것이 아니라고 말하고 있었던 것이다.

미쿠는 살며시 고개를 끄덕인 후, 니아를 쳐다보았다.

"자, 니아 씨. 승부를 시작하죠."

그리고 그렇게 말하면서 니아를 손가락으로 가리켰다.

그 모습을 본 니아는 영문을 모르겠다는 표정을 지었다.

"……응? 뭘 하려는 건지는 모르겠지만, 이제 와서 만회하는 건 힘들지 않을까?"

"우후후, 과연 그럴까요~. 저기, 니아 씨. 오랫동안 DEM에 잡혀 있었다고 들었는데, 그래도 SNS라는 건 아시나요~?"

"아, 소셜 네트워크 서비스 말이구나. 일단 알기는 해. 이래 봬도 전지의 천사를 지녔거든."

"……그런데도 저를 몰랐던 거군요~. 조사해볼 생각조차 들지 않을 만큼 관심 밖이었던 거군요~. 그런 거군요~."

"……저, 저기, 미안해."

미쿠는 니아를 향해 원망 섞인 목소리로 그렇게 말한 후, 마음을 다잡듯이 고개를 저었다.

"아무튼! 현재 전 국민 중 절반 이상이 SNS를 사용하고 있어요. —그리고 지금 이 행사장에 있는 사람들의 연령층을 고려해볼 때, 이곳에 있는 이들 중 SNS를 쓰는 사람의 비율은 더 올라가지 않을까요~."

"……윽! 미쿠, 너, 설마—."

뭔가를 눈치 챈 코토리가 그렇게 말하면서 호주머니 안에 넣어둔 스마트폰을 꺼내 화면을 조작했다.

그리고 몇 초 후, 코토리는 숨을 삼켰다.

"어, 어이, 코토리. 뭐가 어떻게 된 거야?"

"이걸 봐."

시도의 물음에 코토리는 스마트폰의 화면을 시도에게 보여줬다. 근처에 있던 토카와 요시노, 오리가미가 같이 그 화면을 쳐다보았다.

화면에 표시된 것은 어떤 SNS의 페이지였는데…… 거기에는 미쿠를 가리키는 아이콘과 함께 이런 코멘트가 적혀 있었다.

『Miku Izayoi : 친구 서클을 도와주려고 코믹콜에 왔어요~! 지금 동쪽 A-20·5서클 〈라타토스크〉에서 책 전달행사 실시 중! 사진도 오케이예요~!』

"아니……?! 미, 미쿠?!"

시도가 경악을 금치 못하면서 눈을 크게 뜨자, 미쿠는 씨익 웃으면서 시도의 가슴을 검지로 톡 두드렸다.

"달링과 여러분이 필사적으로 노력하고 있는데, 저만 최선을 다하지 않는 건 싫어요. 저도 나츠미 양과 같은 심정이에요. 여러분의— 힘이 되고 싶단 말이에요."

"미쿠……!"

미쿠는 살짝 머리를 숙였다가 고개를 치켜들면서 니아를 쳐다보았다.

"확실히 정정당당하게 싸워서는 당신을 이기지 못할지도 몰라요. 그렇다면 저희는 그 어떤 야비한 수를 다 동원해서라도 당신의 도리(道理)를 부숴버리겠어요!"

미쿠는 도발하듯 그녀를 손가락으로 가리키며 말을 이었다.

"자, 니아 양. 당신이 알지도 못했던 여자의 힘을 보여주겠어요. 그리고 당신의 마음에 새겨주겠어요. 저— 이자요이 미쿠의 이름을 말이죠!"

그리고 미쿠는 오페라를 하듯 양손을 펼쳤다.

미리 짠 것은 아니겠지만— 그 순간, 홀의 입구 쪽에서 코믹콜이 막 시작했을 때처럼 엄청난 숫자의 발소리가 들려왔다.

"—It's show time!"

미쿠가 손을 들어 올리고 손가락을 튕겼다.

그러자 홀에 들어온 집단이 일제히 서클 〈라타토스크〉를 향해 쇄도했다.

"우와! 진짜로 미쿠땅이 있잖아?!"

"지, 진짜잖아?! 왜 이런 곳에 미쿠땅이 있는 거야……?!"

"저, 저기, 전달 행사를 한다고 해서 왔는데요! 지, 진짜인가요……?"

한 소년이 머뭇거리면서 물었다. 미쿠는 그 남성을 보고 한 순간 숨을 삼켰지만, 곧 미소를 지었다.

"예, 물론이죠~. 여러분, 항상 응원해주셔서 고마워요."

""""우오오오오오오오오오오오오오오오오오오오오오──!""""

미쿠가 그렇게 말하자, 이곳에 모인 참가자들이 목청껏 함성을 내질렀다. 그리고 차례차례 서클 〈라타토스크〉를 향해 몰려왔다.

"……윽! 카구야, 유즈루! 줄 정리를 부탁해! 카와고에와 미키모토, 나카츠가와는 책 보충과 돈을 낸 참가자들의 유도를 담당해!"

잠시 얼이 나가있던 코토리가 사령관다운 표정으로 지시를 내렸다.

"시도, 토카, 오리가미, 요시노는 나와 함께 요금 회수를 하자! 나츠미는 판매를 하면서 미쿠가 손님들을 상대하다 지치면 체력회복을 할 수 있도록 그녀에게 안기도록 해!"

"왠지 나만 맡은 역할이 이상한 것 같은데?!"

일부에서 불평이 터져 나왔지만, 정령들은 맡은 일을 척척 해냈다.

그 모습을 본 니아가 희미하게 미간을 찌푸렸다.

"흐음…… 꽤 하네. 저 애, 진짜로 유명인이었구나."

"……맞아. 대단하지? 우리의 자랑스러운 아이돌이라고."

"설마 이제 와서 비겁하다는 소리를 하지는 않겠지?"

시도와 코토리가 니아를 쳐다보며 그렇게 말하자, 그녀는 어깨를 으쓱하면서 고개를 끄덕였다.

"물론 안 해. ―하지만 이제 와서 따라잡을 수 있을까?"

니아는 날카로운 시선을 띠면서 입술 가장자리를 말아 올렸다. 그러자 시도는 힘차게 고개를 끄덕였다.

"……당연하지! 반드시 따라잡고 말겠어. 나를 지탱해주는 이들을 위해서도! 그리고 니아! 너를 위해서도 말이야……!"

책을 팔던 니아는 그 말을 듣더니 웃음기가 섞인 목소리로 말했다.

"그거 참 고맙네~. 하지만 그런 소리 한다고 봐주지는 않을 거야~!"

"상관없어! 이기면 되니까 말이야!"

"아하하하! 그래! 맞아! 이길 수 있다면 어디―."

바로 그때―.

유쾌하게 웃고 있던 니아가 갑자기 입을 다물었다.

그 탓에 시도의 머릿속에 물음표가 떠올랐지만― 곧 그 원인을 알았다.

렌즈가 두꺼운 안경을 쓴 여성이 니아의 서클 부스를 찾아온 것이다.

"타, 타카쵸…… 선생님."

니아가 망연자실한 목소리로 입을 열었다.

그렇다. 그 사람은 어제 시도와 코토리가 만나 이야기를 나눴던 만화가, 타카쵸 히로키였다.

"아하하, 오랜만이군요, 혼죠 선생님. 선생님께서 오랜만에 서클 참가를 하셨다고 들어서 이렇게 찾아왔습니다.

"아, 으음…… 고, 고마워요……."

니아는 갑자기 거북한 표정을 짓더니 우물쭈물했다.

"느닷없이 찾아와 정말 죄송합니다. 기분이 상했다면 사과드리지요. 하지만…… 꼭 물어보고 싶은 게 있습니다."

타카죠는 안경 너머로 니아를 응시했다. 니아는 쭈뼛거리면서 고개를 돌렸다.

"……제가 혹시 선생님께 실례를 범한 겁니까? 만약 그렇다면 사과를 드리고 싶습니다."

타카죠는 그렇게 말하면서 고개를 꾸벅 숙였다. 그러자 니아는 당황한 듯한 반응을 보였다.

"그, 그럴…… 리가 없잖아요!"

그리고 상기된 목소리로 말했다.

그것은— 니아 특유의 가벼운 태도와는 좀 달라 보였다.

"그렇습니까?"

타카죠는 눈을 동그랗게 떴다. 하지만 니아는 말끝을 흐릴 뿐 그녀에게 더는 아무 말도 하지 못했다.

그리고 한동안 침묵이 계속되었다. 타카죠는 더 이상 니아의 부스를 방해해서는 안 된다고 생각했는지 작게 한숨을 내쉬면서 책을 한 권 사더니 고개를 꾸벅 숙였다.

"설령 미움을 받더라도…… 저는 혼죠 선생님의 책을 고대하고 있습니다."

"아……."

니아는 무슨 말을 하려 했지만, 결국 말을 잇지 못하겠는지 그저 고개만 숙였다.

"……."

그 모습을 본 시도는 어제 타카쵸의 이야기를 듣고 느꼈던 위화감이 확신으로 변하는 것을 느꼈다.

"니아."

"……윽! 아, 소년. 한심한 꼴을 보였네. 하지만 승부는—."

"너…… 저 사람을 좋아하는 구나."

"뭐?!"

시도의 말에 니아가 눈을 동그랗게 떴다.

"소, 소년, 무슨 소리를 하는 거야? 나, 그런 쪽 취향은 없어."

"아, 그런 의미에서 한 말이 아냐. 인간으로서……랄까, 친구로서 말이야."

그렇다. 그것이 어제 시도가 느꼈던 감각의 정체였다.

니아가 〈라지엘〉의 힘 때문에 인간에게 낙담한 것은 사실이리라. 그렇기 때문에 니아는 자신을 배신하지 않는 2차원을 갈구하게 되었고, 결과적으로 만화가까지 되었다.

하지만 니아는 인간에게 절망한 정령과 다른 점이 하나 있었다.

니아는 인간 사회에 속에 있는데다, 최소한의 커뮤니케이션 능력을 지니고 있었던 것이다.

분명 그것이 위화감의 정체였다.

코토리는 니아가 〈라지엘〉로 절친했던 타카쵸를 조사해봤고, 상대의 본성을 알았기 때문에 소원해진 것이 아닐까, 라고 말했다.

하지만 시도는 다르게 생각해 봤다. 니아라면 본성을 알고 실망한 사람을 상대할 때는 겉으로만 원활한 인간관계를 계속 유지하지 않을까— 하고 말이다.

거기까지 생각이 미친 순간, 시도의 뇌리에 어떤 가능성이 떠올랐다.

"니아, 너…… 혹시 무서웠던 거야?"

"뭐? 무, 무슨 소리를—."

"그대로 사이가 좋아졌다가, 언젠가 호기심에 져서 〈라지엘〉을 써버릴 것 같기 때문에— 겨우 생긴 친구에게 실망하고 싶지 않기 때문에 거리를 둔 거야?"

시도가 그렇게 묻자, 니아는 한순간 말문이 막힌 듯한 표정을 지었다. 그리고 고개를 돌리더니 책을 팔면서 대답했다.

"흥. 소년이 무슨 소리를 하는 건지 전혀 모르겠네! —아, 500엔이에요."

"그럼 아까는 왜 그런 거냐고! 너는 싫어하는 사람일수록 평범하게 대할 수 있다며! —감사합니다!"

니아와 시도는 일반 참가자를 상대하면서 서로를 향해 언성을 높였다. ……그 결과, 별나기 그지없는 말다툼이 되고 말았다.

"정말 시끄럽네! 판매에 집중하라구! —아, 줄 맨 끝은 저쪽이에요!"

"미안하지만 그럴 수는 없어! 내가 승부에서 이기려는 건 너를 구하고 싶기 때문이야! 이 문제를 방치해서는 의미가 없

홀쇼당

어! —예. 책은 저쪽에서 건네 드립니다!"

니아는 시도의 말을 듣더니 짜증을 내듯 「크으으으으……!」 하고 신음을 흘렸다.

그리고 계속 손님을 상대하면서 조바심이 난 듯한 목소리로 고함을 질렀다.

"맞아! 무섭다구! 그럼 안 되기라도 하는 거야?! 나도 친구를 만들고 싶어! 하지만 방법이 없잖아! 초고성능 카메라로 상대의 일생을 훔쳐볼 수 있는 녀석이 친구 같은 걸 만들 수 있을 리가 없다구! —1000엔 받았습니다!"

니아는 인상을 찡그리면서 말했다.

시도는 그 말을 듣고 니아가 느꼈을 고독을 약간이나마 이해했다.

니아는 호기심에 지고 만 자신이 상대를 조사하지나 않을까 하는 불안과 함께…… 상대를 언제 어느 때나 훔쳐볼 수 있는 자신 또한 부담으로 여기고 있었던 것이다.

그것은 신이나 다름없는 초월적인 힘을 지녔기에 느끼는 고뇌인 것이다. 대등한 자가 존재하지 않기에 생기는 고독. 정령의 힘을 지니지 못한 이들은 그것을 이해하지 못하리라.

하지만— 시도는 개의치 않으면서 언성을 높였다.

"그런 건 안 해보면 알 수 없잖아!"

"흥! 허울 좋은 소리 하기는! 그럼 거꾸로 묻겠는데 말이야, 소년. 너는 온종일 화장실이나 목욕탕에 있을 때도 자신을 멋대로 훔쳐보는 인간과, 자신의 알려지고 싶지 않은 과거를 마음대로 알아볼 수 있는 인간과 진심으로 친해질 수 있겠어?!"

니아의 입에서 비통한 외침이 터져 나왔다.

시도는 한순간 어안이 벙벙한 듯한 표정을 지은 후, 곧 목청껏 웃음을 터뜨렸다.

"하하…… 하하하하하하하하하하하하하핫!"

"뭐, 뭐가 그렇게 웃긴 건데?!"

니아가 당혹한 목소리로 그렇게 외쳤다. 시도는 가늘게 숨을 내쉰 후, 거칠게 머리카락을 쓸어 올렸다.

"—미안하지만, 그런 사람에게는 완전 익숙하거든! 그래…… 이제 이해했어. 너와 나는 상성이 끝내준다고! 프라이버시?! 그게 뭔데?! 먹는 거야?! 그런 걸 신경 쓰는 네가 천사처럼 보이는걸!"

"뭐, 뭐어?!"

니아는 시도가 무슨 소리를 하는 건지 모르겠다는 듯이 눈썹을 찌푸렸다.

시도는 그런 니아의 얼굴을 쳐다보면서 목청껏 외쳤다.

"훔쳐보고 싶으면 얼마든지 훔쳐봐! 알아보고 싶으면 얼마든지 알아보라고! 나는 그래도! 너를 싫어하지 않아!"

"…………윽!"

니아는 시도의 외침을 듣고 숨을 삼켰다.

하지만 다음 순간, 그녀는 이를 악물면서 대꾸했다.

"뭐어어어어어어어어어?! 말도 안 되는 소리 하지 마! 그딴 짓을 했다간 내가 너를 싫어하게 될 게 뻔하거든?!"

두 사람이 대화를 나누는 사이에도 시간은 속절없이 흘러갔다. 서클 〈라타토스크〉, 〈혼죠당〉, 양쪽 다 참가자의 행렬이 끊어질 줄을 몰랐고, 그들에게 쉴 새 없이 책을 팔았다.

재고 면에서는 〈혼죠당〉이 500부 정도 앞서고 있었지만, 계산 스피드는 인원이 많은 〈라타토스크〉가 앞섰다.

어떤 이는 책을 팔고, 어떤 이는 줄을 정리했으며, 그리고 어떤 이는 전달 행사를 하느라 지친 아이돌에게 잠시 안겼다. 그리고 비명을 질렀다. 그런 그녀의 눈가에는 눈물이 어려 있었다.

이 열광 속에서 다들 자신의 사명을 완수하고 있었다.

그리고—.

""—감사합니다!""

마지막 한 권을 팔아치운 시도와 니아의 목소리가 동시에 행사장에 울려 퍼졌다.

"……읏!"

"……앗?!"

시도는 하아, 하아, 하고 거친 숨을 내쉬면서 니아 쪽을 쳐다보았다. 니아 또한 시도를 쳐다보고 있었다.

둘 다 한겨울인데도 불구하고 볼이 상기되어 있었고, 이마에는 구슬 같은 땀방울이 맺혀 있었다. 니아의 안경에는 희미하게 김이 서려 있었다.

두 사람이 호흡을 고르고 있을 때, 〈라타토스크〉와 〈혼죠당〉에서 동시에 목소리가 터져 나왔다.

"〈라타토스크〉 매진입니다!"

"〈혼죠당〉 매진입니다!"

그렇다.

나란히 설치된 두 서클이 동시에 책을 다 팔아치운 것이다.

그 선언과 동시에 아직 줄서있던 참가자들은 목소리로 아쉬움을 드러내며 돌아갔다. 항의나 불만을 표시하는 이는 한 명도 없었다. 손에 넣지 못한 이상 이곳에 있어봤자 아무 소용없다. 그렇다면 다른 책을 손에 넣으러 가는 편이 유익하다는 걸 아는 것이리라.

시도와 니아는 그런 그들의 등을 쳐다보면서 동시에 땅이 꺼져라 한숨을 내쉬더니, 덜컹 하는 소리를 내면서 접이식 의자에 앉았다.

"……자, 아무래도 비긴 것 같네."

코토리는 표정을 약간 굳히고 니아를 쳐다보았다.

"……."

그리고 몇 초 후, 의자 등받이에 기댄 채 하늘을 올려다보던 니아는 안경을 벗더니 옷소매로 땀을 닦았다.

그리고 시도를 힐끔 노려본 니아는 책상 안을 뒤져 아까 교환했던 시도의 동인지를 꺼냈다.

"……좋아. 이 정도까지 한 상이야. —읽어줄게."

""""……아!""""

니아가 그렇게 말하자, 서클 〈라타토스크〉의 멤버들은 서로를 쳐다보며 환성을 질렀다.

◇

동인지를 전부 팔고 약 한 시간 후.

서클 부스를 정리한 시도 일행은 정령들이 옷을 갈아입을 때까지 기다린 후, 텐구 스퀘어의 뒤편에 있는 공원으로 이동했다.

정령에 관한 이야기를 할 거라면 자초지종을 모르는 〈혼죠당〉의 스태프들이 없는 편이 좋을 거라고 생각했기에 한발 먼저 행사장에서 철수한 것이다.

참고로 니아는 판매원 이외에도 눈독을 들인 동인지를 확보하기 위한 인원을 엄청난 금액을 들여 다섯 명 정도 고용했던 것 같았다. 만화를 좋아하는 니아가 다른 동인지를 사러가지 않는 것이 이상하다고 생각했는데, 이미 손을 써뒀던 것이다.

니아의 말에 따르면 실은 직접 사러 가고 싶었지만, 자신의 부스를 남에게 맡겨둘 수도 없기 때문에 어쩔 수 없이 사람을 고용했다고 한다.

"—자, 그럼 읽어볼까."

시도와 정령들이 만든 동인지를 손에 든 니아는 그렇게 말하면서 공원의 벤치에 앉았다.

일단 승부에서 비긴 덕분에 니아가 이 동인지를 읽게 됐지만, 진짜 문제는 이제부터다. 니아가 이 책의 주인공인 시도를 마음에 들어 하지 않는 한, 그녀의 힘을 봉인할 수 없는 것이다.

""""…………""""

시도와 정령들의 시선은 벤치에 앉은 니아에게 집중됐다. 그러자 니아는 미간을 찌푸리면서 그들을 올려다보았다.

"……그렇게 뚫어져라 쳐다보면 책 보기 힘들거든?"

"으, 응…… 미안해."

시도는 볼을 긁적이면서 어색하게 고개를 돌렸다. 정령들 또한 뒤따라 고개를 돌렸다.

"그런 뜻에서 한 말은 아닌데……."

니아는 하아 하고 한숨을 내쉬고 날카로운 시선을 띠었다.

"아무튼, 미리 말해두겠는데 말이야. 내가 승낙한 건 이 책을 읽는 것만이야. 그 다음에 어찌할지는 별개의 이야기라구! 이상한 기대는 하지 마."

"……응. 알아."

시도가 잔뜩 긴장한 얼굴로 그렇게 말하자, 니아는 어깨를 으쓱했다. 그리고 시도 일행을 쫓아내려는 것처럼 손을 내저었다.

"그럼 저쪽에 가 있어. 만화를 읽을 때는 말이야, 아무에게도 방해받지 않고 자유롭게, 뭐랄까 구원받아야만 한다구."

"그, 그래……?"

후반부는 잘 이해가 되지 않았지만, 아무튼 혼자 있게 해달라는 것이리라. 시도는 정령들과 함께 니아에게서 조금 떨어진 곳으로 이동했다.

"하아…… 정말."

벤치에 홀로 남게 된 니아는 작게 한숨을 내쉬었다.

"……소년도 참. 정말 제멋대로라니깐."

그리고 아까 행사장에서 있었던 일을 떠올리면서 인상을 찌푸렸다.

하지만— 자신이 짜증난 이유는 알고 있었다.

그가 한 말이…… 정확하게 자신의 정곡을 찔렀기 때문이다.

"……그렇게 큰 소리 쳐놓고 어설픈 작품이면 진짜로 용서 안 할 거야."

니아는 마음을 진정시키려는 것처럼 몇 번 눈을 깜빡인 후, 안경을 고쳐 쓰면서 손에 든 동인지를 쳐다보았다.

표지에는 시도를 참조해서 만든 듯한 캐릭터가 그려져 있었다. 몇 시간 전에 처음 봤을 때도 생각했지만, 선이 꽤 거칠기는 해도 확실히 아마추어의 수준을 넘어선 그림이었다. 프로 만화가라도 고용한 것일까?

"흐음. 뭐…… 그래도 중요한 건 내용이지."

니아는 그렇게 중얼거리면서 표지를 넘기고 만화를 읽기 시작했다.

그림은…… 뭐, 동인지로서는 충분히 합격점이었다. 페이지에 따라 완성도가 차이나기는 했지만, 스트레스를 받지 않으면서 읽을 수 있을 수준은 되었다.

이야기는 소년, 이츠카 시도가 한 정령과 만나는 것부터 시작되었다.

강대한 힘을 지녔으면서도, 인간에게 계속 부정당해왔던 소녀와 소년의 교류.

그리고 소년은 여러 정령들과 만나 그 올곧은 의지로 정령들의 마음을 열어갔다…….

"……흐음."

몇 분 후.

니아는 책을 다 읽은 후, 신음하는 듯이 중얼거리면서 볼을 긁적였다.

결론부터 말하자면— 시도와 정령들이 만든 책은 니아의 예상을 아득히 뛰어넘는 완성도를 가졌다.

적어도 아마추어들이 겨우 이틀 만에 이걸 완성했다고 말하면 그 누구도 믿지 않으리라.

하지만…… 거꾸로 말하자면 그게 다였다.

확실히 이것은 잘 만든 만화였다. 하지만 니아가 이 작품의 주인공인 이츠카 시도를 사랑하게 되느냐 마느냐는 별개의 이야기였다.

우선 페이지가 너무 부족했다. 시간이라는 제약이 있기에 어쩔 수 없을지도 모르지만, 이야기를 풀어나가는데 쫓긴 나머지 주인공의 매력을 완전히 드러내지 못했다.

그리고 무엇보다— 주인공, 이츠카 시도에게 현실감이 너무 없었다.

니아의 호감도를 높이기 위해 그린 만화이니 당연하다면 당연한 거겠지만, 시도를 너무 히어로로서 그리고 있었다. 이래서는 설령 니아가 이 캐릭터에게 반하더라도, 현실의 시도와 캐릭터 사이의 갭 때문에 낙담할 뿐이다.

"유감이야…… 소년. 노력하기는 했지만, 이걸로는 나를 반하게 만들 수 없어."

니아는 한숨을 내쉬면서 그렇게 말한 후, 동인지를 덮었다.

하지만 니아에게는 신경 쓰이는 점이 한 가지 더 있었다. 니아는 주위에 아무도 없는 걸 확인한 후, 왼손을 허공에 들어 〈라지엘〉을 현현시켰다.

그리고 마음속으로 명령을 내리며 표지를 쓰다듬었다. —시도 일행이 이 책을 만들 때의 광경을 알기 위해서 말이다.

그렇다. 내용은 니아의 눈에 차지 않았지만, 그 짧은 기간에 이 정도 퀄리티의 책을 만들어낸 방법에는 한 사람의 만화가로서 관심이 있었다.

〈라지엘〉이 빛나더니 페이지에 글자가 새겨졌다. 니아는 그것을 확인한 후, 지면을 부드럽게 쓰다듬었다.

그 순간— 니아의 머릿속으로 이 책의 제작과정에 관한 정보가 흘러들어왔다.

"……흐음. 다 같이 의논해서 스토리를 짠 후, 나츠미라는 애가 메인 작화를 맡고 분업을 한 거구나……. 그래도 참고는 안 될 것 같네. 이 정도 숫자의 디지털 어시스턴트를 모은다는 것 자체가 현실적이지 않잖아. 역시 〈라타토스크〉. 말도 안 되는 짓을 벌이네…….”

그리고 바로 그때—.

〈라지엘〉에서 흘러들어오는 정보를 만끽하던 니아는 갑자기 눈썹을 부르르 떨었다.

「그 니아라는 벽창호한테도…… 빨리 가르쳐주고 싶어.

친구란—, 정말 멋진 거라는 걸…… 말이야.」

그렇게 말하는 나츠미의 목소리를 듣더니…….

“……흥.”

니아는 불쾌하다는 듯이 인상을 찡그렸다.

“예이예이…… 고견을 들려줘서 참 고맙습니다~. 하지만 너희가 만든 만화로 나를—.”

하지만 그때, 니아는 무심코 눈을 치켜떴다.

“어……?”

이유는 단순했다. 니아가 만지고 있는 〈라지엘〉의 페이지에 새로운 문자가 표시된 것이다.

그와 동시에 니아의 머릿속에 새로운 광경이 흘러들어왔다.

그것은 나츠미가 영력을 보유하고 있던 시절, 인간에게 불신감을 지니고 있던 그녀가 시도와 다른 이들의 상냥함을 접하고 마음을 열게 되었던 과정이었다.

“이, 건…….”

니아는 망연자실한 목소리로 중얼거렸다.

하지만 막연하게나마 방금 일어난 일을 이해했다.

〈라지엘〉은 모든 것을 아는 천사다. 하지만 어디까지나 니아가 원하는 정보만을 전달한다.

그러니 아마— 니아는 마음 한편으로 생각했던 것이리라.

나츠미가 이런 입에 발린 소리를 입에 담게 된 경위는 대체 무엇일까, 하고 말이다.

하지만 그것만이 아니었다. 〈라지엘〉의 페이지에 차례차례 글자가 떠오르더니, 그에 맞춰 니아의 머릿속에도 쉴 새 없이 정보가 흘러들어왔다.

오리가미, 미쿠, 카구야, 유즈루, 코토리, 요시노, 그리고— 토카.

굳게 마음을 닫고 있던 소녀들은 시도라는 따뜻한 빛을 접하고 변해갔다.

아아, 그것은— 방금 니아가 본 책의 내용과 완벽하게 똑같은 광경이었다.

"아…… 아……."

그렇다. 이 책에는 각색된 부분이 전혀 없었다.

이츠카 시도라는 소년은 진짜로 자신의 몸을 돌보지 않고 소녀들을 구하기 위해 최선을 다했던 것이다.

정령들이 안고 있는 문제는 한두 가지가 아니었다. 그녀들의 안고 있는 마음속 어둠, 어두운 과거, 혹은— 잔혹한 본성.

하지만 시도는 그 어떤 문제에 직면해도 포기하지 않았다. 무너질 뻔 하면서도 다시 일어섰다.

지금이라면 이해할 수 있었다.

아까 그가 니아에게 했던 말은 거짓말이 아니었던 것이다.

그는 그녀들에게 있어— 히어로인 것이다.

—뚝, 뚝.

〈라지엘〉의 페이지에 물방울이 떨어져 옅은 빛이 스며 나왔다.

"…………."

니아는 〈라지엘〉에서 손을 뗀 후에야 그것이 자신의 눈물이라는 사실을 깨달았다.

"……."

니아를 홀로 남겨두고 공원 서쪽 벤치에서 대기하고 있던 시도는 마음이 안정되지 않는지 다리를 덜덜 떨었다.

"시도, 버릇없어 보이니까 그만해."

"으, 응. 미안."

코토리에게 지적을 받고서야 시도는 다리를 떠는 걸 멈췄다. 하지만 그러는 코토리 또한 입에 물고 있는 막대사탕의 막대 부분을 쉴 새 없이 흔들어대고 있었다.

하지만 그것도 무리는 아니었다.

니아의 판정에 따라 그녀의 영력을 봉인할 수 있는지 없는지— 그리고 그녀를 〈라타토스크〉에게 보호받게 해서 DEM으로부터 지킬 수 있는지가 결정되니까 말이다.

"아! 시도!"

바로 그때, 토카가 느닷없이 외쳤다.

그 말에 고개를 들어보니, 아까 시도 일행이 있었던 곳에서 이쪽을 향해 천천히 걸어오고 있는 니아가 눈에 들어왔다.

"……아! 니아—."

"크큭…… 드디어 온 게냐."

"긴장. 어떤 결과가 나왔을까요."

시도와 정령들은 마른 침을 삼켰다.

하지만 시도는 눈앞까지 다가온 니아를 보고 무심코 미간을 찌푸렸다.

안경 너머로 보이는 니아의 눈이 충혈 되어 있었던 것이다.

"니아……? 무슨 일이라도 있었던 거야?"

"……윽, 아, 아무 것도 아냐……."

니아는 가벼운 어조로 대답한 후, 한숨을 내쉬었다.

니아가 저렇게 말하니 더 추궁할 수가 없었다.

게다가— 지금은 그것보다 더 신경 쓰이는 게 있었다.

"그래…… 니아. 우리의 책은 어땠어?"

"……."

시도의 물음에 니아는 들고 있던 동인지를 아무 말 없이 쳐다보았다.

그리고 어깨를 으쓱이며 입을 열었다.

"꽤 잘 만들기는 했지만 이거 한 권으로 나를 반하게 만드는 건 무리가 아니려나~. 미안하지만 나는 그렇게 쉬운 여자가 아냐."

"으……윽……."

"그럴, 수가……."

시도는 이를 악물면서 주먹을 말아 쥐었다. 몸속 깊은 곳에서 무력감이 솟구쳤다. 정령들 또한 비통한 표정으로 고개를 푹 숙였다.

하지만—.

"그래도, 뭐……."

니아가 고개를 돌린 채 말을 이었다.

"봐줄 만은 했으니까……. 한 번 더 찬스를 줄 수도 있어."

"뭐……?"

시도가 망연자실한 표정을 지으며 되묻자, 니아는 부끄러움을 타듯 볼을 붉혔다.

"……그러니까 한 번만 더 데이트를 해주겠다는 거야. 소년도 남자라면 그때 결판을 내보라구."

"…………!"

시도는 온몸에서 소름이 돋는 듯한 느낌을 받았다. 몸에 다시 힘이 들어가더니, 고함을 지르고 싶은 감각이 오장육부를 가득 채웠다.

"시도!"

그것은 정령들도 마찬가지인 것 같았다. 마치 골을 넣은 공격수를 축복하듯 시도를 향해 몸을 날렸다.

"꺄아~! 해냈군요, 달링~!"

"대단……해요!"

"시도의 매력이면 이 정도는 식은 죽 먹기야."

"하하하…… 다들 그만해. ……그런데 미쿠와 오리가미는 진짜로 그만해줄래? 저기, 왜 은근슬쩍 내 옷을 벗기려고 하는 건데?!"

"예~? 그런 짓 안 했어요~. 맞죠~?"

"안 했어. 결과적으로 그렇게 되더라도, 그건 어디까지나 불행한 사고야. 누구의 탓도 아냐."

"꺄아~! 꺄아아아악?!"

"어, 어이, 너희 둘, 시도에게 무슨 짓을 하는 것이냐?!"

토카가 거품을 물면서 미쿠와 오리가미를 막으려 했다. 그와 동시에 다른 정령들도 참전하면서 난리법석을 떨었다. 시도는 그녀들 사이에 끼인 채 이러 저리 치이고 있었다.

"……푭, 아하, 아하하하하."

그 광경을 본 니아가 더는 못 참겠다는 듯이 웃음을 터뜨렸다.

"뭐랄까…… 응, 너희는 정말 끝내주네. —저기, 소년. 혹시 너라면……."

—그렇게 니아가 말을 이으려던 순간—.

『이변』이 발생했다.

니아가 갑자기 숨을 삼키더니 몸을 부들부들 떨었다. 그리고 머리를 감싸 쥐고는 그 자리에서 무릎을 꿇은 것이다.

"어……? 아, 아, 아, 아아아아아아, 아아아아아아아아아아아아아……?!"

그리고 고통으로 표정을 일그러뜨리고 목청껏 울부짖기 시작했다.

"니, 니아……?!"

대체 무슨 일이 벌어진 거지?! 시도는 갑자기 고통스러워하는 니아를 향해 뛰어가려 했다.

하지만 바로 그때, 니아의 몸에서 쏟아져 나온 칠흑빛 영력이 지면을 침식하기 시작했다. 그 뒤를 이어 농밀한 영력에서 공간진의 징후를 감지한 것인지, 주위에서 경보가 울려 퍼졌다.

"아니……, 이건……?!"

"니아! 뭐가 어떻게 된 것이냐!"

시도 일행이 당황한 목소리로 그렇게 말하고 있을 때, 코토리가 오른쪽 귀에 손을 대면서 이야기를 시작했다. ―아무래도 귀에 장착한 인터컴을 통해 사령실에서 연락이 온 것 같았다.

"……뭐?! 그게 무슨 소리야?!"

"코토리! 대체 니아한테 무슨 일이 일어난 거야……?!"

시도의 물음에 코토리는 얼굴을 경악으로 물들이면서 대답했다.

"……영력치, 카테고리 E. ―니아가 반전하려 하고 있어……!"

그― 절망 그 자체나 다름없는 말을―.

제5장 너의 것은 나의 것

텐구 시 시내를 달리는 한 자동차의 뒷좌석.

DEM인더스트리 상무이사(매니징 디렉터) 아이작 웨스트코트는 손에 든 소형 단말의 화면을 바라보면서 입가에 미소를 머금었다.

"상황의 추이가 나쁘지 않군. 역시 수송기의 조종사들이 잘 해준 것 같아. 우리가 상황을 연출했다면 결국 『낌새』가 있었을 테니까 말이지."

"—『자재A』 말인가요?"

옆 좌석에 앉아있던 엘렌이 단말을 힐끔 쳐다보면서 말했다. 그러자 웨스트코트는 고개를 끄덕이며 말을 이었다.

"그래. 뭐, 지금은 식별명인 〈시스터〉로 부르는 편이 적절할지도 모르지만 말이야."

"……."

엘렌은 생각에 잠긴 것처럼 잠시 동안 침묵한 후, 다시 입을 열었다.

"……일이 잘 풀려서 다행이기는 합니다만, 그래도 포획한 정령을 풀어주는 건 리스크가 너무 크지 않을까요?"

그리고 약간 언짢은 것처럼 눈썹을 찌푸렸다.

확실히 〈시스터〉는 5년 전에 엘렌이 직접 포획한 사냥감이자, DEM인더스트리가 보유한 유일한 정령이었다. 그러니 그녀가 이번 작전에 반감을 가지는 것도 무리는 아니었다.

하지만 삐친 어린애 같은 엘렌의 표정이 재미있는지 웨스트코트는 무심코 미소를 머금었다.

"왜 그러시죠?"

"아무 것도 아냐. 그리고 네 말이 맞긴 해. 어쩌면 우리는 DEM 최대의 자산을 잃을 가능성도 있지. 하지만— 우리가 벽에 부딪힌 것도 사실이잖아?"

웨스트코트가 그렇게 말하자, 엘렌은 낮은 신음을 흘렸다.

"그건, 그렇습니다만……."

"5년 동안 우리는 〈시스터〉에게 온갖 육체적, 정신적 고통을 가했지. 하지만 그렇게까지 했는데도 그녀는 완전한 반전 상태가 되지 않았어."

웨스트코트는 엘렌을 힐끔 쳐다본 후, 말을 이었다.

"하지만 석 달 전, 우리 앞에 강림한 〈프린세스〉의 반전체는 대단한 개체였지. 우리는 그녀에게 어떠한 위해도 가하지 않았는데 말이야."

웨스트코트는 일전에 봤던 그 모습을 떠올리듯 눈을 내리

깔더니, 무언가에 도취된 듯한 목소리로 그렇게 말했다.

그렇다. 잊을 수 있을 리가 없다. 지난 9월, 웨스트코트와 엘렌은 정령 〈프린세스〉를 반전시키는데 성공한 것이다.

그리고 그 계기가 된 것이 바로— 정령의 힘을 봉인하는 능력을 지닌 소년, 이츠카 시도였다.

DEM과 적대관계인 비밀조직 〈라타토스크〉는 그의 능력을 이용해 정령들이 그에게 마음을 열게 한 후, 그녀들의 힘을 봉인해왔다. 하지만 그 과정에서 생겨난 신뢰 관계야말로 〈프린세스〉 반전의 요인이 된 것이다.

"그렇기 때문에 나는 〈시스터〉를, 소중하기 그지없는 정령을 내 손아귀에서 벗어나게 한 거야. —머릿속에 초소형 리얼라이저를 심어 5년 동안 그녀가 겪었던 일을 전부 망각시킨 후에 말이야."

그것이 웨스트코트의 명령에 따라 〈시스터〉에게 행한 특수한 『처리』다. 분명 그녀는 산 채로 배가 갈라졌던 일도, 두개골에 구멍이 뚫렸던 일도, 손발이 1밀리미터씩 잘려나갔던 일도 전혀 기억하지 못할 것이다.

그녀에게 그런 처리를 한 이유는 크게 나누자면 두 가지다.

하나는 단순했다. 장기간에 걸친 실험과 고문의 나날로 그녀의 정신은 거의 붕괴되고 만 것이다. 기억 처리를 하지 않는다면 자아를 유지하는 것조차 힘들 것이었다.

그리고 또 하나는—.

"……호오?"

단말에 표시된 수치가 흐트러지자, 웨스트코트의 눈썹이 희미하게 움직였다.

"왜 그러시죠?"

"〈시스터〉의 정신 상태가 흐트러졌어. —내가 기대했던 대로, 이츠카 시도는 그녀의 마음을 흔드는데 성공한 것 같군."

웨스트코트의 입술 끝이 말려 올라갔다.

"5년 전 우리가 〈시스터〉를 포획했을 때, 그녀는 이미 인간이라는 존재에게 절망해 있었어. 슬프게도 그녀 본인이 지닌 능력 때문에 말이야.

—하지만 지금은 달라. 그녀는 이츠카 시도를 만나, 다른 정령들과 마찬가지로 인간의 온기를 느꼈어. 절망이 떨어졌던 세계에 한 줄기 빛이 쏟아진 거지. 정말 멋진 일이군."

웨스트코트는 엘렌과 시선을 마주하며 불길한 미소를 머금었다.

"그럼……."

"그래. 결행하지. 준비를 시작해. —내 신호에 맞춰 〈시스터〉의 뇌에 심어둔 리얼라이저를 발동시키도록. 그러면 그녀는 단번에 **망각하고 있던 5년 동안의 기억을 전부 선명하게 떠올릴 거야.**"

웨스트코트는 단말에 표시된 수치를 쳐다보면서 눈을 가늘게 떴다.

그렇다. 그녀는 희망을 손에 넣었다. 인간도 나쁘기만 한 존재가 아니라는 사실을 안 것이다.

그것이— 절망을 더욱 깊게 만들 거라는 사실을 모른 채…….

"단순한 이야기지. 유리구슬은 그냥 떨어뜨리는 것보다, 더 높은 곳에서 떨어뜨릴 때 쉽게 깨지는 법이거든."

웨스트코트는 그렇게 말하고 하늘을 올려다보며 입을 열었다.

"—자, 엘렌. 우리의 비원을 달성하러 가볼까?"

"예. 그렇게 하죠…… 아이크."

엘렌은 차분한 목소리로 대답했다. 웨스트코트는 만족한 것처럼 고개를 끄덕이더니 앞쪽— 자동차의 조수석에 앉은 이를 쳐다보았다.

"자네도 잘 부탁해. 아무쪼록 엘렌을 도와주게."

"……."

조수석의 소녀는 웨스트코트의 말을 듣더니 묵묵히 고개를 끄덕였다.

◇

"아, 아아아아, 아아아아아아아아아아아아아아아아아——!!"

니아가 고통에 찬 절규를 토한 순간, 그녀의 몸에서 진흙 같은 영력 덩어리가 뿜어져 나왔다. 그것에 닿은 지면은 마치 물에 닿은 소금처럼 녹아내렸다.

그것만이 아니었다. 비명을 지르는 니아의 얼굴, 손, 다리,

몸 곳곳에 상처가 생기더니, 그곳에서 엄청난 양의 피가 뿜어져 나왔다.

니아는 상처를 입을 만한 짓을 당하지 않았다. 하지만 그녀의 피부에 꽃이 피듯, **니아의 몸이 자신이 입었던 상처를 갑자기 떠올린 것처럼**, 여러 상처가 생긴 것이다. 그 광경은 경건한 신자의 몸에 생긴다는 성스러운 상처, 성흔(聖痕)을 연상하게 했다.

그리고— 이윽고 피와 영력이 니아의 몸을 뒤덮더니, 그녀의 모습을 변화시켰다.

일전에 시도가 봤던 수녀 같은 실루엣과는 전혀 닮지 않은, 흉흉한 형태로 변모시킨 것이다.

"니, 아……."

시도는 그 모습을 보고 망연자실한 목소리로 그녀의 이름을 불렀다.

시도는— 아니, 이 자리에 있는 이들 모두가 이 광경을 본 적이 있었다.

영결정(세피라)의 반전. 정령이 깊은 절망에 빠진 순간 일어난다고 하는 존재 자체의 전환 현상이다.

하지만…… 이해가 안 됐다.

토카와 오리가미도, 니아와 마찬가지로 반전을 한 적이 있었다. —토카는 시도가 자신의 눈앞에서 목숨을 잃을 뻔 했기에, 그리고 오리가미는 자신의 손으로 부모님을 죽이고 말았다는 사실을 알고 반전했었다.

하지만 지금 눈앞에서 벌어지고 있는 니아의 반전에는 그 원인이라고 할 만한 것이 존재하지 않았다.

그 어떤 징조도 없었다.

니아가 시도와 정령들을 향해 다가가려 한 순간…….

절망이, 모습을 드러낸 것이다.

"……뭐, 뭐가 어떻게 된 거야. 왜 갑자기……."

"니아 씨……! 대체 왜……."

나츠미와 요시노는 니아에게서 뿜어져 나오는 엄청난 영력파 때문에 인상을 찡그리면서 입을 열었다.

그러자 다음 순간, 니아의 몸이 부르르 떨리더니 마치 실로 조종하는 인형처럼 고개를 치켜들었다.

"아, 아아아아아아아아아아."

극심한 고통 때문에 니아의 얼굴은 일그러질 대로 일그러져 있었다. 자신의 피로 새빨간 색으로 물든 그녀의 얼굴은 마치 눈물을 흘리고 있는 성모상을 연상케 했다.

니아는 쉴 대로 쉰 탓에 목소리라 할 수조차 없을 듯한 목소리로 말했다.

"—〈신(神)……식(蝕), 편(篇)……질(帙)〉(벨제붑)—."

그 말에 호응하듯, 니아의 눈앞에 거대한 책 한 권이 모습을 드러냈다.

보기만 해도 몸이 짓눌리는 듯한 느낌이 들 정도의 압도적인 위압감이 느껴졌다. —틀림없다. 일전에 봤던 〈포학공(暴虐公)〉(나헤마)나 〈구세마왕(救世魔王)〉(사탄)과 마찬가지로 『마왕』인 것이다.

〈벨제붑〉은 공중에서 정지한 채 자동적으로 펼쳐지더니, 엄청난 속도로 페이지가 넘어갔다. 그리고 그 페이지가 책에서 떨어져 나오더니, 마치 눈보라처럼 주위에 흩날렸다.

"이, 이건……."

"조심해, 시도. 저건 단순한 종잇조각이 아냐."

오리가미의 담담하면서도 경계심으로 가득 찬 목소리에 답하듯이, 니아의 주위에 진을 치며 흩날리고 있던 〈벨제붑〉의 페이지가 검은 빛을 뿜기 시작했다.

"아니……?!"

그와 동시에 시도가 경악을 금치 못하며 눈을 크게 떴다.

〈벨제붑〉의 페이지에서 어둠을 응고시켜 만든 듯한 기괴한 괴물들이 수도 없이 기어 나왔기 때문이다.

『———!』

괴물들은 포효와도, 비명과도 다른 소리를 내면서 일제히 지면을 박차더니, 시도 일행을 덮쳤다.

"우왓……!"

시도는 무심코 그 자리에서 딱딱하게 굳어버렸다. 하지만— 괴물의 손이 시도에게 닿기 직전, 괴물의 몸이 빛에 삼켜지더니 몸의 절반 이상이 공기에 녹아들듯 사라졌다.

시도는 곧 무슨 일이 일어난 것인지 깨달았다. 시도의 뒤편에 서있던 오리가미가 한정 영장을 현현시켜 천사 〈절멸천사[메타트론](絶滅天使)〉으로 괴물을 해치운 것이다.

아니, 오리가미만이 아니었다. 코토리 이외의 모든 정령들이 한정적인 영장을 몸에 두르고 천사를 현현시킨 채, 어둠을 낳는 니아, 그리고 어둠에서 태어난 괴물들을 주시하고 있었다.

"다들……!"

"뭐가 어떻게 된 건지는 모르겠지만…… 이대로 내버려둬선 안 된다는 것만큼은 알겠다!"

"주위의 방해되는 녀석들은 저희가 맡을게요~! 그러니 달링은 니아 양을 어떻게 해주세요!"

토카와 미쿠는 그렇게 외치고 임전 태세를 취했다. 그에 대항하듯 〈벨제붑〉의 페이지에서 수많은 괴물들이 튀어나왔다.

"큭……."

점점 늘어나는 니아의 군대를 본 시도는 인상을 찡그리면서도 자세를 낮췄다.

정령의 힘을 봉인할 수 있는 사람은 시도뿐이니, 그가 니아에게 직접 다가가는 수밖에 없다. 그리고— 시도도 그 점에 대해서는 이의가 없었다.

하지만, 시도는 불안한 점이 한 가지 있었다.

"……내가 키스를 한다고 니아가 원래대로 되돌아올까……?"

그렇다. 시도가 처음으로 봤던 반전 정령인 토카는 키스를 통해 토카의 본래 의식을 이끌어내는데 성공했다.

그리고 두 번째 반전 정령, 오리가미는 외부에 있는 시도의 외침과, 내부에 있는『또 한 명의 오리가미』의 목소리 덕분에 정신을 차릴 수 있었다.

하지만 토카와 오리가미에 비해, 니아와 시도의 유대는 너무나도 미미했다. 게다가 그녀가 반전한 이유 또한 알 수 없었다. 이런 상황에서 지금까지 취했던 것과 같은 방법으로 니아를 원래 상태로 되돌릴 수 있을지 알 수가 없었다.

시도가 뭘 우려하고 있는지 눈치 챈 코토리는 흥 하고 코웃음을 쳤다.

"그건 몰라. ―하지만 다른 방법이 없는 이상 해볼 수밖에 없잖아. 지금까지 우리가 해온 일들을 믿고, 니아에게 목소리가 닿을 거라 믿을 수밖에 없어."

"……응. 그래."

시도는 긴장한 탓에 굳어진 볼을 약간이나마 릴렉스시킨 후, 니아를 다시 바라보았다.

그녀는 기괴하고 흉흉하면서도― 왠지 비통한 외침을 지르고 있는 것만 같았다.

"니아를 구하자. 다들…… 도와줘!"

""""오오!""""

시도의 말에 호응하듯, 정령들이 한 목소리로 그렇게 외쳤다.

하지만 바로 그 순간―.

"―유감이지만, 그렇게는 안 됩니다."

어딘가에서 그런 목소리가 들려왔다.

그 뒤를 이어 백금색으로 빛나는 기계 갑옷을 걸친 소녀가 하늘에서 나타나더니 니아를 사이에 두고 시도 일행의 맞은편에 내려섰다.

팔과 몸을 감싸는 옅은 빛깔의 노르딕 블론드. 자신이야말로 모든 생물 중의 최강이라고 믿어 의심치 않는 듯한 초연한 태도.

소녀는 시도 일행을 내려다보는 듯한 눈길로 말을 이었다.

"왜냐하면 제가 있기 때문입니다."

"……큭! 엘렌……!"

시도는 미간을 찌푸리면서 소녀의 이름을 입에 담았다. 엘렌. 엘렌 밀라 메이저스. DEM이 거느린 세계 최강의 마술사이자, 인간의 몸으로 정령을 능가한『인간을 초월한 인간』.

엘렌은 자신을 경계하는 시도 일행에게서 시선을 떼더니, 어둠에 삼켜진 니아를 바라보며 눈을 가늘게 떴다.

"—흐음. 멋지게 변했군요, 〈시스터〉. 역시 아이크는 대단해요."

코토리가 그 말을 듣고 불쾌한 듯이 인상을 찡그렸다.

"……꽤나 타이밍이 끝내준다 했더니, 당신들 짓거리였던 거야?"

"예. 애초에 이 정령의 소유권은 DEM에 있습니다. —운이 좋군요. 저는 이제부터 해야 할 일이 있습니다. 순순히 제 눈앞에서 사라진다면, 오늘은 이대로 놓아 드리겠습니다."

엘렌은 그렇게 말하더니 시도 일행에게 꺼지라는 듯한 손짓을 했다. 그런 엘렌의 행동에 시도는 이를 악물었다.

"헛소리 하지 마! 니아를 너희에게 넘겨줄 수는 없어!"

"—당신과 문답을 할 생각은 없습니다."

엘렌은 시도의 말에 전혀 개의치 않으며 등에 착용한 장비의 손잡이를 쥐고 그대로 뽑아들었다. 농밀한 마력으로 형성된 칼날이 빛나면서, 빛으로 된 검이 형성되었다. ―레이저 블레이드 〈칼라드볼그〉. 엘렌의 전용 장비였다.

그 동작에 반응하듯, 니아의 주위에서 꿈틀거리던 괴물들이 일제히 엘렌에게 달려들었다.

엘렌은 미간을 살짝 찌푸리더니, 몸 주위에 전개한 테리터리를 조작해 그 괴물들을 쓸어버렸다.

"마왕의 힘은 꽤 성가시군요. 일찌감치 결판을 내도록 하죠."

그렇게 말한 엘렌은 〈칼라드볼그〉를 치켜들었다. 그리고 테리터리를 조작해 니아를 향해 쇄도했다.

하지만― 엘렌이 니아에게 접근하려 한 순간, 섬광과 함께 〈칼라드볼그〉의 칼날이 튕겨났다.

시도의 곁에 있던 토카가 지면을 박차 몸을 날리더니 엘렌의 공격을 막아낸 것이다.

"그렇게는 안 된다!"

"방해할 생각입니까. 저야 상관이 없습니다만― 이렇게 나온다면 봐주지 않겠습니다."

엘렌은 날카로운 눈빛을 띠더니 눈에 보이지 않을 정도의 속도로 공격을 날렸다.

"크……!"

토카는 인상을 쓰면서 공격을 막아냈다. 하지만 아무리 정령이라고 해도, 토카는 전력을 다할 수 있는 상태가 아니었다. 지금 상태에서 최강의 위저드를 상대하는 것은 불리했다. 칼을 맞대면 맞댈수록, 토카는 점점 밀리기 시작했다.

"토카!"

"쳇— 혼자서는 무리야! 카구야, 유즈루, 미쿠는 토카를 엄호해! 요시노, 나츠미, 오리가미는 니아의 주위에 있는 검은 괴물들을 해치워서 시도에게 길을 만들어주는 거야!"

뒤편에서 상황을 지켜보던 코토리가 큰 목소리로 그렇게 외쳤다. 정령들은 코토리의 지시에 따라 엘렌을 저지하는 팀과 니아의 주위에 생긴 괴물들을 소탕하는 팀으로 나뉘었다.

"아무리 쟤들이라도 상대가 엘렌이라면 오래 버틸 수 없어. 빨리 결판을 내는 거야!"

"그래……! 부탁해! 요시노, 나츠미, 오리가미!"

시도의 말에 세 사람은 고개를 끄덕이면서 각자의 천사가 지닌 힘을 발휘했다.

"비키……세요……!"

『너희들, 방해된다구~!』

요시노는 거대한 토끼 모양 퍼핏 인형 〈빙결괴뢰(氷結傀儡)〉(자드키엘)을 조종해 공기 중의 수분을 동결시켜 괴물들의 발을 묶었다.

"〈메타트론〉."

"……〈하니엘〉!"

그 틈을 찌르듯, 오리가미는 〈메타트론〉으로 괴물들을 꿰뚫었고, 나츠미는 〈하니엘〉로 지면에 흩어진 〈벨제붑〉의 페이지를 나뭇잎으로 바꿨다.

니아 앞에서 꿈틀거리고 있던 괴물들 중 일부가 순식간에 제거됐다.

물론 아직 주위에는 괴물들이 남아 있었고, 〈벨제붑〉이 존재하는 한, 적은 무한히 늘어날 것이다. 하지만 정령들에게 도움을 받으면 몇 초 동안 니아를 무방비하게 만드는 것도 불가능하지는 않았다.

—하지만.

"……윽?!"

왼편에서 숨을 삼키는 소리가 들리자, 시도는 무심코 그쪽을 쳐다보았다.

그리고 믿기지 않는 광경을 본 나머지, 무심코 미간을 찌푸렸다.

오리가미가 천사 〈메타트론〉의 끝을 자신에게 겨누더니 그대로 광선을 쏜 것이다. 오리가미는 영장이 떨어져 나가면서 드러난 피에 물든 옆구리를 움켜잡고 고통에 찬 표정을 지었다.

"오리가미?! 뭐하는 거야?!"

"꺄아……?!"

"우왓, 이, 이게 뭐야……?!"

하지만 충격적인 사태는 그게 전부가 아니었다. 요시노와 〈자드키엘〉이 자신이 뿜은 냉기에 의해 발이 얼어붙었고, 나츠미는 〈하니엘〉의 빛을 뒤집어썼는지 못난이 마스코트 캐릭터 같은 모습으로 변하고 만 것이다.

세 사람 다 자신의 천사에게 공격을 당했다. 이 기묘한 사태를 본 시도는 당혹스러운 표정을 지었다.

하지만 그게 다가 아니었다. 시도는 자신의 몸이 움직이지 않는다는 사실을 깨달았다.

"아니……?!"

"모, 몸을…… 움직일 수가 없어!"

시도의 뒤편에 있는 코토리가 외쳤다. 코토리에게도 시도와 같은 현상이 일어난 것 같았다.

위저드의 테리터리에 의해 속박을 당하는 것과는 느낌이 조금 달랐다. 마치 자신의 몸이 뇌에서 내리는 지시를 무시하며 꼼짝도 하지 않는 것 같았다.

"앗, 설마……!"

그리고 시도는 알아챘다.

니아의 영장 중 일부가 필기구로 변하더니, 자동적으로 〈벨제붑〉의 지면에 뭔가를 쓰고 있었다.

"……큭! 미래기재……!"

그렇다. 일전에 니아가 〈라지엘〉을 통해 선보였던 능력이다. 아마 자신에게 적대하는 시도 일행이 미래에 할 행동을 〈벨제붑〉에 적은 것이리라.

하지만 니아가 썼던 것과는 비교도 되지 않을 만큼 필기 속도가 빨랐다. 이래서는 미래를 결정하는 신과 싸우는 거나 다름없었다.

"크, 윽—!"

시도는 손발에 힘을 주며 앞으로 나아가려 했다. 하지만 얼굴을 제외한 몸이 다른 의지에 따라 움직이고 있는 것처럼 꼼짝도 하지 않았다.

그 사이, 니아는 〈벨제붑〉으로 방금 정령들이 쓰러뜨린 괴물들을 다시 만들어냈다.

괴물들은 천천히, 그리고 확실하게 시도 일행을 향해 밀려들고 있었다.

"젠장……! 움직여! 움직이라고! 나 말고는 니아를 구할 사람이 없단 말이야!"

칠흑빛 괴물들이 시도의 머리를 향해 손을 뻗었다.

시도는 고함을 지르며 온몸에 힘을 줬다.

"―우오오오오오오오오오오오오오오오오오오!"

그 순간―.

시도의 몸이 열기를 뿜듯 뜨거워지더니, 그를 중심으로 엄청난 돌풍이 휘몰아쳤다.

시도에게 몰려들던 괴물들이 일제히 튕겨져 날아가고 그와 동시에 시도의 몸이 속박에서 풀려났다.

"이건……?!"

시도는 자신의 몸에 일어난 현상에 경악했다. 하지만 그는 바로 이해했다. 이 바람은 야마이 자매의 영력에 의해 발생한 것이 틀림없었다.

"시도!"

뒤쪽에서 코토리의 목소리가 들려왔다. 하지만 코토리는 속박에서 풀려나지 않은 것 같았다. 오리가미와 요시노 또한 마찬가지였다. 나츠미도 여전히 이상한 마스코트 캐릭터의 모습을 하고 있었다.

그 모습을 본 시도는 깨달았다. 미쿠의『목소리』와 똑같다. 〈벨제붑〉의 미래기재는 타인을 마음대로 조종할 수 있지만—그것에 저항할 수 있을 정도의 영력을 지닌 자에게는 효과가 미미한 것이다.

그렇다면 지금 이 상황도 납득이 되었다. 시도는 인간이지만, 정령의 영력을 8인분이나 보유하고 있는 것이다.

"—갔다 올게."

시도는 짤막하게 말한 후, 그대로 내달렸다.

물론 그런 그에게 반응하듯 괴물들이 시도를 향해 몰려들었다.

하지만 시도는 그 괴물들이 위협적으로 느껴지지 않았다.

"—〈자드키엘〉!"

시도는 그렇게 외치며 지면을 내디뎠다. 그 순간, 그의 발꿈치를 중심으로 주위가 얼어붙더니, 괴물들의 발을 지면에 고정시켰다.

그렇다. 요시노의 천사 〈자드키엘〉. 시도는 그것을 쓸 수 있을 것 같은 느낌이 들었던 것이다.

아아— 그렇다.

몽롱했던 의식 속에서 느꼈던 감각 중 일부를, 드디어 자신의 것으로 만들었다.

이달 초, 파이프가 좁아진 탓에 폭주하고 말았던 시도는 정령들에게 구원받았다.

당시의 시도는 정령들의 천사를 자유자재로 다뤘다.

그리고 그때의 감각이 시도의 몸속, 마음속 깊은 곳에 남아 있었던 것이다.

물론 이것은 어디까지나 흉내를 내는 것에 불과했다. 분명 정령들은 시도보다 천사를 더 능숙하게 다룰 것이다.

하지만— 지금은 이것으로 충분했다.

괴물들을 해치우고, 니아에게 다가가기 위한 길을 만든다.

시도의 몸에 깃든 일곱 개의 천사는, 그 목적을 달성하기에 충분한 힘이었다.

『————————!』

괴물들은 발이 얼어붙은 동족을 발판 삼아 시도를 쫓아왔다.

시도는 오른손을 들고 마음을 가다듬으며 그 이름을 외쳤다.

"〈오살공(鏖殺公)(산달폰)〉!"

그러자, 시도의 말에 응하듯 한 자루의 대검이 허공에서 모습을 드러냈다. 시도는 그 검— 〈산달폰〉을 수평으로 휘둘렀다.

"하앗!"

칼날에 맺힌 빛이 초승달 같은 궤적을 그리더니, 그대로 주위에 모여든 괴물들의 몸을 두 동강 냈다.

물론 그 위력은 시도의 몸에 엄청난 대미지를 가했다. 근섬유가 끊기고, 뼈가 삐걱거렸다. 그리고 그런 몸을 치유하기 위해, 코토리에게서 넘겨받은 재생의 불꽃이 시도의 몸을 내부에서부터 태워 들어갔다.

극심한 고통과 열기가 시도의 몸을 가득 채웠다. 그래서— 시도는 고함을 내질렀다.

【오오오오오오오오오오오오오!!】

가브리엘
미쿠의 천사, 〈파군가희(破軍歌姬)〉이 자아내는 고통을 가라앉히는 노래. 이런 것을 노래라고 했다간 미쿠가 화를 낼 것 같지만, 시도의 귀를 통해 몸속으로 스며들어온 그 목소리는 그가 느끼는 고통을 약간이나마 가라앉혔다.

그렇게 자신을 막아서는 괴물들을 쓸어버린 후—.

시도는 칠흑빛 진흙탕 한가운데에서 무릎을 꿇고 있는 니아의 곁에 도달했다.

“니아! 괜찮아?! 정신 차려!”

“아아, 아아아아아, 아아아아아아아아아—!”

하지만 니아는 시도의 말에 답하지 못했다. 그저 온몸을 좀먹고 있는 고통에 지배당한 것처럼, 고통에 찬 비명만 계속 지르고 있었다.

그때, 뭔가를 떠올린 시도는 어깨를 부르르 떨었다.

그리고 숨을 들이마신 그는 목청껏 고함을 질렀다.

【니아!】

그렇다. 방금 자신의 몸에 사용한 〈가브리엘〉의 노래. 그 힘을 통해 니아의 이름을 부른 것이다.

“—윽.”

그러자 니아의 몸이 비로소 시도의 목소리에 반응한 것처럼 희미하게 떨렸다.

【……앗! 니아?! 내 목소리가 들려?! 지금 구해줄게!】

"시……도……."

피에 젖은 볼이 희미하게 움직이더니, 니아가 쉴 대로 쉰 목소리로 말했다.

시도는 그 반응을 보고 알아챘다. 자세한 것은 알 수 없지만, 니아의 이 상태는 그녀가 느끼고 있는 『고통』에서 기인한 것이다. 그렇다면 〈가브리엘〉이 자아내는 고통을 가라앉히는 노래로 아픔을 없앤다면 니아가 의식을 되찾지 않을까. 그렇게 생각한 시도는 니아를 향해 손을 뻗었다.

하지만.

시도가 니아의 어깨에 손을 얹으려던 바로 그 순간—.

"—그런 짓 하면 안 돼."

그런 말이 들린 것 같더니 머나먼 상공에서 초고속으로 뭔가가 날아와 시도의 눈앞에 작렬해 엄청난 빛을 뿜었다.

"우왓?!"

갑작스러운 충격에 시도는 그 자리에서 뒤쪽으로 쓰러지고 말았다.

하지만 지금은 지면을 굴러다니고 있을 때가 아니었다. 바로 몸을 일으킨 시도는 니아 쪽을 쳐다보았다.

"……어?"

그리고 시도는 눈을 치켜뜨면서 망연자실한 목소리를 냈다.

그곳에는 방금까지만 해도 없었던 소녀가 서있었다. 아마 방금 하늘에서 날아온 것은 바로 그녀이리라.

하프업 스타일로 묶은 금발. 하늘이 그대로 비치고 있는 듯한 푸른 눈동자. 빠져들 것만 같은 새하얀 피부가 인상적인, 가련하다는 말을 의인화한 듯한 소녀였다.

하지만 그녀의 얼굴에는 표정이 없었고— 몸에는 위저드가 착용하는 금속 갑옷을 두르고 있었다.

엘렌이 걸친 것과 같은 타입으로 보이는 와이어링 슈트와 흰색과 보라색으로 물들인 CR-유닛. 그 유려한 외양은 중세의 기사갑주를 연상케 했다.

하지만 시도의 시선을 끈 것은 그런 가련한 소녀의 외모가 아니었다.

그녀가 손에 쥐고 있는 양날 레이저 블레이드.

그리고 그 레이저 블레이드에 배를 꿰뚫려, 표본이 된 나비처럼 지면에 고정된 니아의 모습이었다.

"니— 아? 니아!!"

시도가 외치자 니아의 입에서 핏덩어리가 쏟아져 나왔다.

"너! 니아에게 무슨 짓을 한 거야?! 니아한테서 떨어져어어어엇!"

시도가 〈산달폰〉을 고쳐 쥐고 찢어질 듯한 고함을 내지르면서 소녀를 향해 칼날을 휘둘렀다.

하지만 〈산달폰〉의 날이 그녀에게 닿기 직전, 그녀를 둘러싼 테리터리가 그 공격을 막아냈다.

"아니……?!"

그 농밀한 테리터리는 견고하기 그지없었다. 그리고 그 수준은 엘렌과 비교해도 뒤떨어지지 않았다.

소녀가 눈을 가늘게 뜨더니, 테리터리의 범위가 순식간에 확장되면서 시도의 몸을 간단히 튕겨냈다.

"커억!"

"시도—!"

포물선을 그리며 지면에 내동댕이쳐지던 시도를 오리가미가 겨우겨우 받아냈다. 아무래도 니아가 대미지를 입은 탓에 〈벨제붑〉의 효과가 중단된 것 같았다.

"고, 고마워, 오리가미. 덕분에 살—."

하지만 시도는 말을 끝까지 잇지 못했다. 시도를 받아낸 오리가미가 경악에 찬 얼굴로 니아에게 검을 꽂은 소녀를 노려보고 있었기 때문이다.

"오리가미……?"

오리가미는 그 소녀의 얼굴을 직시하면서 입을 열었다.

"—아르테미시아 애시크로프트. 네가 왜 여기 있는 거야?"

"…………."

오리가미가 말을 걸었는데도, 아르테미시아라고 불린 소녀는 눈길도 주지 않았다.

그녀는 레이저 블레이드를 쥔 손에 힘을 주더니, 니아의 몸에서 그것을 뽑았다.

니아의 몸이 부르르 떨리더니 검을 뽑은 복부에서 피가 샘

솟듯이 뿜어져 나왔다.

"니아!"

시도는 고함을 지르며 니아에게 다가가려 했지만, 농밀한 테리터리 때문에 접근할 수가 없었다.

아르테미시아는 한 손을 천천히 니아의 가슴 언저리를 향해 들었다.

그리고 뭔가를 중얼거리더니, 그녀를 감싼 테리터리가 변화했고— 그와 동시에 니아의 몸이 검게 빛나기 시작했다.

"……, ………, ………."

목소리조차 낼 수 없게 된 니아의 손가락 끝이 희미하게 떨렸다.

그리고 다음 순간, 니아의 가슴 언저리에 밤을 모아 보석 형태로 응축시킨 듯한 물체가 출현했다. 그와 동시에 니아가 몸에 두른 영장이 검은 안개가 되어 사라졌다.

"……읏!"

"세피라?! 하지만…… 저 색깔은—."

시도가 눈을 치켜뜬 순간, 오리가미와 코토리가 경악에 찬 목소리를 토했다.

그렇다. 니아의 가슴에 생겨난 것은 〈팬텀〉이 코토리를 정령으로 만들 때 사용했던 보석과 흡사한 형태를 지니고 있었던 것이다.

—바로 그때였다.

"……읏?!"

시도는 반쯤 반사적으로 고개를 돌렸다.

정령의 힘을 발현시킨 상태이기 때문에 감각이 예민해진 걸까. 아니면 방금 나타난 인간이 기묘하기 그지없는 기척을 뿜고 있는 걸까. 판별은 할 수 없지만— 지금까지 존재하지 않았던 『이물질』이 이 자리에 섞여들었다는 것만큼은 분명하게 알 수 있었다.

시도뿐만이 아니라 이 자리에 있는 정령들 모두가 같은 곳을 쳐다보고 있었다.

그들의 시선을 한몸에 받으며 그 남자는 차분한 걸음걸이로 니아와 아르테미시아를 향해 걸어갔다.

애시블론드 빛깔의 머리카락과 칠흑색 양복. 녹 슨 듯한 색깔의 눈동자를 지닌 그 남자가 말이다.

"아이작 웨스트코트……!"

시도가 죽일 듯이 노려보며 그 이름을 입에 담자, 그 남자— 웨스트코트는 입가를 미소의 형태로 일그러뜨렸다.

"이렇게 직접 대면하는 건 오랜만이군, 이츠카 시도. 잘 지내는 것 같아 다행이야."

웨스트코트는 그렇게 말하고는 니아 앞에서 걸음을 멈췄다.

그리고 그녀의 앞에 떠있는 칠흑빛 보석을 응시하더니, 지금까지 한 번도 본 적이 없는 광기에 찬 미소를 지었다.

"멋지군. 이것이 바로— 반전결정[클리파](反轉結晶)."

웨스트코트는 그것을 자세히 살펴본 후, 아르테미시아를 힐끔 쳐다보았다.

"수고했어, 아르테미시아. 혹시 몰라 자네를 매복시켜두길 잘했군. ―이츠카 시도와 〈라타토스크〉의 정령들. 자네들에게도 고마움을 표시해야겠는걸. 자네들 덕분에 나는 드디어 비원을 향해 한 걸음 내디딜 수 있게 됐으니 말이야."

마치 선언이라도 하듯 그렇게 말한 웨스트코트는 천천히 손을 내밀었다.

"너…… 뭘 하려는 거야?!"

"―뭘 하려는 거냐고? 하하, 자네가 그걸 묻는 건가? **지금까지, 여덟 명이나 되는 정령의 힘을 얻은 자네가 말이야.**"

"뭐, 뭐라고……?"

시도가 미간을 찌푸리면서 묻자, 웨스트코트는 클리파를 쥐더니― 그대로 자신의 가슴에 댔다.

"앗……?!"

"크― 오오오오오오오오오오―!"

클리파를 기점으로 칠흑빛 섬광이 번개처럼 파직파직 하는 소리를 내면서 주위에 흩뿌려졌다. 마치 이 일대만이 순식간에 밤이 된 것처럼 주위의 풍경이 덧칠되어갔다.

그리고― 몇 초 후.

그 『밤』이 웨스트코트에게 빨려 들어가듯 그를 향해 몰려들었다.

그 순간― 클리파는 자취를 감췄다.

"후후―."

그리고 그 자리에는 양복의 가슴 언저리가 타고, 온몸에 영력을 머금은 아이작 웨스트코트가 서있을 뿐이었다.

그렇다. 마치— 정령처럼 말이다.

"하하, 하하하하하핫! 하하하하하하하하하하하—!!"

웨스트코트는 몸을 젖히고 웃음을 터뜨렸다. 그 모습을 본 코토리의 얼굴이 경악으로 물들었다.

"말도 안 돼……. 세피라를 흡수한 거야……?!"

"맙소사. 어떻게 그런 일이……."

시도는 말을 이으려다 숨을 삼켰다. —방금 웨스트코트가 한 말이 그의 머릿속을 스쳤기 때문이다.

"정령의, 힘을……?"

시도가 망연자실한 목소리로 그렇게 중얼거린 순간, 매우 기분이 좋아 보이는 웨스트코트가 그를 쳐다보았다.

"이렇게 된 거지."

그리고 웨스트코트는 한 손을 허공을 향해 들고 읊조렸다.

"—〈벨제붑〉."

그 강대하기 그지없는 천사의 이름을 말이다.

"아니—."

시도가 경악한 순간, 허공에서 사라졌던 책이 웨스트코트의 손 언저리에서 다시 모습을 드러냈다.

그 순간, 웨스트코트는 깜짝 놀란 것처럼 눈을 치켜떴다.

"호오……? 신기한걸? 마왕을 접한 건 처음인데도, 이 힘과 권능까지 손에 잡힐 것처럼 알겠어. —이러면 되는 건가?"

웨스트코트는 악단을 지휘하듯 손을 치켜들었다.

그러자 니아 때와 마찬가지로 〈벨제붑〉의 페이지가 흩날리더니, 그 안에서 검은색을 띤 괴물이 기어 나왔다.

"앗……?!"

시도는 경악을 금치 못했다. 설령 웨스트코트가 시도와 마찬가지로 정령의 힘을 흡수했다고 해도, 이렇게 단시간에 마왕을 조종할 수 있게 될 거라고는 생각도 못했던 것이다.

"오호라……. 책에 기록된 존재의 구현화인가. 하하하. 마왕이라는 이름에 걸맞게, 세계의 도리(道理)와 조리(條理)를 뒤트는 힘이군. 멋지다고 생각하지 않나?"

"크……."

시도는 이를 악물고 웨스트코트를 노려보았다.

바로 그때, 토카를 비롯한 다른 정령들과 싸우던 엘렌이 웨스트코트의 뒤편에 섰다.

"아이크."

"아, 엘렌. 자네도 수고했어. —잘 봐. 이게 우리의 길을 비춰줄 마왕의 장엄한 빛이야."

"—멋지군요. 하지만……."

"그래. 이것만으로는 부족하지. 하나만으로는 부족해. 우리의 비원을 성취하기 위해서는 말이야."

웨스트코트는 날카로운 시선으로 오리가미를 비롯한 다른 정령들을 바라보았다.

바로 그때, 토카와 다른 정령들이 숨을 헐떡이면서 시도의 곁으로 왔다. 아무래도 엘렌과 마찬가지로 일련의 소동을 보고 이쪽으로 온 것 같았다.

"시도! 괜찮으냐?!"

"응……. 하지만, 니아가……!"

상황은 최악이다. 상대는 세계 최강의 위저드인 엘렌과, 그녀에게 비견될 정도의 힘을 지닌 아르테미시아. 그리고— 마왕 〈벨제붑〉을 손에 넣은 웨스트코트와 무수한 괴물들이다. 아무리 이쪽에 다수의 정령이 있을지라도 적은 강대하기 그지없었다.

아니, 그 이전에 한시라도 빨리 니아를 치료해야 한다. 저들과 싸우고 있을 때가 아니다. 대체 어떻게 하면—.

이마에 땀방울이 맺힌 시도가 생각에 잠겨 있을 때, 웨스트코트가 입가에 미소를 머금었다.

"—하지만 마왕을 손에 넣는다는 가장 큰 목적은 달성했지. 오늘은 이쯤에서 물러나도록 할까."

"……윽?!"

시도는 웨스트코트의 말을 듣고 〈산달폰〉을 쥔 손에 힘을 줬다. 교활한 그라면 방금 그 말로 시도 일행을 방심하게 한 후, 엘렌과 아르테미시아에게 공격을 지시할지도 모른다고 생각한 것이다.

하지만 웨스트코트의 등 뒤에 서있던 엘렌은 그 말을 듣고 고개를 갸웃했다.

"괜찮겠습니까?"

"그래. 아무리 나라도 여러 개의 마왕을 한꺼번에 흡수했다간 몸이 버티지 못하겠지. 게다가—."

웨스트코트는 말을 이으면서 일그러진 미소를 입가에 머금었다.

"즐길 거리는 하나씩 즐겨야 하지 않겠어? 안 그러면 아까울 테니 말이야."

""""……큭.""""

그 순간, 시도는 정령들이 동시에 숨을 삼키는 소리를 들었다.

예전에 웨스트코트와 만났을 때도 느꼈던 위화감이 단숨에 강렬해졌다.

이 남자를 냉혹함과 잔인함이라는 말로 표현하는 것은 무리였다. 굳이 말로 표현하자면—『이질적』이었다.

그렇다. 이 남자에게서 막연하게 느껴지던 공포의 정체. 그것은 강대한 힘을 지닌 자에 대한 두려움이 아니라, 자신의 상식에서 벗어난 자에 대한『미지』에 가까웠다.

"—알겠습니다. 그럼……."

"그래. 가지."

웨스트코트가 그렇게 말하자, 엘렌과 아르테미시아는 고개를 끄덕이고 지면을 박찼다.

정령들을 경계하며 전개해뒀던 테리터리가 줄어들더니, 세 사람의 몸이 동시에 허공으로 떠올랐다.

"빠른 시일 내에 또 보지. 이츠카 시도와 정령들. 얼마 남지 않은 평온한 한때를 마음껏 즐기도록."

"뭐…… 기다려! 어디 가는—."

"시도!"

코토리가 그들을 쫓으려 하는 시도의 옷자락을 움켜잡았다. 시도가 코토리에게 정신이 팔린 사이, 웨스트코트 일행은 하늘 너머로 사라졌다.

"마음은 이해하지만 지금은 참아! 지금 쫓아가봤자 아무 소용없어! 게다가—."

코토리는 쓰러져 있는 니아를 쳐다보았다. 시도는 그제야 숨을 삼켰다.

"니아!"

시도는 지면을 박차고 피바다에 빠져 있는 니아를 향해 뛰어갔다.

온몸의 상처도 심각했지만, 아르테미시아의 검에 꿰뚫린 복부의 상처가 특히 심각했다. 완벽한 치명상이었다. 겨우겨우 숨은 쉬고 있었지만, 오래 버티지 못할 거라는 것은 누가 봐도 명백했다.

"젠장……! 코토리! 리얼라이저는?!"

"이미 수배해뒀어! 하지만 〈프락시너스〉가 수리 중이기 때문에 전송은 불가능해! 차를 준비할 테니까 잠시만 기다려! 하지만…… 세피라를 빼앗긴 정령은 〈라타토스크〉도 치료해 본 적이 없어! 어떻게 될지—."

"크—."

시도가 인상을 찡그리고 있을 때, 오리가미가 그에게 다가갔다.

"아무튼 이대로는 위험해. 우선 지혈을 할게."

"그, 그래. 하지만 어떻게……."

"복부에 대량의 출혈이 발생했을 경우에는 전문 설비 없이 지혈을 하는 건 어려워. 일반적인 응급처치는 천으로 상처를 누르는 거야. 하지만 이 상황에서 그건 큰 효과가 없을 거야."

"그럼 어떻게 하면 되는데……?!"

"진정해. ―나츠미."

"응?!"

갑자기 이름을 불린 나츠미가 화들짝 놀랐다.

"아, 그, 그래……!"

하지만 오리가미의 의도를 이해한 나츠미는 서둘러 니아의 곁으로 뛰어왔다.

"〈하니엘〉……!"

그리고 그렇게 외치면서 니아를 향해 빗자루형 천사를 들었다. 그러자 빗 사이에 숨겨져 있던 거울에서 빛이 뿜어져 나와 니아의 몸에 난 깊은 상처들이 사라졌다.

상처를 치유한 것은 아니다. 〈하니엘〉의 힘으로 상처투성이인 니아의 몸을 상처 하나 없는 깨끗한 몸으로 변화시킨 것이다.

"이걸로…… 아까보다는 나아졌을 거라고 생각해. 하지만 피가 보충된 것도 아니고, 손상된 장기가 완벽하게 아문 것도 아냐. 그러니까 빨리 치료를 해야 해……."

나츠미의 말이 옳다는 걸 증명하듯, 니아의 상태는 점점 악화되어 갔다. 상처는 아물었지만 얼굴에서 핏기가 사라졌고,

호흡 또한 점점 가늘어지고 있었다.

"젠장…… 니아! 내 목소리 들려?! 지금 차가 오고 있으니까 조금만 버텨!"

시도는 기도라도 하듯 니아의 손을 움켜쥐고 떨리는 목소리로 그렇게 외쳤다.

하지만 그 외침조차도 부질없다는 듯이, 니아의 손이 점점 차가워졌다. 시도는 짜증과 초조, 그리고 무력감에 지면을 향해 주먹을 내질렀다.

바로 그때—.

"……앗! 시도!"

토카가 뭔가를 알아챈 것처럼 니아의 옆에서 몸을 숙였다.

그리고 날카로운 시선으로 니아를 쳐다보더니, 퍼뜩 고개를 치켜들었다.

"역시…… 시도, 니아에게서 희미하게나마 영력이 느껴진다!"

"뭐?!"

시도가 눈을 치켜뜨자, 코토리는 뭔가를 눈치챈 것처럼 숨을 삼켰다.

"그래……. 아까 그 여자에게 찔리기 전에, 시도는 니아의 의식을 조금이지만 되돌렸어……! 그래서 약간이지만 반전 상태에서 풀려났던 거라구!"

"그, 그게 무슨 소리야?"

"웨스트코트에게 빼앗긴 세피라는 완벽한 상태가 아닐 가능성이 있다는 거야! 아마 니아의 몸에 얼마 안 되기는 하지만 세피라가 남아있을 거야……!"

"……!"

코토리의 말을 들은 순간, 시도는 어깨를 부르르 떨었다.

이달 초, 시도가 폭주에서 풀려난 후에 들었던 이야기가 뇌리를 스치고 지나간 것이다.

"코토리— 나와 너희는 눈에 보이지 않는 파이프로 이어져 있고, 그곳을 통해 쉴 새 없이 영력이 순환되고 있다고 했지?"

"응. 그런데 왜……."

바로 그때, 코토리도 시도가 무슨 생각을 하고 있는 것인지 눈치챈 것 같았다. 그녀는 눈을 크게 떴다.

"시도. 설마……."

"그래. —잘 될지 안 될지는 모르지만, 니아를 봉인하겠어……!"

그렇다. 시도가 봉인한 정령과 그 사이에는 영력이 흐르고 있다. 그렇다면 니아와 파이프를 형성할 수만 있다면, 시도와 정령들의 영력을 니아에게 공급해줄 수 있을지도 모른다고 생각한 것이다.

물론 시도에 대한 니아의 호감도가 봉인이 가능한 영역에 도달했는지는 알 수 없다.

하지만 아까 코토리가 말한 것처럼, 지금은 믿을 수밖에 없다. —시도와 모두의 마음이 니아에게 전해졌을 거라고 말이다.

"—니아. 부탁해. 나를…… 받아들여줘. 내 힘을 전부 가지고 가도 돼! 그러니까—!"

시도는 애원하듯 그렇게 말했다. 그리고 모두가 쳐다보는 가운데, 니아를 향해 천천히 얼굴을 내리고— 그녀와 입술을 포갰다.

한순간, 무기물처럼 차가운 니아의 입술을 느낀 시도는 얼굴을 딱딱하게 굳혔다.

하지만 희미하기는 해도 자신의 몸에 따뜻한 무언가가 흘러 들어오는 듯한 느낌을 받았다.

"……아!"

그것은 정령의 힘을 봉인할 때 느껴왔던 감각이었다. 시도는 니아에게서 입술을 뗀 후, 그녀의 이름을 불렀다.

"니아! 니아!"

"눈을 떠라, 니아!"

"니아…… 씨!"

시도의 뒤를 이어 정령들이 큰 소리로 외쳤다.

이윽고, 니아의 눈꺼풀이 희미하게 움직였다.

그리고 그녀는 가라앉은 목소리로 입을 열었다.

"…………, 그렇게…… 안 불러대, 도…… 잘…… 들린……다구……."

"—아! 니아!"

시도의 외침에 니아는 다시 눈을 감으면서 살며시 입술을 움직였다.

목소리는 들리지 않지만— 그녀의 입술은 『고』, 『마』, 『워』 라고 말하는 것처럼 보였다.

종장 니아는 알고 있는 거야?!

"……호오?"

DEM인더스트리 일본지사 사옥.

아이작 웨스트코트는 기분이 좋아 보이는 표정으로 의자에 앉아 눈앞에 있는 책을 바라보았다.

허공에 떠있는 거대한 책은 보는 이들에게 공포를 안겨줄 것 같은 흉흉함을 지니고 있었다.

"—그래. 이건 재미있군. 내가 원하는 정보가 전부 머릿속으로 들어와. 마왕 〈벨제붑〉인가. 아무래도 나는 운이 좋은 것 같은걸. 덕분에 꽤 흥미로운 사실을 알았어."

웨스트코트는 그렇게 말하더니 크큭 하고 웃음을 흘렸다. 그러자 그의 앞에 서있던 정장 차림의 소녀— 엘렌이 고개를 갸웃거렸다.

"흥미로운 사실, 이라고요?"

"그래. 이쪽으로 와봐."

"예……."

엘렌은 영문을 모르겠다는 표정으로 웨스트코트를 향해 걸어갔다.

웨스트코트가 의자에서 일어나 엘렌의 어깨에 손을 얹었다. 그러자—.

"……아! 이건……."

엘렌은 경악한 나머지 눈을 치켜떴다.

웨스트코트가 〈벨제붑〉을 통해 얻은 정보가 손을 매개체 삼아 엘렌에게도 전해진 것이다. 지금 엘렌의 머릿속에는 이미지의 격류가 노도처럼 흘러들어가고 있으리라.

"……역사개변(歷史改變)? 이 세계는 예전에 한 번 뒤바뀌었다는 건가요?"

그리고 미심쩍은 표정을 지으며 그렇게 말했다.

그렇다—. 〈벨제붑〉에 적혀 있었던 것은 바로 그것이었다.

역사개변. 신조차 두려워하지 않는 자들이 저지르는 금단의 행위이자— 위대한 망상.

하지만 그것이 불가능한 일이 아니라는 사실을, 웨스트코트와 엘렌도 알고 있었다.

"그래. 이츠카 시도가 〈나이트메어〉의 도움을 받아 토비이치 오리가미의 과거를 바꾸기 위해 시간을 거슬러 올라간 것 같군. ……후후. 꽤 과감한 짓을 하는걸."

"어떻게 그런 일이—."

바로 그때, 엘렌이 가슴을 움켜쥐며 고통을 호소했다.

"으, 크윽……?!"

그리고 몇 초 후, 그녀가 입고 있던 블라우스에 피가 배어 나왔다. 엘렌은 얼굴을 찡그리고 손에 묻은 피를 쳐다보았다.

"이건……."

"아무래도 자네가 역사가 바뀌기 전의 세계에 대한 기억을 얻으면서, 당시에 입은 상처가 재현된 것 같군."

웨스트코트는 입술 가장자리를 말아 올리면서 말했다. 평범한 인간이라면 그런 일을 겪지 않겠지만— 위저드는 리얼라이저를 통해 머릿속의 공상을 현실로 만드는 자들이다. 그 중에서도 최강이라 불리는 엘렌은 거의 자동적으로 그 강렬한 이미지를 구현화한 것 같았다.

"……오호라. 예전 세계의 저는 그녀에게 이런 일격을 받았던 겁니까. ……〈라타토스크〉가 끼어들었다고는 해도, 불쾌하군요."

엘렌은 그렇게 말하더니 언짢다는 듯이 미간을 찌푸렸다.

하지만 그것도 어쩔 수 없었다. 엘렌에게 이렇게 깊은 상처를 입힌 이는 웨스트코트의 기억이 정확하다면 오리가미 이외에 단 한 명 뿐이다.

"……흣."

엘렌은 희미하게 미간을 찌푸렸다. 그 순간, 그녀의 몸 주위에 테리터리가 전개되었다. 아마 지혈과 진통을 위해 전개한 것이리라. 엘렌은 곧 평소와 다름없는 표정과 자세를 취했다.

"그건 그렇고— 〈벨제붑〉은 마왕의 이름에 걸맞은 힘이군요."

"그래. 하지만……."

엘렌의 말에 웨스트코트는 어깨를 약간 으쓱했다.

"아무래도 이 마왕은 아직 완벽한 상태가 아닌 것 같군."

"—완벽하지, 않다고요?"

"그래. 아무래도 〈시스터〉를 해치우기 직전, 이츠카 시도가 〈시스터〉의 의식 중 일부를 되돌려 놓은 것 같아. 그도 천사의 힘을 다루는 데 익숙해지고 있는 것 같군."

"……죄송합니다. 제가 직접 손을 썼다면……."

엘렌은 인상을 쓰면서 그렇게 말했다. 하지만 웨스트코트는 어깨를 으쓱이면서 입을 열었다.

"그렇게 마음 쓸 필요 없어. 나는 오늘 결과에 만족하거든. 불완전하다고는 해도, 우리의 비원을 향해 한 걸음 내디뎠으니까 말이야. 남은 부분은 다음에 손에 넣도록 하지. 그때는 잘 부탁하겠어, 엘렌."

"—예."

엘렌은 자세를 다잡고 고개를 끄덕였다.

그 후, 웨스트코트는 방 입구 쪽에 서있는 소녀를 바라보았다.

"물론 자네도 마찬가지야. —아르테미시아."

"……예."

아르테미시아 벨 애시크로프트는 조용한 목소리로 그렇게 대답했다.

◇

〈라타토스크〉의 지하 시설에 있는 휴게실에 모든 정령들이 모여 있었다.

이유는 하나였다. 다들 니아의 치료가 끝나기를 기다리고 있는 것이다.

그 후 다시 의식을 잃은 니아는 금방 이 시설로 긴급 후송되어 의료용 리얼라이저로 치료를 받았다. 치료에는 시간이 걸리니 다들 집에 돌아가 달라고 지시를 내렸지만…… 다들 니아가 걱정되는지 정령 맨션이나 집으로 돌아가지 못했다.

하지만 밤샘 작업과 즉매회, 그리고 DEM과의 전투까지 치른 탓에 다들 지칠 대로 지쳐 있었다. 그녀들은 어찌어찌 깨어 있기는 하지만 점점 눈이 감기고 있었다.

"으으……."

토카가 졸린지 눈을 비볐다. 시도는 아하하 하고 쓴웃음을 흘렸다.

"괜찮아? 졸리면 수면실에 가서 눈 좀 붙여."

"음…… 아니, 괜찮다. 니아가 눈뜰 때까지 깨어있기로 결심했거든."

"으음…… 그렇구나. 그럼 조금만 더 힘내보자."

시도가 그렇게 말한 순간, 문이 열리더니 코토리가 하품을 하면서 안으로 들어왔다.

"하암……. 어, 다들 아직 깨어 있었던 거야?"

"너도 하품을 하는 걸 보니 꽤나 졸려 보이네. 너무 무리하지는 말라고."

"시, 시끄러워."

코토리는 팔짱을 끼면서 고개를 돌렸다.

"삐치지 마. ……그런데 니아는 좀 어때?"

시도의 물음에 코토리는 숨을 내쉬면서 시도를 향해 고개를 돌렸다.

"—일단 고비는 넘겼어. 〈하니엘〉을 이용한 응급처치와 파이프 접속을 통한 영력 순환이 큰 도움이 됐어. 아마 이제 걱정하지 않아도 될 거야. 의료용 리얼라이저 치료는 끝났으니까 곧 눈을 뜨겠지."

"오오, 정말이냐?"

"응. 그러니까—."

코토리가 말을 이으려던 순간, 그녀의 호주머니에 들어있던 단말에서 삐삣 하는 소리가 났다.

"—호랑이도 제 말하면 온다더니……."

코토리는 단말 화면을 쳐다본 후, 그렇게 말하면서 문 쪽을 가리켰다.

"니아가 정신을 차렸나 봐. 얼굴, 보러갈 거지?"

""""……아!""""

코토리가 그렇게 말한 순간, 방금까지 꾸벅꾸벅 졸던 정령들이 일제히 눈을 뜨면서 힘차게 고개를 끄덕였다.

코토리는 그 광경을 보더니 쓴웃음을 지으며 앞장섰다.

"이쪽이야. 따라와."

시도와 정령들은 코토리의 뒤를 따라 휴게실을 나와, 복도를 지나 집중치료실로 향했다. 그리고 코토리를 따라 방 안으로 들어갔다.

방 안은 생각보다 넓었다. 새하얀 바닥에는 각종 기계들이 놓여 있었고, 벽에도 코드가 달려 있었다.

니아는 그런 방 안쪽에 설치되어 있는 치료 포드(pod) 안에 있었다. 이미 포드의 뚜껑은 열려 있었으며, 레이네가 니아에게서 산소마스크를 벗기고 있었다.

니아는 희미하게 눈을 뜨고 다른 이들을 쳐다보았다.

"……아…… 다들……."

"니아!"

시도는 그녀의 이름을 외치면서 니아를 향해 뛰어갔다. 그 뒤를 이어 정령들도 니아를 향해 뛰어가더니 그녀를 둘러쌌다.

"괜찮……나요?"

"크큭, 건강해 보이지 않느냐."

"긍정. 고비를 넘겨서 다행이에요."

정령들이 그렇게 말하자, 니아는 천천히 다른 이들을 둘러보면서 미소를 머금었다.

"에헤헤……. 뭐야. 나, 왠지 엄청 인기 있는 것 같네……? 사인은 차례대로 해줄게~."

니아는 농담하듯 그렇게 말한 후, 가는 숨을 내쉬면서 시도를 쳐다보았다.

"……소녀, 미안해. 나, DEM에게—."

"……윽."

시도는 니아의 말을 막으려는 것처럼 그녀의 손을 움켜쥐었다.

"소녀……."

"괜찮아. 지금은……. 살아 있어줘서— 고마워."

시도가 눈물이 맺힌 눈으로 그렇게 말하자, 니아는 고개를 살짝 숙이면서 멋쩍은 듯이 웃었다.

"아하하…… 고마워. 그래도 큰일이네. 나, 이런 분위기를 그다지 좋아하지 않거든."

그리고 니아는 졸린 듯이 하품을 했다.

"어, 이상하네. 방금까지 자고 있었는데……."

"하하…… 그럴 만도 하지. 벌써 시간이 이렇게 됐잖아……."

시도가 그렇게 말하면서 벽에 걸린 시계를 쳐다보더니— 「아」 하고 중얼거렸다.

그리고 뭔가를 생각한 후 레이네 쪽을 쳐다보았다.

"저기, 니아가 잠시 외출해도 될까요?"

"……응? 뭐, 몸 상태도 꽤 좋아진 것 같으니, 잠시 동안이라면 괜찮겠지만…… 어디 가려는 거야?"

"그건…… 비밀이에요."

시도가 손가락을 하나 세우면서 그렇게 말하자, 니아를 비롯한 정령들은 영문을 모르겠다는 듯이 고개를 갸웃했다.

그리고 몇 분 후. 시도 일행은 〈라타토스크〉 지하 시설 입구인 빌딩 옥상으로 이동했다.

주위는 어두웠고, 금방이라도 눈이 내릴 것 같이 추웠다. 다들 코트를 걸치고, 장갑과 머플러 같은 방한구를 착용하고 있었다.

"—이야~. 역시 밖은 춥네요~! 저기, 요시노 양. 춥죠? 서로의 온기로 몸을 녹이고 싶죠?"

"아, 아뇨. 저기……."

앞장을 서던 미쿠가 기분이 좋은지 활기 찬 목소리로 그렇게 말했다. 그러자 요시노는 쓴웃음을 지었고, 나츠미는 요시노를 지키려는 것처럼 그녀의 소매를 움켜잡고 있었다.

"니아, 춥지 않아?"

"으음~, 괜찮아."

시도는 니아가 탄 휠체어를 밀면서 물었다. 외출 허가를 받기는 했지만, 역시 아직 걷는 건 힘들기에 휠체어를 타기로 한 것이다.

"그런데…… 왜 이런 곳에 온 거야?"

"아. 곧 시작될 것 같은데……."

시도가 그렇게 말한 순간, 하늘에 희미한 변화가 발생했다.

빌딩 사이로 햇빛이 쏟아지더니, 어두운 하늘이 밝아오기 시작했다.

"오오……?!"

"멋져……요!"

정령들은 눈을 크게 뜨면서 탄성을 터뜨렸다. 니아도 놀란 표정을 짓더니 서서히 모습을 드러내는 태양을 본 후, 시도를 올려다보았다.

"소년, 이건……."

"응. 곧 해가 뜰 시간 같아서 말이야. 코믹콜 준비 때문에 필사적이라서 깜빡했는데, 오늘은 1월 1일이잖아? 새해 해돋이야. —니아, 너의 새로운 스타트에 딱 좋지 않아?"

"……아하하. 밥맛이야~."

니아는 그렇게 말하면서 웃은 후, 잠시 동안 떠오르는 해를 응시했다.

그리고 수십 초 후, 불현듯 입을 열었다.

"……소년."

"응……?"

"정말…… 여러모로 고마워."

"신경 쓰지 마. 나도 다른 애들에게 항상 도움을 받거든."

"……나, 몸이 좋아지면 타카죠 선생님을 다시 만나볼까 해."

"응. 좋은 생각이야. 그 사람은 좋은 사람 같았어. 아마도 말이야."

"아마도?"

시도의 말에 니아는 또 웃음을 터뜨렸다.

"……DEM에게 힘을 빼앗긴 건 열 받지만, 왠지 마음이 편해졌어. 얼추 30년 가까이 〈라지엘〉을 지니고 있었지만……

역시 나한테는 지나친 힘이었어."

"30년— 너는 그렇게 오래 전에 정령이 된 거야?"

니아의 말에 반응한 사람은 시도가 아니라 오리가미였다.

"응. 정확하게는 27, 28년 정도일지도 모르지만…… 뭐, 반올림하면 그게 그거일 거야. 어때? 그런 것 치고는 젊어 보이지 않아?"

니아는 농담을 하듯 자신의 볼을 만졌다. 그러자 이번에는 코토리가 니아를 보며 입을 열었다.

"아마 영력에 의해 체세포의 노화가 억제된 걸 거야. 이제 영력이 봉인되었으니 앞으로는 점점 나이를 먹어가겠지. 각오하라구."

"우와~. 그렇구나. 아~ 방금 한 말 조금만 정정할게. 지금까지 고마웠어, 〈라지엘〉."

니아의 말에 코토리는 웃음을 터뜨렸다.

그 후 니아가 뭔가가 생각난 것처럼 다른 이들을 둘러보았다.

"……그러고 보니 다들 언제쯤 정령이 된 거야?"

"아…… 나는 지금부터 5년 전이고, 미쿠는 아직 1년이 안 되었지? 오리가미는 얼마 전에 됐어. 그리고 다른 애들은 전부 순수한 정령이야."

"뭐……?"

코토리의 대답에 니아는 영문을 모르겠다는 표정을 지었다.

그리고 고개를 갸웃거리면서 말을 이었다.

“순수한 정령……? **정령은 기본적으로 전원, 원래 인간이잖아?**”

그 말을 들은 순간—.

“어……?”

그 자리에 있던 이들 모두가 눈을 동그랗게 떴다.

■작가 후기

오래간만입니다. 타치바나 코우시입니다.

『데이트 어 라이브 13 니아 크리에이션』을 여러분께 전해드렸습니다. 어떠셨는지요. 마음에 드셨기를 바랍니다.

이번에도 새로운 히로인이 등장했습니다. 만화가이자 오타쿠인 정령, 니아. 영장은 시스터 타입이지만 사바세계에 매우 익숙한 정령입니다. 영장 디자인이 매우 끝내주죠. 기본적으로는 수녀복이지만 베일에 달린 장식이 펜 같은 걸로 되어 있고, 영장의 빔이 잉크 같고, 영장 한가운데의 라인이 만화책처럼 컷 분할이 되어 있는 등, 세세한 부분에 신경을 썼습니다.

『데이트 어 라이브』는 거의 매번 새로운 히로인이 등장하고 있습니다만, 이번 니아는 조형적으로는 꽤 모험적인 캐릭터이기는 합니다. 물론 예외도 있으니 싸잡아서 말할 수는 없겠습니다만, 기본적으로 라이트노벨의 히로인에 쇼트 헤어와 안경을 장비시키는 것은 어렵습니다. 니아도 사복 버전일 때만 안경을 끼게 했죠. 이유는 단순합니다. 인기가 없어서요. 절벽 가슴? 그건 스테이터스잖아요.

캐릭터, 특히 히로인을 만들 때는 제가 좋아하는 요소와 많은 독자 여러분이 받아들일 수 있는 요소를 섞습니다만, 이번

배합 밸런스는 쉽지 않았습니다. 제가 좋아하는 요소를 지나치게 집어넣으면 너무 날이 서서 독자 여러분이 받아들일 수 없을 캐릭터가 되고, 대다수의 분들이 받아들일 수 있는 요소를 너무 많이 넣으면 흔하게 본 듯한 캐릭터가 되고 맙니다.

이번 니아는 따지자면 전자의 요소를 많이 집어넣었습니다만, 그 덕분에 지금까지 『데이트 어 라이브』에 없었던 캐릭터가 완성되었다고 생각합니다. 집필을 하면서도 묘하게 즐거웠죠.

참고로 제가 받은 인상입니다만, 권수가 늘어날수록 전자의 요소를 많이 넣은 캐릭터를 투입하기가 쉬운 경향이 있는 것 같습니다. 히로인이 많아지면 다양성이 추구되기 때문에, 나츠미 같은 캐릭터도 등장시킬 수 있는 거죠. 저는 네거티브 캐릭터를 매우 좋아합니다만, 아마 나츠미를 메인 히로인으로 삼으려고 했다간 주위에서 말렸을 겁니다. 크.

자, 지난 권에서도 말씀드렸다시피 『극장판 데이트 어 라이브 마유리 저지먼트』가 드디어 개봉됐습니다!

물론 저도 봤습니다. 이야~ 역시 커다란 화면은 정말 엄청나더군요! 초반의 미쿠 라이브와 여러 데이트 신, 그리고 박력 만점의 전투 등, 재미있는 요소가 잔뜩 들어가 있었습니다! 극장판용 특별 폼이 된 토카도 엄청 멋졌습니다! 입체적으로 보면 더 끝내줄 디자인이라고 생각합니다만, 메이커 여러분은 어떻게 생각하시는지요.

참, 『데이트 어 라이브』에 관한 이야기가 계속되었습니다만, 다음에 제가 낼 책은 『언젠가 세계를 구하기 위해 -퀼리디아 코드-』 2권이 될 것 같습니다. 임무에 의문을 품게 된 시노가 취할 행동은? 히메와의 관계는? 그리고 호타루의 의도는?

아마 올 겨울에는 독자 여러분께 전해드릴 수 있을 듯 하니, 이 작품도 잘 부탁드립니다!

그럼 마지막으로 이 책의 발매 과정에서 힘써주신 분들께 감사 인사를 드릴까 합니다. 일러스트레이터이신 츠나코 씨, 이번에도 멋진 일러스트를 그려주셔서 감사합니다! 수녀 영장에 그런 식으로 만화가 요소를 넣어주시다니…… 정말 대단하십니다. 담당 편집자님께는 매번 심려를 끼쳐 죄송합니다. 다음에는 좀 더 빨리 완성할 수 있도록 노력하겠습니다.

디자인 담당 쿠사노 씨, 편집부 여러분, 출판, 유통, 소매에 관여해주신 모든 분, 그리고 이 책을 구매해주신 독자 여러분들께 진심으로 감사드립니다.

그럼 다음은 『언젠가 세계를 구하기 위해 -퀼리디아 코드-』 2권, 혹은 『데이트 어 라이브 14』를 통해 찾아뵙겠습니다.

2015년 9월 타치바나 코우시

■역자 후기

안녕하십니까. 근로청년 번역가 이승원입니다.

『데이트 어 라이브 13 니아 크리에이션』을 구매해주셔서 진심으로 감사드립니다.

어느새 여름이 부쩍 다가온 것 같습니다.

밖을 돌아다닐 때도 긴팔보다는 반팔을 선호하게 되고, 바람막이만 걸쳐도 땀이 나네요. 게다가 여름과 함께 나타난 모기들이 제 수면까지 방해하기 시작했습니다. 올해도 모기와의 혈전(?)을 본격적으로 시작해야할 것 같군요.^^

그래도 여름이 다가와서 좋은 점도 있습니다. 집안 화분에 심어둔 채소가 잘 자라는 점이죠.

화분에서 키운 손바닥만 한 상추를 뜯어서 비빔면에 넣어 먹고, 가족들이 먹고, 냉장고 안에 방치해둬서 말라비틀어진 족발도 쌈을 싸서 먹고, 입에서 불나는 모 볶음면의 매운맛도 중화시키는 용도로 쓰죠.

그리고 된장찌개나 볶음밥을 만들 때 화분의 청양고추를 따다 넣어먹는 것도 좋습니다.

겨울보다는 신선한 채소를 먹을 기회가 많아 좋네요. 그것도 집에서 애완견의 응가(^^)로만 기른 무기농무농약 채소를 말이죠, AHAHA.

자, 그럼 『데이트 어 라이브 13 니아 크리에이션』에 대해 조금 이야기해볼까 합니다.

스포일러가 포함되어 있을 수도 있으니 본편을 안 읽으신 분은 유의해주시길!

이번 권은 새로운 정령, 니아를 중심으로 이야기가 전개되고 있습니다.

그 어떤 정보도 다 알 수 있는 힘을 지녔기에 인간에게 절망하게 되었고, 결국 2차원의 세계에 빠져들게 된 오타쿠 만화가 정령이죠.

그녀가 중심인 이번 권을 작업하면서 제가 눈길이 간 캐릭터는 니아가 아니라 나츠미와 미쿠였습니다.

니아를 공략하기 위해 만화 동인지를 만들게 된 시도와 정령들. 그리고 메인 작화를 담당한 나츠미는 예전과 달라진 모습을 보여줍니다. 니아와 마찬가지로 인간불신에 빠져 있던 나츠미는 시도와 정령들에게 구원받습니다. 그리고 이번에는 자신이 니아를 구원하기 위해 혼신의 힘을 다하죠.

그것은 미쿠도 마찬가지입니다. 팬들에게 배신당하고 인간을 불신하게 된 미쿠. 하지만 그녀 또한 시도에게 구원받았습니다. 그리고 이번에는 궁지에 몰린 시도를 돕기 위해 자신의 트라우마인 남자 혐오조차 극복하려 하죠. 그것이 시도를 구하는 결정적인 한 방이 됩니다.

니아라는 캐릭터 또한 여러모로 공감이 가고 매력적이었지만, 엄청난 성장을 거둔 저 두 캐릭터에 더 눈길이 갑니다. AHAHA.

그럼 이만 줄이겠습니다.

『데이트 어 라이브』를 맡겨주신 L노벨 편집부 여러분. 정말 감사합니다.

국밥집에 가서 국수만 세 번 리필한 악우여. 그대를 면발 마니아로 임명하겠네.ㅠㅜ

마지막으로 언제나 제게 버팀목이 되어주시는 어머니와 『데이트 어 라이브』를 읽어주시는 모든 분들에게 진심으로 감사드립니다.

탈지구(?)적인 정령을 꼬셔야 하는(^^) 데어라 14권 역자 후기에서 다시 뵙겠습니다!

2016년 5월 중순

역자 이승원 올림

데이트 어 라이브 13

1판 1쇄 발행 2016년 6월 10일
1판 6쇄 발행 2021년 9월 27일

지은이_ Koushi Tachibana
일러스트_ Tsunako
옮긴이_ 이승원

발행인_ 신현호
편집부장_ 윤영천
편집진행_ 김기준 · 김승신 · 원현선 · 권세라
편집디자인_ 양우연
관리 · 영업_ 김민원 · 조인희

펴낸곳_ (주)디앤씨미디어
등록_ 2002년 4월 25일 제20-260호
주소_ 서울시 구로구 디지털로 26길 111 JnK디지털타워 503호
전화_ 02-333-2513(대표)
팩시밀리_ 02-333-2514
이메일_ lnovelpiya@naver.com
L노벨 공식 카페_ http://cafe.naver.com/lnovel11

원제 DATE A LIVE Volume 13 Creation NIA
© Koushi Tachibana, Tsunako 2015
First published in Japan in 2015 by KADOKAWA CORPORATION, Tokyo.
Korean translation rights arranged with KADOKAWA CORPORATION, Tokyo.

ISBN 979-11-5981-078-7 04830
ISBN 978-89-267-9334-3 (세트)

값 6,800원

*이 책의 한국어판 저작권은 KADOKAWA CORPORATION와의
독점 계약으로 (주)디앤씨미디어에 있습니다.
저작권법에 의해 한국 내에서 보호를 받는 저작물이므로 무단전재와 복제를 금합니다.

*잘못된 책은 구매처에 문의하십시오.

L NOVEL

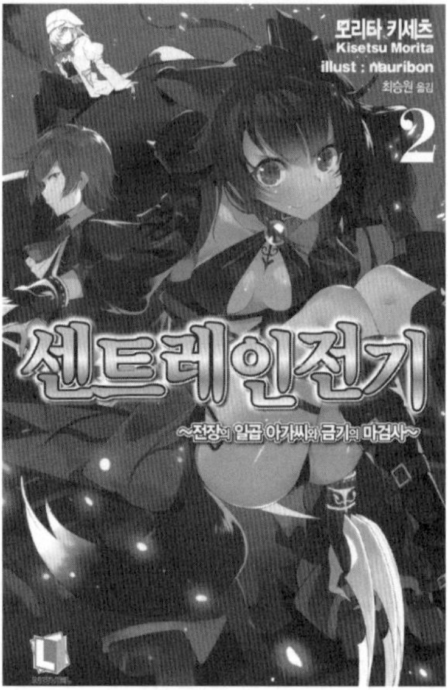

© 2015 by Kisetsu Morita
Illustration nauribon

센트레인 전기
~전장의 일곱 아가씨와 금기의 마검사~1~2권

모리타 키세츠 지음 | nauribon 일러스트 | 최승원 옮김

「북경(北境)의 기린아」라고 불리는 왕족 출신의 소년 영주 지르스 센트레인.
어느 날 그의 영지에 사촌 누이이자 왕녀인 크랑벨이 피신해 온다.
현재 그들의 나라인 센트레인 왕국은 유력 영주들이 왕이 되기 위해 패권을 다투는 군웅할거의 시대.
지르스 역시 크랑벨과 함께 국토 통일을 목표로 전쟁 참가를 결심한다.
그런 그들의 앞을 「신의 목소리를 듣는 자」라고 일컬어지는 젊은 여영주 나타샤 플레넨스의 군세가 가로막는다.
적의 수는 아군의 열 배.
이 상황을 타파하기 위해서는 지르스의 지략과 그의 몸에 숨겨진 금기의 힘을 쓸 수밖에 없는데…….

소년과 소녀가 숨겨진 힘을 해방했을 때,
장대한서사시의 막이 오른다!

라이트노벨의 새로운 빛! L노벨의 신간은 매월 10일에 발매됩니다. http://cafe.naver.com/lnovel11 NOVEL

Copyright © 2014 Manta Aisora
Illustrations copyright © 2014 Hagane Tsurugi
SB Creative Corp.

발키리 웍스 1~4권

아이소라 만타 지음 | 츠루기 하가네 일러스트 | 이경인 옮김

"그럼— 키스, 할까요?"
"갑자기 그건가요?!"
펠스즈는 경악에 휩싸여서 눈을 휘둥그레 떴다.
"펠코 양 혼자서 저 커다란 녀석한테 이길 수 있나요?"
"그건, 저기…… 이, 이길 수 있고말고요!" "정말로?" "……아마도."
"정말로?!" "……."
리키가 흘러들어온 곳은 색채를 잃은 세계.
그곳에서 홀로 색채를 두른 소녀가 있었다.
그녀의 이름은 펠스즈—「전쟁의 처녀(발키리)」라고 한다.
그녀와의 만남으로 리키의 평온한 일상은 붕괴하고,
그는 알려지지 않은 이 세상의 진실을 접하게 된다.
—그리고.
첫, 합체.

안쓰러운 발키리와 소년이 펼치는 액션×러브 코미디 개막!

NOVEL

라이트노벨의 새로운 빛! L노벨의 신간은 매월 10일에 발매됩니다. http://cafe.naver.com/lnovel11

©Sui Tomoto, Syungo Sumaki 2014
KADOKAWA CORPORATION

금색의 문자술사 1권

토모토 스이 지음 | 스마키 슌고 일러스트 | 김장준 옮김

식사와 독서를 사랑하는 『아웃사이더』 고등학생 오카무라 히이로는
같은 반의 리얼충 네 명과 함께 이세계로 소환됐다.
《용사》가 되어 인간국 빅토리어스를 구해달라는 왕녀의 부탁에 들뜨는 리얼충들,
그런 와중 밝혀진 히이로의 칭호는—《말려든 자》?!
원래 세계로 돌아갈 방법은 없다. 용사들과 장단을 맞출 생각도 없다.
하지만 기왕 하게 된 이세계 라이프.
적은 문자의 이미지를 발현하는 히이로만의 능력(유니크 치트)《문자마법(워드 매직)》을 사용해
미지의 요리와 책을 찾아 홀로 모험에 나선다!
이세계에서도 고고한 『아웃사이더』 노선을 관철하는 히이로는 아직 모른다.
이윽고 히어로라고 불리게 될 자신의 미래를…….

소설가가 되자 사이트에서
조회수 1억을 돌파한 초인기 대작

NOVEL

라이트노벨의 새로운 빛! L노벨의 신간은 매월 10일에 발매됩니다. http://cafe.naver.com/lnovel11